凡尘中开悟②

世界是一个大教室，你逃学了吗？

[加] 黄荣华
（Eva Wong）

著/摄

北京联合出版公司
Beijing United Publishing Co.,Ltd.

图书在版编目（CIP）数据

凡尘中开悟 . 2 /（加）黄荣华著、摄 . —北京：
北京联合出版公司，2022.7
ISBN 978-7-5596-6139-5

Ⅰ . ①凡… Ⅱ . ①黄… Ⅲ . ①散文集—加拿大—现代
Ⅳ . ① I711.65

中国版本图书馆 CIP 数据核字（2022）第 059603 号

北京市版权局著作权合同登记　图字：01-2022-1403 号

凡尘中开悟 2

作　　者：（加）黄荣华
出 品 人：赵红仕
选题策划：北京时代光华图书有限公司
责任编辑：徐　樟
特约编辑：李淼淼
封面设计：新艺书文化

北京联合出版公司出版
（北京市西城区德外大街 83 号楼 9 层　　　100088）
北京时代光华图书有限公司发行
文畅阁印刷有限公司印刷　　新华书店经销
字数 369 千字　　880 毫米 × 1230 毫米　　1/32　　19.25 印张
2022 年 7 月第 1 版　　2022 年 7 月第 1 次印刷
ISBN 978-7-5596-6139-5
定价：88.00 元

如果你听到我听到的
你会知道这里的鸟鸣像一支交响乐
这些只有在山林里才听到的声音

如果你看到我看到的
你会跟我一起赞叹
这里的晨曦在变魔术
太阳慢慢地从地平线升起
把天边的云朵绣上金黄色的花边

如果你闻到我闻到的
你以后都只会用大自然的香味佐餐
如果你能感受到我此刻的感受
那该是多么美妙

何谓修行

从不知道到知道

从向外寻求答案到往里获得力量

从物质世界到以物载道

通达生命的意义

时刻向死而生……

世界是一个大教室，你上了多少堂课?

Life is not a race, it is a journey.

生命不是一场竞赛，是一趟旅程。

　　从小我一直认为自己不是一个运动型的人，胆子也很小。我
不会开车，不会游泳，不敢爬山，不敢滑雪，总之，任何关于户
外运动的事情一概不通。直到成年之后，大着胆子学游泳，花了
好大的精力，终于可以在一小时内游一千米；虽然"乌龙"百出，
还算是学会了开车。新冠肺炎疫情期间，我还爬了很多平时不敢

爬的山，乐颠颠地踩着雪鞋在雪山漫步。虽然我对户外运动总是小心翼翼，但在面对生活中巨大困难的时候，我反而从容淡定，由此慢慢发现心里有一个不容易妥协的我。为什么我会有这样看似矛盾的心性？回想小时候，我经常闯祸，经过我家门口的孩子几乎都被我狠狠咬过，几岁大的时候就抱着玻璃杯子在弹簧床上练习翻跟头，用力过猛翻到地上，手腕的大动脉差点儿被玻璃碎片割破。此外，还有很多很多让我妈哭笑不得的举动。从此，我被严密监管，渐渐地，我也相信了自己胆子小，不爱运动。在人生经过多次考验之后，我才发现自己穷尽一生精力维护的那个"我"并非牢不可破，人的塑造性原来难以想象地高，这也是教育培训吸引我的地方——每当我看见学生突破自我，活出不一样的精彩，心中就有无限喜悦；我也喜欢带着学生走南闯北，把世界变成一个教室。

人生就是一趟旅行。有的人喜欢参加旅行团，稳稳当当准不会错到哪里去，按部就班地走完该走的每一站，虽然是走马观花，不过人有我有，总算交差；有的人喜欢自由行，千里走单骑，过五关斩六将，成也好，败也好，总算潇洒走一回。问谁领风骚？笑谈风月中。

目 录

90年代初首度背包游西欧回忆录

那个年代没有智能手机

自拍的话要跟相机的自动计时比赛

按下快门之后要快手快脚摆好姿势

想要拍一张全景留念

得厚着脸皮求路人帮忙

遇到语言不通也没有关系

指手画脚也能彼此明白

拍完之后相视一笑

就此了结前世未了的情缘

那个年代没有网络，没有表情包

想要传情达意就要亲自动手

在树下，在路边，在咖啡室

只要把心门打开

到处都是书写的密室

偶尔执笔忘字也阻挡不了深深的情意

然后千辛万苦地找到邮局

贴上邮票放进邮箱

可担心信件卡在邮箱里

三步两回头

祈祷信件勇敢地漂洋过海，安全抵达

这个年代一切都变得方便多了

不过我还是怀念那个年代……

CHAPTER 1

自然教室

南极：生命的终极意义

回首过去，你会发现，让你激情洋溢、决定你人生走向的，往往是你不经意间做的小决定。是的，很多关键的决定，当时你做的时候，压根儿就没有想到会对你影响这么大。

我从来没想过要去南极打卡，对我来说，那是个仅存于课本、微博、"马蜂窝""携程"里的杳无人烟之地。当时的我萌生念头，想独自背上行囊出发，我环视地图，望着南美洲蠢蠢欲动。可心中似乎有一个强烈的声音在呼唤，引导我一路向下望，从巴西、阿根廷，一直寻至火地群岛的乌斯怀亚——一个光听听就让人莫名兴奋的名字。离乌斯怀亚不远的就是那天涯海角，地球的最南端，寒荒冰封的南极。

当然，南极从地图上看近似咫尺，实距甚远，离乌斯怀亚大概有800千米，中间还横跨了有"魔鬼海峡""死亡走廊"之称的德雷克海峡。但我相信人类与生俱来有一种勇于冒险的特质、一种追求未知的欲望，我也不例外。潜思寂虑一番，我决定放眼新大陆，作为对自己的嘉勉。我相信迟早有一天我会同游南美洲，但现在，我已心有所属——南极。

2015年8月，在我的思绪转向南极的两个月前，我们在加拿大多伦多大学创下了一个新的吉尼斯世界纪录——"全世界最长的信封链条"。在现场，2409封装有倡议"把爱传出去"的红色信封，从里到外，连成6个大大小小的心形，象征着通过信笺的传递，让"把爱传出去"的精神无远弗届地向外传播，同时用爱感召人们真正关注并关怀那些需要支持的群体。这个创造纪录的活动，就是"全球成长心连心"（Heart Chorus Global Initiative）。

活动虽然顺利进行，却白璧微瑕。本来那次活动从北美、欧洲以及中国300多所高校中筛选出了一批优秀的大学生，但有一大部分中国学生因签证问题最后无法出席活动。这对活动筹委会来说无疑是一大缺憾。"全球成长心连心"是我们第一个大型全球性活动，在中国的筹委会义工们都不辞劳苦地做着准备，但是在陌生的加拿大，只有我独自一人，披荆斩棘、夜以继日地筹备。虽然我先生立邦非常支持我们的公益活动，但他看我如此奔波劳累、心力交瘁，难免会对我发牢骚。实际上，他是对的，因为越接近活动举行日，我越感到身体极度疲惫和不适，终日发低烧。

可我就是脖子硬，每次一想起爱心信封链条由大学生和义工在多伦多一同完成的感人场面，我就不甘心已经入选的中国大学生只因签证问题就无法参与这么有意义的活动。于是，我又马不停蹄，紧锣密鼓地为下一场"全球成长心连心"做准备。2015 年 8 月，加拿大只不过是活动的首站，2015 年 10 月，中国站将在浙江杭州举行。南极之行就是在这样极度劳累的情况下萌生的。我决定了，一亦完中国站的"全球成长心连心"，便直奔南极。这么疯狂的计划，我没告诉任何人，就连我的先生也被蒙在鼓里。

　　我越酝酿这个秘密计划，心里对于这份送给自己的神秘礼物的感觉就越奇特：既有一种似曾相识的感觉，又有一种非笔墨所能言喻的刺激。似曾相识是因为我好像回到了 35 岁那年，我决定放下我的事业，从零开始，离开香港那来板的生活，一个人背包旅行，到处游历、学习。刺激是因为我真不敢想象自己那么一个容易晕船、一点儿户外运动细胞都没有的人，居然在筹划南极之旅。人的一生，既是必然，也是偶然。既然冥冥中早已注定，与其同命运抗争，不如坦然接受，看看就如蚕蛹挣脱茧后的新世界，拥抱脱胎换骨带来的新转机。

　　南极之行可以说改变了我的事业轨迹，这个极其精彩又曲折的故事已经全部收录在我的另外一本书《心无疆界爱长存》（Dare to Love）中，英文电子版已经出版，中文版也已经完稿，等待适当机缘与你见面。现在还是让我们一起沿着"凡尘中开悟"的步伐，走进这个自然教室，走进我的心路历程。

NO. 1

我要离开一段日子，去独自流浪。很多年前一个人走天涯，为的是寻找活着的意义。当时的行囊很轻，里面没有你，及后遇到你，把你装进了心里，我的行囊越来越重。这次走天涯是为了积累多姿多采的经历。我答应你我会回来的，而且会带回很多所见所闻与你分享，我们将重逢在那樱花待放的三月天。

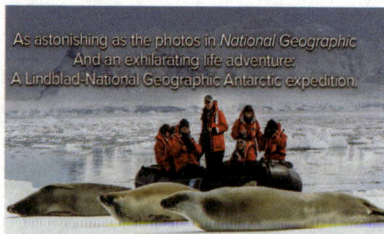

NO. 2

天生就怕晕船，天生就受不了寒冷的气候，这次我选择在地球最南端开始流浪，学会放下所有的可能与不可能。各位女生，你们有什么放不下的呢？

　　临行还是想给"女风堂"写一段话，因为实在太想跟你说：

　　感情是迷人的鸡尾酒，只是点缀，不是生命的全部。要懂得品酒，浅尝就好，切忌酗酒。生为女人，你是大地的母亲；你是爱的源头，不是爱的奴隶。You are woman in gold, let your colour shine.（你是金色的女人，请绽放你的光辉。）

NO. 3

　　出发了。布宜诺斯艾利斯的国内机场比起国际机场好很多，而且还有艺术感超赞的滚石餐厅。从这里飞到乌斯怀亚（Ushuaia）登船。

NO. 4

　　到达乌斯怀业，这是比美国佛罗里达的基韦斯特（Key West）更靠南的城市。

还没看到南极，我已被这里飞舞的鸟儿和慵懒的南美海狮征服了。飞鸟在海上演出自由的舞蹈，而海狮则像一堆棉花一样在石头上晒太阳。享受当下，生活只不过如此而已……

NO. 5

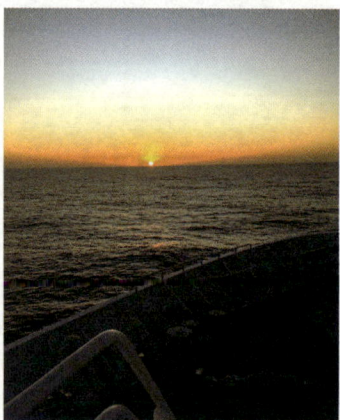

1914 年福克兰（马尔维纳斯）群岛海战，被称为最愚蠢的一场战役。事过境迁，有人会后悔吗？今天在船头看日出，与平静的海洋在一起是很愉悦的事。

NO. 6

晕船呕吐到脱水之
后是这样的。明天正式
进入南极领地第一站南
乔治亚岛。

NO. 7

终于抵达南乔治亚
岛北岸。晨曦中登陆，4
点半被叫醒，5 点出发，
对于习惯早起的我而言，
当然没有任何挑战。没
有想到索尔兹伯里平原
（Salisbury Plain）是如此
壮观，整个平原布满了
成千上万只企鹅，还有
海狮。感觉不是去了一
个动物园，而是一群异
地的动物来到了企鹅的

世界。善良的企鹅好奇地看着我们这些穿着橙色上衣的动物，一场不知道是谁观赏谁的游戏在金黄色的晨光下展开了。

NO. 8

原来前天那么好的天气是非常不寻常的。一个登陆索尔兹伯里平原16次的探险队队员说，在她的记忆当中，只遇到过一次与前天一样好的天气。南极的气象常态是反复无常，昨天就没有那么好运了，早上冒着大雨坐橡皮艇游海岸，对于不善于户外生活的我来说，在小艇上、风雨中摇晃半天，真的是很了不起，不过到了最后还是吃不消，回到房间倒在床上就昏睡过去了。下午原定计划是登陆另外一个小岛，虽然阳光明媚，但是因为临时刮起高速的季风，为了大家的安全，探险队队长取消原定的登陆。退而求其次，在船头拍几张大风吹的照片，也是一乐。无常无常，海上生涯原是梦啊……

NO. 9

今天是大丰收的一天。早上醒来发现船已经停靠在一个港湾，海滩上有无数海豹，跟索尔兹伯里平原一样壮观。虽然季风还是很强烈，但是一切都刚刚好，凭着昨天在船上学到的摄影三板斧，冒着强风顺势拍摄海面情况，却得到意外收获。早餐之后登陆，这里一度是捕杀海豹和鲸鱼的基地，工厂被废置之后反而成了海豹的乐园。整个海滩有一种言语无法形容的宁静，慵懒的海豹偶尔睁开眼睛，一副爱理不理的样子，它们再也不用担心被猎杀，任由芳容被无数的镜头收藏。

NO. 10

南极出了很多英雄，其中一位大家都称他为 boss（老板），他就是欧内斯特·沙克尔顿爵士（Sir Ernest Shackleton）。

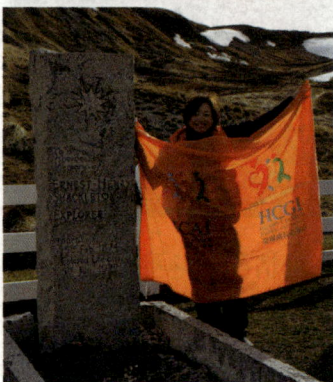

当年他以超人的毅力，在冰封万里的南极攀山越岭，拯救他的二十几个同伴。我带着"全球成长心连心"的旗帜，到他的纪念碑前留影，感谢所有"全球成长心连心"的义工如同沙克尔顿一样拥有强大的毅力，实现"成长心连心"全球化的梦想。沙克尔顿的座右铭是他最喜欢的诗人之一罗伯特·布朗宁所写的诗句："I hold that a man should strive to the uttermost for his life's set prize."（我认为人应该为自己所设定的人生终极目标竭尽全力地奋斗）。

I go exploring because I like it and it's my job.

——Ernest Shackleton

我去探险，因为这是一份我喜欢的工作。

——欧内斯特·沙克尔顿

NO. 11

知道粤语"多到唔知道点算"的意思吗？就是数量多到招架不住。今天在圣安德鲁湾（St. Andrews Bay）就有这种"多到唔知道点算"的感觉。原来这里才是南乔治亚岛王企鹅最多的地方，据说有超过 10 万只王企鹅，不过放眼一望无际，说这个数字过于保守也不为过。在异常良好的天气下，我们不知不觉在王企鹅的世界游荡了近 4 个小时，回来的船上有旅客说 4 年前来的时候，天气非常差，只有 3 艘橡皮艇可以登陆，而且只可以逗留 15 分钟，负责掌舵的探险队队员当年也在，她说这次一定有天使眷顾，我也是这样想的。

NO. 12

王企鹅的守护神——象海豹，懒得实在不像样，不过它发起脾气可不是一般的厉害。海滩上各路神仙看起来都很可爱，可是看起来傻傻的海鸟可以杀死一头海豹。天使抑或魔鬼只在一念之间……

NO. 13

德里加尔斯基峡湾（Drygalski Fjord）在南乔治亚岛的最南端，《国家地理》探险船的科研人员在这里执行测量任务。德里加尔斯基峡湾 1911—1912 年被德国探险队发现，故此以探险队队长埃里希·冯·德里加尔斯基（Erich von Drygalski）教授之姓命名。此刻气温是 10 华氏度，不冷但是风巨大，是你在呼唤吗？

Come my Friends, it is not too late to seek a newer world.

—— Alfredlord Tennyson

来吧，我的朋友，何时去寻找新大陆都不迟。

——阿尔弗雷德·丁尼生

NO. 14

又一次晨曦中登陆，黄金湾（Gold Harbour）布满金色的阳光。在这里我爱上了象海豹，大大的圆眼睛透露着无邪的纯真，胖胖的身躯如此柔软动人。我离开，你在后面追赶过来；我转身，你靠在我的腿上；我低头看着你，那一刻的对望，我永远都忘不了。我感觉到你的重量，也感觉到你的温柔。可是我必须离开了，登上小艇之前回望，告诉你我来过，知道你安好，我走了，带着满心欣慰。

NO. 15

I guess human beings are equal under three circumstances—birth, death and seasick.

我猜人类在 3 种情况下是平等的——出生、死亡、晕船。

19 日晚上开往南极的大象岛，到 21 日下午 4 点还没有看到任何岛的踪影。鲸鱼别来取笑我啊，我已经尽了很大的力气让自己清醒了。我想，这个时候我和狄更斯的体验是相同的。

I lay there, all the day long, quite coolly and contentedly; with no sense of weariness, with no desire to get up, or get better, or take the air; with no curiosity, or care, or regret, of any sort or degree, saving that I can think I can remember, in this universal indifference, having a kind of lazy joy—of fiendish delight, if anything so lethargic can be dignified with the title—in the fact of my wife being too ill to talk to me.

我整天价躺在那儿，非常冷静，非常满足；不觉得疲乏，不想起来，不想晕得轻一些，也不想吸新鲜空气；没有任何好奇的心，没有任何懊恼的事，没有任何关心的事，连一丁点儿都没有。我只记得，在我这样对于一切都漠然、无动于衷的时候，我感到一种悠然的舒畅——如果任何那样毫无生意的心情当得起这样一种叫法的话——一种像魔鬼一样的、幸灾乐祸的快感。

NO. 16

在船上躺了 3 天，这也算是南极之行的节目之一吧。老外的晕船药使我睡得晨昏颠倒，今天终于有些力气到船头呼吸新鲜空气，但一不小心吸了寒气，还好有蔡师傅的感冒药傍身。

终于来到大象岛。这里因为 1914—1917 年"坚韧"号的生存探险而闻名。今年（2015年）是这艘探险船沉没100 周年。当时船沉没之后，他们被困在冰天雪地中长达 6 个月。在赖以生存的浮冰碎裂后，沙克尔顿率领 27 名船员乘救生艇在冰海中漂流，最终登上了荒无人烟的大象岛。这里不是最好的选择，但是在甚少选择的情况下毕竟是比较安全的地方。沙克尔顿让 22 名船员驻扎在这里，他带着 5 名船员继续乘救生艇前行，寻求救援。136 天之后，沙克尔顿带着救援队伍回到大象岛，他心里打鼓，害怕自己来得太晚。当船只靠近大象岛时，他看到 22 名船员向他挥手，终于按捺不住，兴奋地大叫："他们还在那儿，他们还在那儿……"

大伙儿冒着大风大浪寻找南极英雄沙克尔顿的踪迹，要看看当年他的探险队伍在大象岛的驻扎地。我选择留在船上欣赏那些在默默奉献的人……

NO. 17

超级厉害的冰山谷（Iceberg Vally）。

邮轮如何维系日常的运作？今天终于看到了。邮轮经理专门在洗衣房安排了下午茶，接待好奇的旅客，繁华原来是这样打造的……

NO. 18

因为季风，原定登陆赤褐峭壁（Brown Bluff）的计划告吹，我们只好采取 B 计划，因此收获了巨大的意外惊喜。首先在冰山谷巧遇 B15Y 冰山。冰山跨度超过 13000

米，水面下的深度达 600 米。船长说 9 个月之前来过，这里根本不是这样的，而这样庞大的冰山群也是本世纪少见的景象。过了没有多久，探险船忽然停下来，原来在前面的浮冰上躺了海豹母子俩，估计这是海豹妈妈的首次分娩，孩子可能还不到 3 个星期。科研人员们都兴奋起来，这真的是很罕见的事。

中途经过南极的冰火两重天之地——迪塞普逊岛（Deception Island），一个仍然被密切观察的火山地带。再下来是在大海中行走。"全球成长心连心"的旗帜也在这个时候飞扬起来。这一天真的是目不暇给，以为到了晚上没有什么节目了吧，都已经在被窝里了，结果又来一个横渡

冰洋，我终于忍不住爬起来跑到船头拍了好多照片。南极给人太多的意想不到。

NO. 19

晕船告一段落，去洛克伊港（Port Lockroy）邮局寄明信片了。

Difficulties are just something to overcome after all.

—— Ernest Shackleton

困难说到底只是一些需要克服的事情而已。

——欧内斯特·沙克尔顿

NO. 20

巧遇 3 条虎鲸（Killer Whale），与其说是杀人鲸，

倒不如说是大食鲸吧，它们的食物是企鹅和海豹。曾经有一群科学家乘橡皮艇跟踪它们，看着鲸鱼冲着橡皮艇游过来，科学家们惊魂未定之余，看到另外一个奇景——大食鲸给科学家们送来它们的猎物：企鹅一只。

在船上被探险队队员问了一个问题：如果只能用一个词来形容南极，你会选哪一个？

我的答案是"无力感"。在这里真的是一点儿办法都没有，无论用文字或者照片都是徒劳的。我放弃了。

NO. 21

他是一只飞鸟，她是一条游鱼。他们相爱，却无法见面。他去找神，神问他："你愿意为她做任何事情吗？"

他说"只要我们可以在一起"。然后神把他变成了一只企鹅。

是时候卧床等待经过著名的德雷克海峡（Drake Passage）了。希望登陆之后我还能适应平稳的陆地。

NO.22　后记

沙克尔顿的经历仿佛帮我打开记忆的闸门，让我又回到了过去，回到了我刚创立"成长心连心"的时候，引导我重新去感受和思考。若无激情，何来此行？要不是沙克尔顿一生积极追求和探索最后一片未知名的大陆——南极，"坚韧"号也不会起航了。若无信念，团队何现？1914年，沙克尔顿在报纸上刊登南极探险招聘广告，明确指出"赴南极探险，薪酬微薄，不见天日……不保证安全返航，如若成功，唯一可获得的仅有荣誉"。这样的愿景竟感召了5000多人来应聘！若无坚毅，何来奇迹？沙克尔顿一行人不屈不挠，筚路蓝缕，与风浪博弈，最终战胜天气、地势和命运。若无担当，何来安康？沙克尔顿临危不惧，积极乐观，坚毅顽强，勇敢担当，最终才顺利营救了困在大象岛的船员。若无可能性，结局不一定。要不是沙克尔顿不断寻求可能性，整个拯救行动的结局可能很不一样。

沙克尔顿的励志经历为所有面对逆境的后人，包括我，带来了一道曙光，给了我们面对困难的希望和勇气，启发我们在困境中不断寻找可能性。

当船驶近乌斯怀亚的海岸线时，我的内心思潮起伏，感触良多。圣洁白雪、幽蓝冰川所折射出的绚烂极光不只唤醒了我的初衷，也照亮了我接下来的路，一条自 1995 年起我创办"成长心连心"后所选择踏上的路。正所谓，人尽其量，困难只不过是需要克服的事情而已。

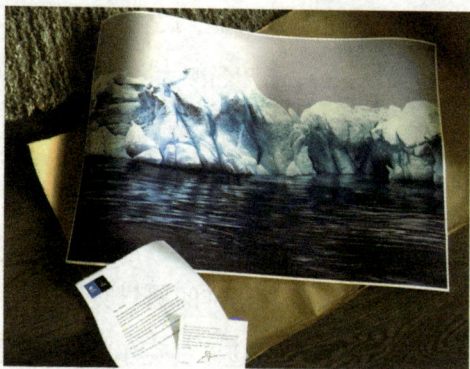

NO. 23

意外惊喜，南极"探险"号随船的艺术家送来的画，画名《鲸鱼湾》。生命中的惊喜层出不穷，有欢笑，有别离，无论发生什么，都只不过是凡尘中开悟的契机。

乌斯怀亚：
世界尽头的生活

原以为南极跟阿根廷只是一海之隔，搭个船而已，结果绕一圈回来已经过了 21 天，站上陆地都有点儿不真实的感觉。船上虽然有接近 150 人，但是每个旅客都被照顾得无微不至。登陆以后我孤身一人，凄凉感莫名其妙涌上心头，才发现内心深处还是很需要被照顾的。然而我答应过自己，这是人生最后一次独自流浪，看着远去的船友，跟自己说，不要再沉醉在舒适区了，让过去成为过去吧！旋即背起沉甸甸的背包，大步开始南美之旅的第一站——乌斯怀亚。

NO. 1

登陆了。从地球最南端的城市乌斯怀亚开始下半段的旅程。

NO. 2

终于回到人间，临行和同船的泰国朋友来一个道别合照。喜欢这一批欢乐的泰国朋友。

现在是阿根廷的夏天，乌斯怀亚的天气出奇地好，不过风还是刮得厉害。躲到本地的冰激凌店歇一会儿，巧遇小美女，立即毫不客气地把镜头对准她，本来担心坐在她旁边的爸

爸不高兴，人家却气定神闲，都懒得抬头看我。看起来我这个摄影菜鸟的胆子还应该再大一点儿。

好久没有住客栈了，看着这些公共设施，想起当年初次做背包客的狼狈相。我没有选择挤进260比索一个晚上的六人大房，没有浴室的单间虽然贵一点儿，不过850比索一个晚上可以换来不用听别人打呼噜的空间。

乌斯怀亚曾经是重刑罪犯的流放地，后来成为重要的海军基地，现在是旅人的集散地。我喜欢这个世界尽头的小镇，这里的人很纯朴，慢悠悠的生活让人感觉不到时间的流逝。

    乌斯怀亚虽然很小，但这里还是有很多很精致的餐厅。今天花了一点儿精力，找到一家很怀旧、有点儿像老杂货店的餐厅。这个下午就在这里写明信片消磨时光了。

    这样的洗手间标志，肯定不会走错了吧！

NO.3

    终于尝到了阿根廷的马黛（mate）茶。开始很苦，后来甘香，值得回味。人生不也是一样吗？没有苦，何来甘？

邮局是过往背包客必经之路，这次也不例外。唯一不同的是，对所有顾及不了的朋友，可以通过微信发送最新消息，不用寄情于姗姗来迟的明信片。

据说这家小餐厅在乌斯怀亚很红火，为免排队，提前来占位置，不过人家还没有开门，我只好在门外等着，还好有和善的路人帮忙打电话叫服务员开门，让我进去坐着等。早到的好处是可以随便挑位置，我选了临窗的桌子。餐厅很小，窗外也没有什么景色，各位看官想知道为什么这家餐厅那么牛吗？

年轻的厨师也是餐厅老板，用融合的方式结合地道海鲜，让皇帝蟹、墨鱼和黑鳕鱼变成一道一道好吃到不能用言语形容的菜肴。最厉害的是甜品，居然是用橄榄油拌着冰激凌和巧克力松饼一起吃的，我还是第一次尝到那么有特色的甜品。还有赠送的前菜、面包以及特色黄油，都很讲究，不枉此行啊！

NO. 4

昨天晚上吃了一顿晚餐，到今天早上还没有完全消化，晚上吃太多的习惯真的不好。今天改变策略，中午去寻找有特色的

餐厅，跑了很长的路，终于在半山找到这家据说是乌斯怀亚最高档的餐厅。这里的菜品还可以，景观更是无敌。他们卖的青口好大啊，是因为世界尽头的水质好吗？

我喜欢大海，但是因为天生容易晕船，从来没有想过自己可以在海上生活那么长的日子，南极之行以后对船产生了莫名的好感。

一座由监狱改装的博物馆，记录了不少沧桑往事。但愿惩罚不再。

艺术是无言的君主。

通信为了什么？只是想你知道我在这里，从古至今都一样。

NO. 5

别了乌斯怀亚。临行前客栈店主跟我说明年见，当时恍惚了一下，世事难料，之前想都没想过会到世界的尽头，也许以后会再见吧。3个晚上花了2605比索，单人间包洗衣

服一大袋。我还买了一张 10 比索的明信片，寄给一个很特别的人。

我是最早到机场的旅客，海关还没有开工，机场餐厅的餐牌只有西班牙语，美丽的服务员小姐也不会讲英文，我跟她说不要肉，她也不懂。结果随便要了一份青菜沙拉和不知道什么馅儿的三明治。她后来跟我说了半天西班牙语，我啥也不懂。等了半天三明治没有上，后来大概明白她的意思是"你不吃肉就不要三明治了，要沙拉和白面包吧"。我喜欢阿根廷人的善良和直率。

埃尔卡拉法特：
非诚勿扰

NO. 1

乌斯怀亚距离埃尔卡拉法特（EL Calafata）直线距离只有 60 千米，但是开车要一整天，因为乌斯怀亚在一个小岛上，而埃尔卡拉法特位于阿根廷和智利的交界，所以首先要过海，然后经过智利，再折返阿根廷，前后过 4 次边境。埃尔卡拉法特是一个前不着村、后不着店的地方。这里什么都没有，除了大山就是大山，山与山之间有很多冰川。本来无心再探寻大自然的景点了，因为南极实在太震撼，不过佩里托·莫雷诺冰川（Glaciar Perito Moreno）还是很值得欣赏的。安静地坐在这座冰川前，听它时而发出撕裂的声音，然后出其不意地摔掉一大堆冰块，之后又安静得若无其事，很像情绪化的女人。

资料上说冰川博物馆从路口走上去只需要 10 分钟，不过没有说这里的风超大，会把人吹走，也没有说车子经过的时候要注意风向，否则会做吸尘器。这 10 分钟走得我好艰难啊，还好有路边的小花相伴。冰川博物馆叙述了雪花和冰川的故事，更重要的是，提醒人类爱护地球家园。地球变暖的结果有可能是引发冰川融化，到时候大家就不用去南极了……

一天辛勤的劳动换来观赏晚霞的愉悦。

NO. 2

"前不着村，后不着店"换成粤语应该是"两头唔到岸"的意思吧。在这样一个环境下最好的代步工具就是"马大哥"。今天我学会了一心不能二用。马大哥开工的时候，拍照就是在浪费表情，骑马的时候脱外衣更是万万不能，从马背上摔下来只需要一秒钟的时间。当我发现自己趴在泥地上的时候，还死命抱住新买的相机，那是跟我一路上相依为命的伙伴。

在埃尔卡拉法特找到这样一个能收留我的地方挺不错的。虽然酒店不需要为我的意外负责，不过他们还是非常抱歉，做了一切可以安慰我的事情。

说到吃，这里的厨师手艺真不赖。我被收留，还被照顾得无微不至。不过明天开始就没有这么幸福了。

NO. 3

下一站布宜诺斯艾利斯（Buenos Aires），手提行李越来越多了。

　　埃尔卡拉法特不在我的计划中，这只是想到哪儿走到哪儿的结果。虽然浮光掠影，庆幸也曾相识。

秘鲁：
文明与落后

心太软！本来说好一个人走，但是心里面还是放不下那个跟我同甘共苦的夫君（梁立邦，他的绰号是"肥猪"）。在阿根廷给他打了一个电话，跟他说来吧，他沉默了半天，然后问我哪里见，我说利马。很多年之后回望，我很庆幸当时做了这个决定，我想总有一天我的确要自己一个人走，不过在此之前，让我们一起再走一段，直到走不动为止……

NO. 1

从瘦到肥，又从肥到瘦，一起走过惊心动魄的许多年头，却又好像只过了一天。

NO. 2

秘鲁首都利马第一印象。

　　在利马发生的第一件事：
忘了自己有两件行李，取了背囊，
忘了装电脑、硬盘、书、纪念品
的小箱子。两个小时后再去机场，
高高兴兴地找回小箱子。

　　利马第二印象。酒
店本身就是一个景点，
1914 年的建筑物，由法
国建筑师克劳德·萨胡
特（Claude Sahut）设计，
曾经是两个富有家族的
住宅，20 世纪 90 年代废置。7 个艺术家千辛万苦在全球

找回分别持有这栋物业的 25 个家族成员，耗尽心思把它变身为拥有 17 个房间的艺术酒店。

　　单身生活已经到了尾声，抓紧机会尽情享受一个人的下午茶。

　　利马巴兰科区（Barranco）街头印象。

赶上最后一场在秘鲁国家大剧院上演的芭蕾舞剧《卡门》，舞蹈编排很有秘鲁特色，会场运作也很特别，像火警一样的钟声分别 3 次响起提醒，不过刺耳的钟声却无法催赶观众慢悠悠的进场脚步，正式演出时已经是在原定时间的 15 分钟之后，终于明白为什么售票处三番四次提醒要提前 20 分钟到达剧场。

NO. 3

利马街头人物剪影。

圣诞节在秘鲁是重要的节日，庆祝的方式除了处处装有灯饰之外，还有警察穿着圣诞老人的服装，以电动车代替鹿车在街头巡游。

全球排名第四的餐厅，17 道菜的晚餐，到了第十道菜，肚子已经感到撑了，不过还是要坚持，因为实在太好吃了。

终于吃完 17 道菜，有人很开心！

节日值得庆贺，活着何尝不是？祝各种节日快乐，祝活着。

NO. 4

库斯科（Cusco）是以前印加帝国的首都，也是当时印加人眼中的世界中心。库斯科位于安第斯山脉，海拔 3416 米，这里让我想起不丹。

库斯科铁路轨道上的市集。

我记起第一次去不丹，我们问导游，在不丹何谓"足够"，他回答，可以在商店里面买得到的就足够了。而路过的商店卖的都是生活必需品。"适可而止"是一门学问，贵族精神在于懂得分寸。

尼诺斯酒店（Niños Hotel）是一家有故事的客栈，它是一家由荷兰人发起的非营利机构，专门培养印加孤儿的工作能力，使之成为有用

的人，其性质和柬埔寨的非营利机构 Sala Bai 相同。这里的房间没有号码，而是以最初培养的印加孩子的名字命名，以纪念他们。

我住的房间是纪念荷西（Jose）的，一个很可爱的印加男孩。

乔兰达（Jolanda van den Berg）是尼诺斯基金会（The Niños Unidos Peruanos Foundation）的创办人。她是荷兰人，在 1996 年成为库斯科居民。她从收养 12 个被遗弃的男孩开始，之后为收养女孩而建造了另外两个家。尼诺斯酒店所有的收入都会捐给尼诺斯基金会。目前有 80 个秘鲁帮工协助照顾 600 个儿童。儿童可以每天在乔兰达经年建立的 5 家餐厅吃两顿饭，还可以在那里做功课，安全地玩儿

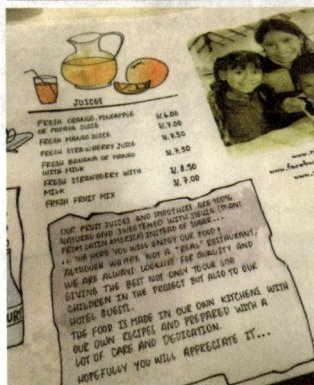

和学习社交技巧。在尼诺斯酒店餐厅的餐牌上有这样一段话，大意是：

我们不是一家正规的餐厅，但是我们的果汁都由当地天然的水果制成，不用糖。我们不仅仅为 600 个儿童做最好的膳食，也照顾我们酒店的客人。所有菜品都是我们用心准备的，希望你欣赏。

我想，乔兰达不仅仅喂养了儿童，更滋养了所有来到尼诺斯酒店的旅客的心灵。

NO. 5

来秘鲁之前没有意识到原来要面对的挑战是高原反应。之前只是担心交通问题，到了库斯科才知道起点已经是海拔 3416 米，比不丹的老虎

穴更高，往上走一直去到普诺
（Puno），海拔会高达 3828 米。
虽然只是轻微头痛，但为了
后面的旅程，我还是选择卧
床休息，让身体调整以适应
高原气候。今天中午终于好
转，有力气往外走。原来武
器广场就在尼诺斯酒店不远
处，也许是圣诞节的缘故，广
场上塞满了本地人，旅客反而
变成了稀有品种。印加朋友很
大方，不介意被拍摄，拍照之
后大家相视一笑，各奔前程。

　　有些人总是比较有眼缘，有个印加女孩在卖圣诞装
饰品，我很喜欢她的长相，快手按下快门，不过还是糊
了。之后我看着她笑，腼腆的她还以微笑，可是也没有
向我兜售。我问她多少钱一个，她说 10 新索尔，我拿了

一堆硬币放在掌心给她自己拿，结果她只拿了4枚硬币，我跟她说"Muy Buena"（西班牙语"很好"的意思），她很开心地对着我笑，刚才的腼腆一扫而空。我没有讲价，她也没有多拿，人与人之间其实用心就会以诚相对。

NO. 6

很难想象在穷乡僻壤的窄巷中有这样高水准的餐厅，无论从布置到服务都是AAA级水平，菜品就更不用说了，简直是顶呱呱。贵族精神无关乎物质条件。

NO. 7

在库斯科花了 4 天时间适应高海拔地区，才发现进入安第斯山脉的第一站应该去圣谷的欧雁台（Ollantaytambo），因为那里的海拔约 2800 米，比库斯科低 600 多米，身体比较容易适应高原气候。但是当时只是想着下榻尼诺斯酒店，以此行动支持这家公益机构，结果用了 4

天时间调适。虽然挑
战性比较强，不过总
算达成心愿。今天去
了圣谷，听了很多当
年杀戮的故事，感慨
觉醒的道路很漫长。

　　圣谷最后一站，也是圣谷的最高点，海拔 3800 米。虽然
身体已经调整得不错，不过还是觉得轻微头晕。还好看到传
统的印加族群，很快就把头晕抛诸脑后，焦点决定结果。

　　巧遇非常风趣的帅
哥导游，原来风趣的背
后也是历经沧桑。帅哥
导游刚刚从巴西逃情到
秘鲁。我说起大部分人
都不知道什么是爱，只是在追求某些结果，譬如结婚、生子、

买房……而这些结果都不是爱。他一边听一边差点儿把头点得要掉下来。一堂迷你版情感工作坊就在安第斯山脉迂回的山路上展开……

在圣谷找到一家隐藏在印加民居窄巷里的民宿 B & B，房子很简陋。但是窗外面对着圣谷遗址，风景绝对一流。可惜业主美国建筑师陪秘鲁老婆去美国生小孩，没有办法从他那儿听到他在这里生活 11 年的所见所闻。

NO. 8

圣谷是一个很小的城镇，大部分人经过这里是为了去新的世界七大奇景之一马丘比丘（Machu Picchu），其实这里可以体验到很多印加风土人情，很值得久留。今天学了秘鲁厨艺。明天会去帕塔坎查山区（Patacancha）体验印加纺织工艺。我喜欢体验每一处地方的风土人情胜于自然风光，风景因人而优美。

NO. 9

2015 年是多姿多彩的一年，因为有你。因为你在 2014 年的付出，因为你在 2013 年的付出，因为你在 2012 年的付出，因为你在 2011 年的付出，因为很多次你在不同岁月的付出，所以有 2015 年的精彩；也因为你，才会有 2017 年澳大利亚"全球成长心连心"的传奇。衷心感谢你支持"成长心连心"走上全球化的道路，孕育更多青年领袖。祝你在新的一年万事如意，身体健康。我们在澳大利亚"全球成长心连心"再相聚。

Awamaki 是一家社会企业，它设计了一套合作社机制，协助山区妇女学习如何经营她们的纺织产品。她们的愿景是"Empowering women. Making global connections. Transforming lives."（激励妇女，与世界联系，变革生命）。跟所有的公益机构一样，她们有成功的案例，也有让人沮丧的情况。当那些参加合作社的妇女被问及一些决定性的意见时，她们往往会说："问我的老公吧！"孰喜孰忧，因人而异！

2015年在秘鲁山区画上句号。

印加山地餐，跟咱们的叫花鸡非常类似。

肥猪学编织，七手八脚。

帕塔坎查山里有一个以纺织为主的族群，民风非常朴实。这群印加女士是 Awamaki 最早的合作成员。

害羞的秘鲁山地姑娘从陌生到开放，俨然两个人。是什么促使人们戴上面具？

NO. 10

热水镇（Aguas Calientes）彻夜狂欢，鞭炮声和歌声响个不停。早上 4 点多起床，沐浴更衣，带着一颗虔诚的心登上马丘比丘，祈愿所有人在 2016 年平安喜悦。

每一天都是最好的，每一个际遇都是最好的，藏在云深处的马丘比丘显得格外神秘。

来秘鲁之前有很多担心，来了秘鲁之后发现会担心原来是怕失控。习惯了在发达国家的旅行方式，在南美旅行，要有 hola（和乐）的心态。

在马丘比丘最深的感触是意志力。成功只有一个意念支持，失败则源于无数意念，而无论如何你都是对的。

感谢敬业的导游悉心的照顾，尽管在雨中，还是巨细无遗。

登顶了，祈愿也带到了，祝你平安喜悦。

欢乐背后：其实爬山真的好累，还要冒着大雨，还要坐在冷冰冰的石头上面等雾飘过，等了很久才拍到几张像样的照片，成功非侥幸。朋友们，2016 年大家一齐努力啦！

NO. 11

贝尔蒙德避风港酒店（Belmond Sanctuary Lodge）就在马丘比丘旁边，地理位置得天独厚，食物也非常不错。住在这里还不愁寂寞，从早到晚有 3000 个游客在窗外陪伴，适合爱热闹的人。

无意中找到一家很有安缦（Aman）风格的秘鲁酒店，就在热水镇火车站旁边。原本我还觉得火车站旁边不会有什么好酒店，结果完全出乎意料。

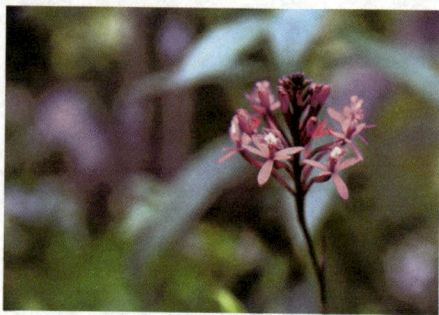

茵卡特拉酒店
（Inkaterra）占地面
积 5 万平方米，据
说其私家花园是全
球最大的兰花公
园，拥有 3720 个
不同品种的兰花。一边黄昏漫步，一边听导游讲秘鲁的传
奇故事。看到神圣石头上的印加壁画，还有一种名为"Forever
Young"（永远年轻）的兰花。

NO. 12

安第斯艺术文
化透露了什么呢？

从马丘比丘又回到库斯科的尼诺酒店，这次住在二楼的 CELSO 房间，这里没有星级酒店的布置，可是非常亲切。期待明天去参访尼诺斯的儿童计划。

在库斯科，肥猪居然发现了一家很有特色的中国餐馆，地方化之后的中国风情很特别。

10 分钟之内，这些美味的食物已经开始进行再造工程了。虾饺、烧卖和云吞汤一般般，蒸鱼、三丝炒饭、西湖鸡肉羹和春卷真的好吃得不得了。

NO. 13

今天终于可以参访深藏在库斯科古镇里的尼诺斯基金会了。秘鲁现在是夏天，学生们正在放暑假，只看到少部分学生，从他们的脸上看到的都是幸福的笑容。

尼诺斯基金会的中心很简朴，但是每一处都流露着用心和爱心。

秘鲁孩子用废纸叠的中国龙惟妙惟肖。

尼诺斯基金会在库斯科有两所客栈，在麦洛克（Meloc）街上的房子比较古老，在费耶罗（Fierro）街上的房子比较新，后者还有一个专门给孩子建造的体育场。这两所客栈承担了中心 45% 的经费，其他经费是

由各地的捐款支持的。

库斯科表面看起来很古旧落后，其实秘鲁的旅游生态链条做得非常精细和专业，可以说是环环相扣。库斯科城里有不少让人惊喜的作品。这家咖啡室的主人出身咖啡世家，他已经是第四代，在首都利马大学专攻咖啡生产，毕业之后把最新的知识带回老家，教父亲如何种植更好的咖啡。贵族精神在于其远见。

库斯科有一家饮食集团，经营着 7 家不同菜系的餐厅，昨天光顾的中餐馆才开业两个星期。而这家 Limo 餐厅则经营了 6 年，秘鲁菜混搭日菜，做得既精致又美味。秘鲁鱼生特别赞。

库斯科点滴印象。

别了库斯科！往前走，好奇11个小时的火车旅程是怎么样的。下一站普诺。

NO. 14

离开人烟稠密的城市，渐渐进入秘鲁山区，11个小时几乎可以从南美飞到温哥华。不过坐火车的好处是可以和大地接触，通透的车厢、露天的车篷，乘客可以尽情观赏大自然。

车上有美食和民族歌舞表演，旅程不愁寂寞。

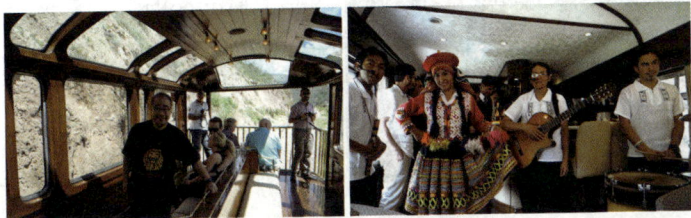

　　火车在海拔 4319 米的
拉亚山脉（La Raya）停下来。
在那里有一个小小的山区市
集，原本轻微的头晕被山区
的民族风赶走了。

　　终于到达普诺，入住当地
人家。主人是大学退休的行政
主管，8 年前孩子长大离巢，
夫妻俩开始经营民宿，房子在
当地算是豪宅。太太的厨艺很
不错，不过我们不敢问她用的
是什么肉。洋鼠在秘鲁是上菜，

人家热情款待，我们也只好睁一只眼闭一只眼，把美味的
晚餐吃完。

早上出发去阿通科里亚（Atuncolla），这是一个拥有 5000 人口的农业社区，淳朴的山地人家，连家畜都特别友善。

好喜欢美洲驼和羊驼。

本来是来看羊驼的，意外地看到火烈鸟，以为脚步很轻，结果还是把它们都吓跑了，还好快手快脚地拍下它们起飞的瞬间。

普诺这个地方很小，一眼就看完了，不过他们有一个得天独厚的"的的喀喀"（Titicaca）湖，湖上有80多个用芦苇草编织而成的小岛，人们逐水草而居。有3个小岛可以接待游客过夜，大部分人来普诺就是为了体验这种独特的生活方式。

NO. 15

意外收获！本来只是拜访普诺当地土著领袖，结果被邀请去观赏普诺大区的"智慧之门"（Aramu Muru Doorway）。奇特的景观、巨大的能量，完美地结合在一起。

NO. 16

　　的的喀喀湖是全世界海拔最高的淡水湖泊，也是南美最大而且可以通航的湖泊，其名称的意思是"美洲豹的大石"或"酋长的山崖"。在普诺游荡了好几天，就是为了住在的的喀喀湖的浮岛上。当成群的浮岛出现在眼前的时候，感觉像是进入了另外一个世界。

　　的的喀喀湖有 80 多个浮岛，人口约 2000 人，浮岛上有教堂，也有幼儿园，有餐厅，也有市集。这些浮岛自 20 世纪 60 年代被发掘，从此成为秘鲁旅游的亮点，湖泊的污染程度也因此越来越严重。利益驱使人们进步，利欲驱使人们倒退，一线之差，在乎觉知。

　　我们在的的喀喀湖认识了当地土著克里斯蒂娜（Cristina）。12 年前克里斯蒂娜接待一对荷兰新婚夫妇在她的浮岛度蜜月，从此她勇敢学习新鲜事物，最终成为的的喀喀湖的旅游大使，帮助同乡为游客提供优质旅游服务，改善生活水平。她认为幸福不在他方，下一代应该以自己的民族为荣。

浮岛面积不大，不过五脏俱全，可以同时容纳25个访客。客房和餐厅都很舒适，还可以在草伞下睡懒觉。做一天水上居民很惬意，做一世的水上居民却是另外一种修行。

因纽特人在冰面打一个洞钓鱼，乌鲁人在浮岛上打一个洞钓鱼。无论遇到多少困难，总会有出路。

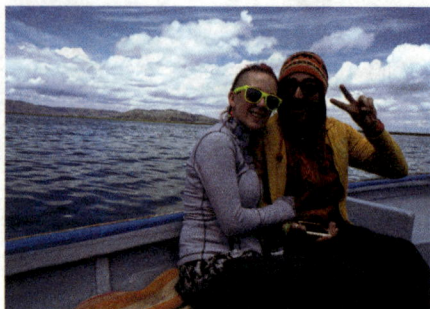

南美之行遇到很多"浪人"，见过新婚夫妇离职一年到处流浪，也有退休人士及时行乐。最为特别的是这一对已经在路上 3 年的小夫妻。男的毕业于牛津大学，是广告界奇才，被"快公司"（Fast Company）评为现代十大疯汉之一。他卖了所有家当，带着同样是广告界高管的太太既云游也工作。他的办公室设在互联网上，客户需要他的时候就会出现。问他什么时候结束这种吉卜赛生活，他说刚刚才适应过来，最起码还有两年半。问他会在路上生育孩子吗？两人同时摇头，同时表示工作量太大了。流浪看起来很浪漫，其实是断我执的修行。

秘鲁风情。

继续前行。离开秘鲁，进入玻利维亚，听很多人说过海关很麻烦，内心有小担忧。结果简单得不得了，不消 5 分钟就办完手续。别人的经验只是参照，未来还要自己创造。

路过科帕卡巴纳（Copacabana）小镇，这里远观比身在其中好看。选择这条路线就是想体验的的喀喀式的渡湖接驳船。出发前看了半天的资料都没有弄清楚是怎么一回事，现在终于弄明白了。

这次云游似乎都和高度有关，经历了全球海拔最高的淡水湖泊，接下来是全球海拔最高的机场。拉巴斯（La Paz）国际机场位于海拔 4061 米的埃尔阿尔托市（El Alto）。身在此地，呼吸那个沉重啊……

下一站苏克雷（Sucre）。

NO. 17

苏克雷这个精致的城市是玻利维亚的法定首都，于1538年建城，市内保存良好的18、19世纪殖民地建筑令苏克雷于1991年成为联合国世界文化遗产。不过苏克雷更早的"原住民"是6800万年前的恐龙，它们在市郊留下5000多个足印和其他化石。

位于拉丁美洲中部高原的玻利维亚，大部分交通靠陆路，从一个地方到另外一个地方动辄七八个小时的车程，有些路线更是需要10多个小时。来玻利维亚的目的就是去乌尤尼（Uyuni）盐沼，但是只去一个地方又显得有点儿浪费。于是硬着头皮，走一条迂回路线，放弃从拉巴斯飞到乌尤尼，而是直奔苏克雷，再从苏克雷坐长途车去乌尤尼盐沼。不过刚好趁着这几天在海拔稍低的苏克雷休息一下，再去高地探险。

　　每到一处陌生的地方，我都喜欢探索当地的文化生活。小小的苏克雷有着很不错的民族舞蹈表演，让八卦的我一睹玻利维亚特有的民族风情。

　　苏克雷老城区有很多大学，咖啡室里面坐着不少年青一代的潮人，玻利维亚传统的服装很有可能最终只能在博物馆里面才看得见了。相比之下，我很欣赏不丹保护传统文化的精神，当地人日常穿的传统服装就是他们的时装。

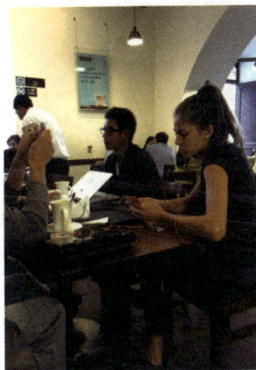

古旧的文化总是有一种说不出的魅力，苏克雷就有这样一家古老的酒店，大堂还播放着弦乐团 Vitamin String Quartet 的作品，很是迷人。

玻利维亚：不妥协的勇气

整个南美的行程，最具挑战性的是玻利维亚，这是一个完全超出我认知的环境，基于这个国家的地理位置、历史和语言，我不能用过往的经验来丈量。当年一个人去印度做背包客，在深夜和不认识的金发男生争夺客栈的最后一个房间，在过夜长途巴士上拒绝热情的印度人把头靠在我的肩膀上睡觉，一个人在山地坐三轮车被车夫调戏，大胆住进素未谋面的以色列人家里，在埃及与军人发生冲突，这一切都没有让我退缩过，但是玻利维亚有太多年人听闻的旅游事故……当地最大、历史最悠久的旅行社老板死在玻利维亚西南环线的车祸中，还有那些不懂英文的司机，将旅客说的"慢一点儿"误听为"快一点儿"，结果全车人命丧他乡，尸横遍野。不过，玻利维亚，我还是来了！

NO. 1

明晨出发往玻利维亚高地探险。此刻我想起你，愿你幸福！

NO. 2

惊心动魄的玻利维亚西南环线之旅终于完成！想知道过去 6 天发生了什么吗？给点儿耐心看故事。

来南美云游让我最"唔知点算"（粤语：不知道该怎么办）的就是玻利维亚。这个位于南美中部的高原国家，交通主要靠陆路，从一个城市到另外一个城市的车程用七八个小时是很普通的事情，如果去邻近的国家，可以坐 20 多个小时的过夜旅游大巴。晚上一边睡觉一边锻炼身体——车子在绵延的山路上飞驰，人一边抱着背包，一边不让身体从椅子掉到地上，少一点儿腰力也不行。挣扎了半天，终于选择了比较安全的方法，租了一辆车子直接从苏克雷去乌尤尼。结果我们不需要腰力，车子的腰力却出

了问题，车子一边走一边在叹气，行至中途，车子在奔驰的同时，我发现司机伯伯不断在用钥匙开动汽车，车子不是明明在走吗？为什么要打火啊？原来车子在走下坡路的时候已经熄火了。最后在比较平坦的路面停下来，司机伯伯立即抢救"老伴儿"……

还好在中转站波托西（Potosi）已经有一辆车子在等着我们，急叫司机马克（Marco）来救援。没多久，他开着一辆1977年的丰田陆地巡

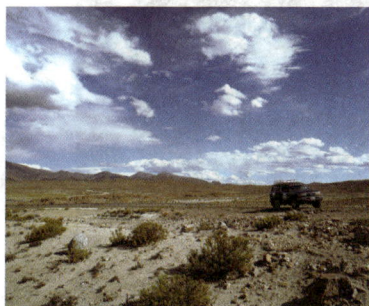

洋舰到来，车身虽然也是补补贴贴的，不过最起码车子不咳嗽，腰力也不错，还有点儿赛车的感觉，后来才知道原来这辆车属于达喀尔拉力赛车队。

波托西是一个矿业城市，人口约20万，海拔4067米，全市以一座银山富饶山（Cerro Rico）为中心建设。据说从1545年发现银矿之后，这座山一直被开采，到1996年

为止，已经产出了 6 万吨白银。现在这座山里面已经被挖得差不多了，像一块芝士一样，有科学家说这座银山随时会倒塌，不过这已经是 10 年前的说法了，富饶山到目前为止还是屹立在小镇的中央。

玻利维亚是绝对的男权社会，矿工是英雄，收入非常可观。聪明的矿工会把财务交给老婆打理，不然的话，所有血汗赚回来的钱就会变成 Pisco（皮斯科白兰地）。以前的文献还清楚记载，若女人要求离婚，其老公有权要求其到修道院终老，或者她要跟谁再婚，一定要得到前夫同意。当地在整个西班牙殖民时期只有 5 宗离婚记录。我们一边听女导游洛德丝（Lourdes）述说历史，一边从她的神情中看到玻利维亚女性走过的坎坷。不过作为旅客，我们只看到和平的小镇、背包客的客栈以及游人如鲫的博物馆。

既然路过那么有历史沉淀的城市，当然要去当地邮局寄明信片了，可惜负责卖邮票的大姐过了午饭时间还没有回来。一般午饭时间到下午 3 点为止，手机上显示已经 3 点半，邮局职员说多等 15 分钟就可以，想想还是先赶路吧。

车子在公路上飞驰，我们终于看到著名的乌尤尼盐沼，站在山头也只能看到冰山一角。

到达乌尤尼入住用盐做的酒店，我在想是否因为盐对身体有好处？问导游：是因为这里盐太多了，还是因为盐对身体有好处？她直白地回答，因为盐太多，并非因为对身体有好处。怎么不编一个好听的故事，那么老实，真的太不浪漫了。

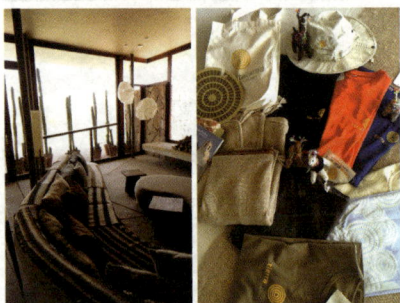

来不及在玻利维亚完成游记，以为过境到智利休息一天可以把过去 6 天所发生的都记录完毕，结果发现写之不尽，干脆把今天作为酒店一日游吧，亮点是买纪念品。

NO. 3

休息一宵之后，养精蓄锐去乌尤尼盐沼，这是来玻利维亚的主要目的。首先参观盐工厂，这里的原住民每一家都有一个盐工厂，设备很简陋。问导游产品这里的盐是否出口，她说不符合国际标准，只能内销，而且价格很便宜。她曾经有一个念头，想开发比较优质的盐，然后高价出口欧洲，结果被原住民社区拒绝，因为这是原住民的世袭财产，不想让外地人开发。她问原住民想不想多赚一些钱，让孩子获得比较好的教育机会，他们的回答是"卖盐的车子更重要"，他们还建议她找一个原住民，嫁了，这样她就可以开发盐田了……

第一家盐酒店由当地人在盐湖区内发起，条件比较简陋，后来被当地一位具有远见的旅行社老板收购，他在旁边盖了一家规模非常大、还有高尔夫球场的盐酒店，观光车都是"悍马"，生意做得非常火。后来被当地人投诉，以污染为名要求其拆掉酒店。其实内情是因为酒店做得太好，产生了利益冲突。一栋精致的酒店就这样从盐沼的地平线消失，只剩下最初收购回来的酒店外壳作为博物馆。拆掉的酒店遗址有一个小小的广场，上面插满了旅客带来的旗帜，是庆祝还是凭吊，看官自行演绎。老板后来在盐湖边上兴建了另外一家酒店，就是我们入住的这家盐酒店。

千辛万苦来乌尤尼，就是为了那传说中的"天空之镜"，可惜尽管在雨季的 1 月，还是看不到半点

要下雨的样子，心中默念在我离开乌尤尼之前一定要下雨，默想之后便一切随缘。轻轻松松跟着有经验导游的步伐，前往鱼岛（Isla Incahuasi）。在大约 13000 平方千米的盐沼，以超过 100 千米的时速行驶 1.5 小时，简直就像在大海里开快艇，震撼的程度仅次于南极半岛破冰航行。

这个亿万年前开始逐渐形成的鱼岛长满了十几米高的仙人掌。仙人掌的生长速度是每年 1 厘米，你可以算一算它们有多大年纪了。十年树木，百年树人。诚其心、正其意、走正道，一切皆有可能。

老是说自己不是运动型的人，不能爬山，鱼岛把这些信念全部打破。冒着正午的大太阳，一步一步往上爬，还行。

回来之后导游已经准备好野餐慰劳我们，食物很简单，但是特别美味。"天空之镜"只是盐沼的其中一个自然现象，这里好玩的事情还有很多。

实则虚之，虚则实之。什么是真，什么是假，全凭觉知。不要被虚荣迷惑，要活出贵族精神。

全球都会有日落，唯风景因地理环境各异。全球人都会离世，唯临别的心情因走过的每一步路各异。既然天公不作美，人为的水潭也挺好。日本旅客特别喜欢雨季来乌尤尼，看到地上因开

发盐沼而遗留的水潭
也玩儿得不亦乐乎。

NO. 4

看了日落，当然
不能错过日出。1月
17日，我们去看了日
出。盐沼早晚的温差

很大，早上的风刮得特别厉害，还好导游准备了没加奶的热
巧克力。听风观日，活在当下。

乌尤尼盐沼是一块宝地，
这里有很多不同类型的矿物。
据说这个泉水可以疗愈身体，
有些当地人专门跑到这里来
泡泉水疗愈身体，也有好奇
八卦的游客到这里凑热闹。
一颗需要疗愈的心怎么才能

被疗愈呢？事实上问题的根本在于心。

　　盐可以吃，也可以用来做建材，当地人就是这样开发盐砖头的，他们用机器在地上画出线条，一块一块的砖头就此形成。盐砖头美丽的线条其实反映了每一年雨季的下雨量，浅颜色表示雨量，深颜色代表旱季堆积的尘埃，从这些条纹中看到过去两年的雨量都很少，我问导游这是地球变暖造成的吗，她点头并且说这些盐砖头做了见证。

　　在沧海变桑田的乌尤尼上继续行走，一个半小时之后走到盐沼的另一个边缘，神奇的一幕出现在眼前，"天空之镜"出现了，原来不用下雨也可以看到"天空之镜"。事实上如果下雨的话，车子只能慢慢走，因为盐水是机器的死敌，车子往往需要平时两倍的行驶时间，而且由于倒影，水天一色，

很容易迷路，即使是很有经验的司机和导游，也会迷路。听着导游诉说她 16 年在盐沼的所见所闻，默默捏了一把汗。还好没有下雨，一切都是最好的安排。

一群韩国青年在水上玩儿"倒影"放声高歌，火烈鸟在另外一头吃着水里长出来的微生物，两种生物各得其所。若生命如流水行云，人间即天堂。"上善若水，水善利万物而不争，处众人之所恶，故几于道。居善地，心善渊，与善仁，言善信，正善治，事善能，动善时。夫唯不争，故无尤。"

抓拍火烈鸟要有技巧：第一，行动要慢；第二，摄影者的高度要像美洲驼，因为火烈鸟习惯了和美洲驼共处，过高的身躯会吓坏火烈鸟；第三，要走走停停，这样就可

以走到很近的地方。于是我拿了一个塑料凳子，用这些技巧真的可以走到很近，虽然拍摄技巧不咋样，还是拍到一些不错的照片。

　　大功告成，打道回府，临走站起来跟火烈鸟道别，它们飞舞起来。高兴之余，我忘了原路折返，结果一脚踏进沼泽，好不容易借着塑料凳子脱身，还捎带了一些火烈鸟的食物回来。

　　在盐沼最头痛的问题是解决生理需要。日本游客会自备流动厕所，每半个小时要下车搭帐篷排队小解一次。其他旅客就要靠专业厕所，收费为 1 玻利维亚诺到 6 玻利维亚诺不等，最贵的比一瓶矿泉水还贵，喝水可以促进经济循环啊！回酒店之前去了火山脚下的公厕，这里是背包客的天堂，还可以洗澡。不知道附近的火烈鸟在这里喝的水是不是……

结束了盐沼之旅，在酒店休息两天。1 月 19 日下午刮起了大风，整个盐沼白茫茫一片，视野不到 500 米。没多久……下雨了。晚饭的时候，日本游客从外面回来，看着他们一个一个灰头土脸、饥寒交迫的样子，我在心中默默感恩，一切都是最好的安排……

一直不明白为什么在玻利维亚没有飞机去智利，原来两国为了 18 世纪一场战争断绝邦交至今。两国虽然都有类似的景观，如盐沼、地下喷泉、国家公园、火烈鸟、美洲驼……但犹如两个世界，看海关情况就可以明白一切。 在继续讲我的云游故事之前先做一个调查，如果你只可以去其中一个国家旅游，你会选择去智利，还是去玻利维亚？

NO. 5

　　1 月 20 日，我要走了而雨也停了，打开窗户嗅到空气中还弥漫着昨晚下雨之后的味道，心中默默祝福其他旅客既欣赏到"天空之镜"也平安大吉！

　　胡乱地用了一些早餐之后再次启程，离开安逸的盐酒店，踏上历时 12 个小时车程、跨越海拔 4875 米高山的旅程，前往智利阿塔卡马（San Pedro de Atacama）。当天早上司机马克和女导游洛德丝严阵以待，丰田陆地巡洋舰的车顶装了满满的两桶汽油，因为一路上没有加油站，他们需要储备来回的汽油。出发前还专门往市区走了一趟，带上了一罐 1 米高的氧气桶，还有一罐可随身携带的轻便装氧气，车上还有当天的午餐和水。

　　一切准备就绪后，洛德丝告诉我要绕道而行，因为当天早上有民众抗议，在机场外堵着，车子不能从公路通过，旅客下飞机之后要在烈日下走 15 分钟到另外一头乘坐旅游车。我们的车子必须通过这些关卡，如果我们的车子被发现，就会被民众堵住，车子出发不了，我们也无法成行，于是我们抄小路走。但是有些比较近的小路已经被愤怒的民众拦阻，经验丰富的洛德丝指挥若定，走远一点儿的小路，其实当时已经有人发现有车子想越过他们的警戒线，有好几个人向我们这边急步走过来，眼看就要迎头遇上了，还好司机马克眼疾手快，安全地越过禁区，使我们的旅程得以继续。后来问洛德丝：玻利维亚经常出现这种情况吗？她笑着说，没有抗议就不是玻利维亚了。

如果你会去乌尤尼，不要逗留在市区内，看看他们的主干道就知道这儿只是一个中转站，背包客在这里寻觅合适的旅行团。没有兴趣做"浪人"的话，直奔盐酒店吧！

乌尤尼邮局。虽然现代有很多简易便捷的通信方式，我还是偏爱寄明信片。

车子在沙漠中风驰电掣，两个多小时之后到达一个小镇。这是一个富裕的小镇，大部分男人都是矿工，因为美国人在这里发现矿山，原住民给出的收购条件是美国人要为他们建一个具有美国风格的小镇，同时把他们的教堂原封不动地从矿山搬迁到小镇上。

在这里尝到了藜麦冰激凌，非常有特色。不过你知道吗？藜麦会促进肠胃蠕动，弄得我们每天都频频放……

继续前行，中午到达一个没有厨房的餐厅。这里流行自备午餐，房东提供餐桌椅子，不过厕所还是要收费的。

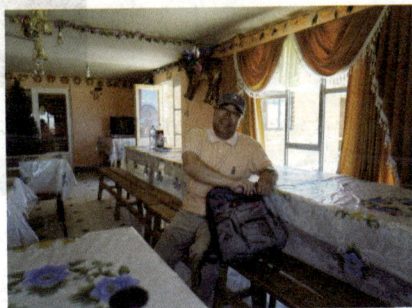

火烈鸟是玻利维亚的骄傲。路上我们又遇到一群火烈鸟，不过洛德丝轻描淡写地说："这不算什么，等着看红湖（Lake Colorada）吧。"

越过高山，穿过湖泊，到达怪石山谷（Stone Valley），风景有点儿像云南的石林，不过这里更为粗犷自然。散落的石头都是火山爆发的结果，配上玻利维亚沙漠特有的植物，虽然四野无人，却也热闹非凡。

穿行于石林之间，约 20 分钟之后，我们到达了一家建在石头下的酒店。这是我们中途落脚留宿一宵的地方。我

很喜欢这家小小的酒店，虽然食物不怎么样，但是店长很有高原经验，也很友善，让人有宾至如归的感觉。这里大约海拔 4600 米。本来洛德丝安排睡觉之前给我吸氧气，不过我的状态很好，免了。

最后一天的旅程是最紧凑、最精彩的。我们早上6点半准时出发，一路上只见黄沙滚滚。

偶尔经过一些村庄，洛德丝发出类似羊叫的声音，果然吸引到纯情的美洲驼傻傻地到处找声音的来源，它们好可爱啊。

行行重行行……看到啦！太美了！红湖大约有15000只火烈鸟在栖宿。我用洛德丝教我的方法悄悄前行，不过优雅的火烈鸟始终敏感地与人保持着距离。我慢慢前进，它们也轻轻地迈向湖中心，距离不近也不远，刚刚好。为免再次踩进沼泽，我还是乖乖地在岸边观赏吧。

自然界离不开生离死别！生得高贵，死得优雅，谁能与共？

高潮迭起，火山间歇泉（Geyser Sol de Manana）乍看起来像人间炼狱，浓烈的硫黄味道、热烘烘的蒸气还有泥浆不断从地下冒出来，难道地狱就是这样的情景？这里海拔 4875 米，我呼吸不困难，不过行动还是缓慢一点儿好。

天堂抑或地狱，仅在一念之间。

　　继续前行，到达一个中转站，这里可以泡温泉，也可以放水，这里的 bano（厕所）涨价了，6 玻利维亚诺去一趟，不知道泡温泉需要多少钱。

　　经过古马尔谷（Valle de Deli）到达了绿湖（Laguna Verde），湖的背后是利坎卡伯火山（Licancahur Volcano），海拔 5960 米，山的背后就是智利，那是一个怎么样的世界呢？平易近人的洛德丝看到一堆一堆人为的石头堆，忽然变得很激动，用脚把这些石头堆踢倒。问她为什么这

么做，她说这不是玻利维亚的文化，而且影响自然景观，要堆在自己的地方堆砌，别在这里弄。

正邪只是一线之隔。翠绿的绿湖美丽动人，但是湖水充满有毒的矿物质，生人勿近。旁边的白湖（Laguna Blanca）看起来平平无奇，但是滋养了不少鸟类。贵族精神存乎独立的意志与道德的自主，不为权利、金钱所摆弄，不为多数人的意见所左右。

在玻利维亚吃完最后一顿午餐，前往智利的旅客都在这里跟他们的领路人道别。临行前我与洛德丝拥抱道别，虽然只相处短短数天，还是依依不舍，看着司机马克开车

扬长而去，我心中默默祝福他们归途安全顺利。很难理解人世间的缘分，不过我相信没有偶然的相遇，彼此都会给对方在修行路上最好的提醒。

NO. 6

　　"玻利维亚西南环线"游记大功告成，接下来开始忆述智利北部所见所闻，并且揭开我的选择。如果你还没有参与调查，现在要赶紧做选择啊，这是一个很有意思的自省过程！调查问题是：智利和玻利维亚两国都有类似的景观，如盐沼、地下喷泉、国家公园、火烈鸟、美洲驼……如果只能去其中一个国家旅游，你会选择去智利，还是去玻利维亚？

　　玻利维亚和智利好像是时光隧道的两头。

智利：
不自然的自然

从玻利维亚越过边界，进入智利，才知道什么
是天堂，什么是地狱。你认为哪一边是天堂？

NO. 1

从沙漠到绿洲，下一
站圣地亚哥。

NO. 2

从沙漠到绿洲，对于某人来说，最开心就是可以大吃
一顿。智利的海鲜好便宜，一大碗新鲜海胆只售人民币 90

元，而且好味到飞起，还有生蚝、鲍鱼沙拉、藜麦大虾、南美鱼生、海鲜汤、智利传统甜品……人们怎么可以想出那么多好吃的东西？

NO. 3

在圣地亚哥入住的民宿位于贝拉维斯塔区（Bella Vista）。来了两天都没有真正离开过这个地区，白天在附近的街道逛已经目不暇给。附近有很多酒吧和餐厅，晚上人们彻夜狂欢，音乐声可以当成催眠曲，还有偶尔

的地震，让人不去酒吧就能够体会到摇滚的感觉。

趁着夏天，智利人尽情享受着户外生活，每一家餐厅都色彩缤纷。

圣地亚哥的街头涂鸦比布宜诺斯艾利斯更胜一筹。

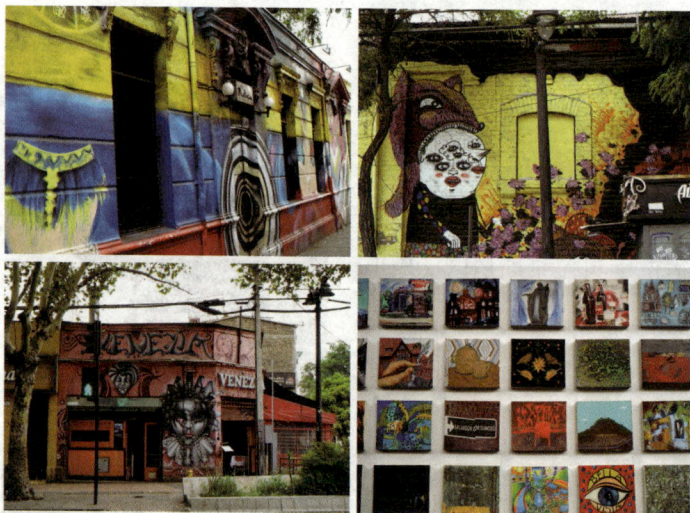

NO. 4

今天的节目，去
圣地亚哥中央邮局寄
明信片。

圣地亚哥的各类博物馆、欧式建筑和街头涂鸦混搭，
成为一道独特的风景线。

今天帮衬（粤语：光顾）地道的茶餐厅。我不知道你说什么啊，听不懂西班牙语，不过东西很好吃。

南美每一个大城市都有一个武器广场，每一个广场上都有一座教堂、一座铜像，还有无数餐厅食肆。

NO. 5　忆述智利北部沙漠地区阿塔卡马（Atacama）所见所闻

> 如果你正在失眠，如果你正在十字路口徘徊，让这首《独家村》进入你的心灵，慎独的路难走能走。我陪着你，直到我们必须分别的时候，请你牵着更多人的手一起走下去……

智利的盐沼和玻利维亚的盐沼是两种趣味。

在智利盐沼观日落是另一种风格，就是不看落日，反方向观看群山，因为落日余晖会让群山变成红色，日月同辉，感觉很奇异。

智利的火烈鸟数量明显比玻利维亚少，而且每年的数量逐渐下降，导游笑说是因为玻利维亚的消费指数比较低，它们都迁移到那面生活了。两国人民彼此用不同的方式针锋相对，玻利维亚是尽在不言中，智利则是尽在笑谈中。不过在智利风景区看到的火烈鸟明显有被养殖的痕迹，它们对游客见怪不怪，毫不躲避，可以说对人比较信任，也可以说是失去了自然的警觉能力。

智利的公厕不用付钱，但是要排队。

智利的火山间歇泉犹如迪士尼的主题公园，不过儿童乐园的气味有点儿浓。

猜猜智利火山间歇泉的地下水从哪里来？从太平洋来。谁听了都目瞪口呆。因为地处火山活动活跃的区域，熔岩使地层水化为水汽，水汽沿裂缝上升到海拔 4600 多米的高山，当温度下降到汽化点以下时，水汽便凝结成温度很高的水，每隔一段时间喷发一次。大自然的力量既神秘又伟大。

据说在前任总统管治时期，这里是禁地，不能碰任何自然风貌。到了新一届总统上任，政府发现火山间歇泉附近有矿藏，不过需要大量水源协助开发，于是从这里把水输送往

矿山。导游说水量减少会影响自然生态循环，让植物干枯、动物迁移，不只这里风光不再，还有很多连锁反应。

贵族精神不是文人墨客的玩意儿，更非富裕阶层的专利品。贵族精神的体现在生活中比比皆是，贵族精神卓识的远见和规划，以及对生命的珍视和承诺，是缔造百年企业的基石。

智利满月夜行是比较有特色的，不过如果导游带你在晚上从峭壁爬下谷底，要量力而为。当天晚上我看大家默默往下爬，我的第六感告诉我这事不能干，于是我跟导游大声说不去了，宁可在车上等大家回来，同团 7 个看起来是运动达人的老外二话不说，回头就跟着我走，我想这次砸锅了。没想到后来他们一个一个来感谢我，说其实他们心里也是这样想的，很感谢我勇敢提出异议，他们也不用摸黑爬那么陡的斜坡。刹那间，我心里冒出一句话：为什么你们不开腔啊？！

原来有一条车道可以直接到谷底，大家回头看笔直的山坡，都庆幸刚才我做了一个英明的决定。老外朋友八卦我的来历，一边走一边聊。他们很好奇我独自去南极的经历，更惊讶于我自己一手策划南美的行程。我在心里也很惊讶，看似独立的老外居然那么依赖别人。

他们在沙漠上面干什么呢？原来是排队等待滑沙。参加者首先要从谷底辛辛苦苦爬上去，然后从上面滑下来，爬上去大概半个小时，滑下来大概3分钟，下来之后满身都是沙子，鼻子、眼睛、耳朵、嘴巴里全是沙。看到这个情景，本来闹着要去玩儿的他打退堂鼓了，还是舒舒服服坐在火炉边，享受导游在满月夜行之后准备的美食和饮料吧。

　　记 得 之 前 我 问 过，智利和玻利维亚两国都有类似的景观，如果只能去其中一个国家旅游，你会选择去智利，还是去玻利维亚？我的答案是玻利维亚，虽然当地的条件很差，但是保留了大自然的真实性；智利的经济状况和社会管理都让人感到很安全，但是人为的痕迹太重。也许风景只是风景，如何发现真与美不过是反映了个人的内心世界而已。

NO. 6

　　南极探险期间，大家的镜头对准了企鹅、象海豹、海豹、冰川……我也不例外，用菜鸟的手法拍了很多景物。当我问自己，南极到底给我带来什么启发，我的答案让我把镜头转向探险队和后勤工作人员。其后我用这些照片制作了一个视频送给他们，感谢他们辛勤的工作，让船上每一位乘客安全地满载而归。

视频会在我的个人网站 **www.abouteva.com** 发布，大约在春季末。趁立春之际，提前在这里分享视频内的心情寄语。祝你在新的一年身体健康，时时喜悦。

Eva 黄荣华

2016 年 2 月 4 日·立春

南美智利复活节岛

南美智利复活节岛是云游最后一站，今天立春，寓意深长。

初探复活节岛的摩艾（Moai）。不过精彩的部分还没有出现。

NO. 7

太阳从不曾离去，一直在那里，等待地球的转向。爱一直在那里，等待失去信心的人们转向。

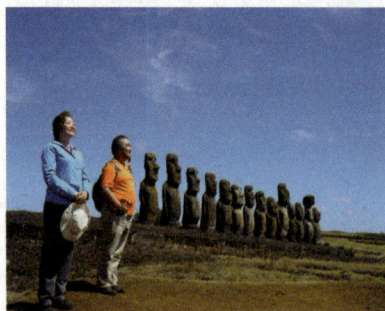

一元复始，万象更新。新的循环从太阳升起开始。愿你每天充满下面这 6 个元素：

energy：能量。

wisdom：智慧。

knowledge：知识。

power：力量。

fertility：丰饶。

supernatural power：超自然力量。

NO. 8

智利圣地亚哥时间 2 月 9 日晚上 9 点 33 分，我坐在机场假日酒店 411 房间的书桌前，想着如何写复活节岛的游历经过，忽然感觉地板在轻微震荡，我知道是地震。然后这种感觉越来越强烈，坐地灯开始摇晃，而且摆动得很厉害。我马上拉开窗帘，通过落地玻璃窗清清楚楚看到对面机场大楼的状况——人们若无其事，该干吗干吗。24 分钟之后，我从网上看到距离圣地亚哥以北 404.7 千米的奥瓦耶（Ovalle）发生 6.3 级地震。世事难料，还是回到书桌赶紧完成过去几天的回顾吧。

NO. 9　复活节岛回顾

复活节岛被探险家发现的那一天刚好是复活节，后来根据当地的语言改名为拉帕努伊岛（Rapa Nui），不过"复

活节岛"这个品牌已经深入民心，原来的名字还是被沿用着。复活节岛与新西兰和夏威夷形成一个金三角的玻利尼西亚文化地带。由于处于热带气候，没有秘鲁和玻利维亚那种隆重的民族服饰，传统服装只有羽毛和少量蔽体的布料。每年2月这里都举办一次盛大的塔帕蒂（Tapati）文化节，以纪念拉帕努伊人辉煌和灿烂的过去。我们刚好赶上节日，虽然不懂他们的语言，但是可以看得出他们极力维护着传统的文化。

复活节岛呈三角形，三边都临海，最长的一边只有22千米。岛上风景有点儿像夏威夷，不过岛上只有一大一小两片海滩，其中一个是当时

的土皇帝登陆的地方，现在成为人们玩乐的场地，还有好吃的烧烤，不过这都不是我来复活节岛的原因。

复活节岛位于圣地亚哥以西外海约 3700 千米，两地飞行时间约 6 小时，远道而来唯一的目的就是看巨型石刻摩艾石像，这些神秘的石像遍布在复活节岛，高 7 ～ 10 米，重量从 20 吨到 90 吨不等。拉帕努伊国家公园占复活节岛超过 40% 的面积，1995 年复活节岛被联合国教科文组织列入世界文化和自然遗产。岛上所有的石像群都背着大海，只有一组 7 个石像面朝大海。岛上有很多野生马，比居民人数还要多，它们视石像为玩伴，还不时用石像来擦身体。

复活节岛上有好几个火山，形成了不少洞穴。我们在看石像之余还爬了两个洞穴。

挨着悬崖走了一段路去另外一个洞穴，很棒的意外收获。

另外一个洞穴只有 30 米深，进口很小，几乎要躺着进去，趴着出来，虽然辛苦，但是洞穴的尽头就是悬崖，还可以看到太平洋，很是惊险却有趣的体验。

制作石像的最后一道工序是装上眼睛，还没有装上眼睛的石像叫 Moai，装上眼睛之后就叫作 Aringa Ora Ote Tupuna，意思是"活祖宗"。当地人说建造石像是为了传

承智者的 Mana 灵力（Mana 有 6 个元素，包括能量、智慧、知识、力量、丰饶和超自然力量）。看来无论中外，传承都是一个重要的议题。

石像是直接从火山取材雕刻形成的，这个天然的石像工厂有很多遗留的石像。

最重的一个石像还没有完成，仍然躺在山上，从谷歌地图可以查看到。它大概有 200 吨的重量，带给人们无限的遐想和反思。

适逢大雨，游人都跑光了，剩下我们几个跟着酒店的导游总管，来到火山洞口形成的湖前。总管贝诺（Beno）是当地人，我问他有没有想过要去大城市居住，他毫不迟疑地说从来没有想过，他喜欢复活节岛的生活。

Reno Kau 是复活节岛最大的火山口。这里以前还允许妇女到湖边洗衣服，现在已经是纯旅游景点了。

拉帕努伊人很喜欢各种类型的体力比赛，其中一项是从这个悬崖爬下去，游泳到对面的小岛，捡一只鸟蛋，然后用布把

蛋绑在后脑勺上，游泳回来，蛋不能破，把蛋送给土著领袖，奖品是美女和美食。好莱坞明星凯文·科斯特纳（Kevin Costner）曾经耗巨资在这里拍摄有关复活节岛的故事，电影名字也叫 *Rapa Nui*，票房不怎么样，不过由于需要当地人协助拍摄，几乎整个岛屿的居民都用上了，为当地提供了不少就业机会。

东面一组 15 个摩艾石像经历最多的风霜，曾经被海啸打得七零八落，后来人们一块一块地把它们捡回来重建。这些石像到今天还在原处很骄傲地面对着远处的石像工厂。

　　南美云游随着美丽的日出而结束，今天晚上飞往美国，继续下一站的旅程。

　　去年 11 月 4 日说再见，虽然只是过了 3 个月，却有山中方一日、世上已千年的感受。是因为人世间有太多的变迁吗？

加拿大：爱从来不荒芜

20世纪80年代的时候，因为工作关系，我和加拿大结缘，可是我一直不喜欢加拿大，觉得这里的人太过老实，生活太沉闷。不过老实的加拿大人给我留下很深刻的印象，尤其是那些"中国通"，他们对中国的热爱比起对自己的国家更甚。后来移民，自己成了加拿大人，但是也没有改变我对这里的印象，也不太愿意花时间认识这个全球国土面积第二大的国家，直到2019年和学生一起去曼尼托巴省北部的正吉尔镇，我才领略到加拿大不一样的精彩。

NO. 1

典型的加拿大生活方式：
放松而不放纵，宽容且珍惜当下；
善待周遭环境，哪怕是无情草木。

在天地之间，有谁愿意在苍茫大地做孤独的守护者？

很久以前来温尼伯进行商务访问，只知道这里位于农业大省，冬天气候很冷，人们作风保守，其他所知无几。今天再次路过，发现这个城市的文化风貌很有意思。明天从这里开启 48 小时的草原火车之旅。别了，温尼伯，祝你永远和平。

NO. 2

加拿大火车总是不会准点。由于之前已经略有所闻，所以车子比原定出发时间晚了 30 分钟，我也不

觉得意外。上车之后要选其中一人做"保安"——capable person，负责学会安全设施。车长广播不断提醒乘客行为要端正，不然会被请下车。老少相同待遇，很平等。

午餐时间到了，餐车环境还算宜人，食物比较简洁，还好只是两天的体验，不然我想有人会悲从中来。

曼尼托巴不愧为农业大省，火车开了近 9 个小时，窗外都是各式各样的农作物。傍晚开进了貌似丛林的区域，其实隐藏其中的是畜牧场。晚餐时我们更具感恩之心，默默感谢农夫和厨师的辛勤工作。

加拿大注重环保，与日本的简约精神异曲同工，唯前者粗枝大叶，后者美感细致。火车卧铺有单人间、双人间和三人间，各自附带厕所，单人间的厕所不用的时候可以作为脚垫。我没有勇气与厕同欢，多掏腰包进驻三人间，没有挨批评败家，大家都好开心。

NO. 3

　　火车整晚摇摇晃晃，像极了儿时在摇篮里的感觉。清晨醒来，第一件事是往窗外看，发现终于没有农田了，也没有 Wi-Fi 了。安静的清晨，餐车上却有热烈的讨论在进行……

　　在渺无人烟又没有 Wi-Fi 的环境下最好做什么？

　　吃和睡？工作和反思？

　　你选哪一种？

NO. 4

又一个黄昏。

加拿大曼尼托巴省丘吉尔镇，白熊的数量比人口多，据2016年的统计，人口899人，白熊1000头。酒店距离火车站步行不到5分钟，很想徒步走到酒店，问游客中心在路上会不会遇到熊，服务人员笑说很难讲啊……回头看到告示牌上一张公告：Don't walk! Get a ride!（不要走路！搭车！）

丘吉尔镇方圆110公里，镇内只有一条主干道，几乎所有商业活动都在此，外围有不少熊出没的警告牌。这里只有一个季节：冬天，要

么是冷一点的冬天，要么是没有那么冷的冬天。现在是下午4点，气温9摄氏度，吃饱一点儿探险去。

全副武装出门，穿上防风衣服，手套、围巾、厚袜子全部用上，可是人算不如天算，下雨了，浑身湿透。

在海上追逐白鲸（Beluga whales）的踪影，昏头转向，所幸看到了壮观的白鲸群，它们也看到我们，围着冲锋艇畅游。欠缺摄影技巧的我根本无法捕捉这美妙的瞬间，干脆放下镜头，用心观看，感人的一幕也在这个时候出现。刚出生的小白鲸被母亲背着，在快要滑下之际，母亲的尾巴轻轻一拨，小白鲸又回到母亲的背上，那一刻无以言表，满满的爱在心头。

今夕是何年，但愿人长久。借摄影师丽萨·巴里（Lisa Barry）的杰作，送君所有的祝福。

丽萨·巴里 摄

NO. 5

白鲸是海上的"金丝鸟"，它们被认为是最爱讲话的

鲸类动物。白鲸之所以能够发出
声音，是靠头顶上喷水孔附近的
气囊。它们能在不一样的时间，
或在不一样深度的海域发出不一
样的声音。导游琳赛（Lindsey）
对白鲸的热爱溢于言表，一路上
解说它们的相关知识简直是如数
家珍，还透过水底话筒让我们倾听白鲸的交谈。一时间，海
面变得热闹起来，而后来的奇遇也是因为声音而展开的……

在网上搜索白鲸的资料，越了解它们，越觉得这些精
灵很有意思。

目别：齿鲸亚目（Odontoceti）。

科别：一角鲸科（Monodontidae）。

学名：*Delphinapterus*（属名）*leucas*（种名）。

希腊字源：delphinos（海豚），a（没有），pteron（鳍），
leucos（白色），整体意思为"没有背鳍的白色海豚"。

中文俗名：白鲸。

英文俗名：Beluga（贝鲁卡鲸，源自俄文），Sea canaries
（海金丝雀，源自描述其声音多样）。

俄文俗名：Belukha（"白"之意）。

白鲸最特别的地方是它那相比其他鲸类可以大幅度地

德米特里·科赫（Dmitry Kokh）摄

移动的颈，白鲸可以把头拧转看看自己的后面，除此之外，白鲸还可以转变面部表情，这也是其他鲸鱼所不能的。

丘吉尔镇在亚北极圈，这里的夏天白天气温也就是八九摄氏度，小白鲸多在 5 月或 7 月出生，雌性白鲸的妊娠期是 14 个月，而小白鲸的哺乳期是一年至两年，在这期间，白鲸母子关系十分密切，有些白鲸在成年之后也不会离开母亲。

白鲸的最大体长 490 厘米，体重 1600 公斤；新生白鲸体长 150 ~ 160 厘米，体重 80 ~ 100 公斤。

据资料显示，白鲸主要分布在北半球的北极圈海域（北极海和亚北极海），北纬 50 度到北纬 80 度之间。有些白鲸具有迁徙行为（如白令海族群），有些只在固定范围内活动（如圣劳伦斯河族群），而主要决定移动迁徙的因素为海面冰层的覆盖程度。目前已知约有 30 个族群在此生活，这些数量的记录多根据科学家在夏天白鲸聚集到河口脱皮时所做的观察得出。白鲸（尤其是母鲸）对其栖息地具有相当高的忠诚度，每一年都会回到其出生地，即当年母亲生下它的河口。秋天时，因为岸边与河口会慢慢结冰，它们得迁移到较外海的地方，冬天时候，主要停留在不会结冰的海域，或大块浮冰边缘，抑或尚未冻结、漂浮着碎冰的区域。

昨天在哈德逊湾（Hudson Bay）翻腾的海面上冒着细雨看到的景象已经让人感动不已，今天在丘吉尔河（Churchill River）相对平静的水域看到的景象更是精彩。虽然天阴没雨，海风依然寒冷，但是这一切都不减人们的热情。

正如人们只会消磨精力在自己认为最重要的事情上。如果你得不到爱，那么一定有些事情比爱更重要，快乐亦然。

匆匆两个小时的旅程已经到了尾声，用心的琳赛刻意让我们多待一会儿。此时一群白鲸尾随我们的小艇，大伙儿兴奋起来，白鲸还发出低沉的声音，没过多久它们又渐渐远去。

拥有丰富经验的琳赛说这些声音她也是首次听到，我好奇地模仿着刚才听到的声音，没想到白鲸旋即再次向我们游来，而且距离之近比刚才更甚，可以说是推着我们的小艇前进的。这奇遇不要说是我们初见，连琳赛也从来没有见过，整船人都乐得疯了。

说彼此能够读懂的话，我想这是白鲸送给我们最好的临别礼物吧！谢谢你，可爱的精灵。

NO. 6

如果说丘吉尔镇是白鲸的后花园，那么对于北极熊来说，这里就是它们的首都。丘吉尔镇位于哈德逊湾的港口，夏天时很多栖息在哈德逊湾区的北极熊会游泳到南边觅食、休息，到 10 月底等待海冰重新凝结后，再北上猎捕海豹。丘吉尔镇刚好位于北极熊北上的路径上，因此到秋天时，丘吉尔镇的海边会有很多北极熊聚集，等待海冰的凝结。

可是，现在还是夏季。

寻找北极熊的苔原装甲车还没开出，司机已经给我们打了预防针，他说："你们可能在寻找一些根本不存在的东西。"可大家还是兴致勃勃，充满期盼和幻想。

人们总是希望自己是幸运之子，对未来充满憧憬，对不可控的未知却莫名恐惧，这样的矛盾造就了人生的乐趣……

苔原装甲车向着一望无际的丘吉尔野生动物管理区进发，一路上司机用望远镜瞭望寻找北极熊的踪影，同时引导乘客关注区内不同的鸟类、植物和环境，尽管这些本来也是很珍贵的事物，但在当前已经变得无足轻重，大家的心都悬在北极熊那里！

车子在泞泥浅滩中晃荡前行，忽然司机一句"Bingo."，本来嘻哈玩闹的气氛立马变得凝重起来。司机警告大家要安静，要慢慢打开窗户，任何响亮的声音都会吓跑北极熊。

终于看到了，懒洋洋的北极熊躺在河边，像一堆棉花。

远远躺着的北极熊难以用肉眼看清楚，车内众人的表现却很分明。有些人用望远镜瞭望，有些人举起相机，费尽心思留下美好的一幕，有些人凑热闹，有些人从容不迫。镜头内是北极熊，镜头外是人性的呈现，两者都很有趣。

李军 摄

丘吉尔镇终于露出蓝天，用心的司机带着我们四处寻找北极熊的踪影，其实找到找不到都不重要，自然本来如其所是，旅行的意义在于发现自己，认识人类可与万事万物和平共处，顺道善身。

丘吉尔镇的海岸线真的很美，还有遍地像毛毛球的花朵和植物、秀丽的石头、婀娜的加拿大雁（Branta canadensis），如果不怕冷，还可以坐在石头沙发上看大海。

不听话到城里乱闯的北极熊会被捉起来"坐牢"30天。加拿大人热爱动物，这是他们保护人类和动物的方法。

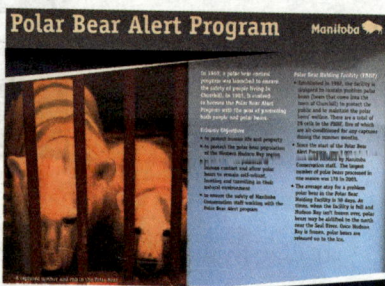

最后给大家分享一个发生在丘吉尔镇的真实故事，某年苔原装甲车司机目睹 5 只壮硕的公熊围剿 2 只小熊，母熊不顾一切跳到圆圈中央，正当司机目瞪口呆的时候，熊妈妈挺直身躯，用尽全身的力气向公熊咆哮，似乎一场血战在所难免了。

谁知道下一幕是公熊一起灰溜溜地转身离去。其实公熊们绝对可以打败母熊，司机笑说，但是它们知道母熊会不惜一切保护小熊，它们不会为了一小堆肉块而伤身，何苦呢……

万物皆有智慧，切莫唯我独尊。

NO. 7 一株植物引发的思考

丘吉尔镇靠海边的岩石长了很多像毛笔的植物，它们漫山遍野，在阳光照耀下就像闪亮的星星，可是镇上没有人能够告诉我它的名字，甚至当地人说没有见过。临走时，我刚好遇到几位环境学教授，于是冒昧请教，他们分别用法语和英语解答了我的困惑，也因此引发了一连串的思考。

先来说说这株植物的由来。它的名字是仙女木（Mountain Avens Dryas Octopetala），但是我没有看到它的真身，只是看到它的瘦果（Seeding Head）。

安妮·比约克曼（Anne D. Bjorkman）摄

仙女木的名字很有意思。dryas 源自希腊神话中 dryad（森林女神）；octopetala 由两个希腊语单词构成：octo 意为 eight（八），petalon 意为 petal（花瓣）。这是因为仙女木的花冠有 8 枚花瓣，对通常只有 5 枚花瓣的蔷薇科物种来说，这是极不寻常的。

它的瘦果呈圆卵形，长 3 ~ 4 毫米，褐色，有长柔毛，先端具宿存花柱，长 1.5 ~ 2.5 厘米，有羽状绢毛，而我看到的就是这部分。

仙女木是高岭的花朵，生长于海拔 2100 ~ 2300 米的地区，一般生长在高山地带。而且喜欢在岩石和砂砾上生长，特别是石灰岩，有时候也会出现在针叶林下。

在高岭受着寒风吹打，在石间寻找扎根之地，其他花早就受不了寒风与石砾，但它生存得很好，更能开出纯洁无瑕的花朵。

仙女木是冰岛的国花，象征当地人民在饱受狂风暴雨、极端天气的条件下艰难扎根求存，缔造了一个国家。

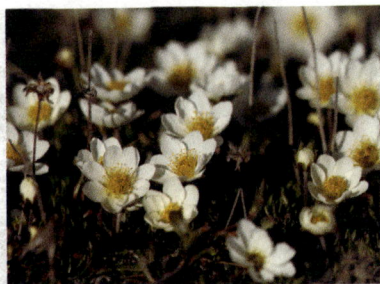

仙女木也是北极地区一种精美的植物，它怕热喜冷，通常会随着寒冷空气的南进而向南扩张，因此地理学家或古气候专家把它作为寒冷气候的标志。

19世纪末，科学家发现，在欧洲低纬度地区，约12000年前的地层中，竟然出现许多仙女木的花粉，显示当时欧洲温度明显下降，并持续了1200年，科学家因此将其称为"新仙女木事件"。

2004年有一部叫好又叫座的灾难片电影《后天》（*The Day After Tomorrow*），描述全球持续暖化下，北半球在短短的六七天内完全被冰雪覆盖。该电影的脚本就是依据"新仙女木事件"联想写成的。此事件是指约2万年前的最后一次冰期结束后，大地升温回暖，冰雪融解成淡水；随后在约12000年前，大量北美陆地的淡水注入北大西洋，减弱全球海洋环流，阻断北半球从低纬度地区向高纬度地区传输热量的暖流，瞬间使欧洲变得异常寒冷，进而造成北半球持续1000多年的严寒气候事件。但电影情节是真的吗？事实又是如何呢？
假如未来真的发生，地球
的气候将会如何变化？

　　目前全球持续暖化，
各地气温不断创新高；气
候学家警告，高纬度的冰
雪持续融解，可能会导致
北半球急速降温，诱发天
寒地冻的冰期到来！

　　你可以不关注一株小小的仙女木，可是我们唯一的家
园呢？你可以做什么？

NO. 8

该遇见的一定会遇见，
该发生的终究会发生，
庸人怎么能体会天意，
一切都是最好的安排，
顺道善身……

CHAPTER 2

生命科学教室

在所有我去过的国家中，只有不丹是连续每年都会造访的地方，连续9年，直到2020年全球按下暂停键。

在这9年里，我带领过很多学生去不丹，我希望他们能够在不丹这片清净的土地反思生命的意义。我问过我自己：我不在了，曾经的努力是否可以延续下去？我想我不是唯一一会问这样问题的人。不同人有不同的见解，而我的答案是：人世间所有的事物都是过眼烟云，真正要做的是将种子埋在人们心底。努力做好想做的就可以了，世间事变幻莫测，平常心是道。每一个人都在经历自己的道路。每一步都做好自己、贡献于他人，这是延续的根本。

NO. 1

第一次去不丹是 2011 年，当时深刻的印象，就是带队的不丹导游被提问：什么才算够？他回答：在商店里面能买得到的就够了。之后去到商店，看到那里卖的都是日常生活需要的东西。这名导游是却基·旺卓（Choki Wangchuk）。

随行的助理是很有个性的女生，有人说她不食人间烟火，然而不丹无声地把她折服了，从她的文字中可见一二——

不丹是一个信仰佛教的国家，

随处可见佛教文化的印记。

藏传佛教的经书已经很旧了，

也记录着它当年甚至今天都经常在被使用，

泛黄的纸，残缺的页，

赋予了经书沧桑感。

经书外面扎着布条和皮带，

可以想象，使用经书的时候，

要一圈圈为它解缚。

一张张轻轻翻开，

一句句轻轻念诵，

…………

对于佛教徒来讲，

这是每一天都要做的事情

体会的过程本身就是一种修行。

在不丹可以看到风格不同的佛塔。

不丹的香比较特别，
草药的味道，
闻得出是全天然的。

"罄"还是"钵"？
铜质的器皿，
当地人告诉我们，
要唤醒正在做冥想的人的时候，
可以通过它发出的声音，
让对方知道。
而更重要的是，
这也是出家人化缘的器皿。
化来多少缘都要感恩与满足，
哪怕什么都没有，
内心也是具足的。
美丽的不丹人，
还用它来装饰房间，
里面盛上了山泉，
撒上了鲜花。
我们住在风景山林里，

野花野草还有成群的松树，

不丹的风景，

朴实、安静。

我们住在山林里，

有着高高的松树、

安静的小溪、

酒店舒适又安静的餐厅，

什么都很好，

服务员对我们非常好，

很舒适。

不丹的天气有点儿冷，

所以室内放了木柴和火炉，

可以点燃取暖。

不丹的天空蓝蓝，

屋檐高高。

不丹的图书，翻译起来好像是《不丹，神的山林守护者》。

不丹，可爱的孩子。

不丹山中的小景，

一家山上人家的门口，

木头的房子，随意长着的树，开着小小的花。

山上的路，
光阳透过树木洒在青苔上，
青苔也有着自己的伙伴，
白色的小花、
落下的松针，
很安静，空气也很清新。

山上常见的植物，
虽然不是美景，
却让我忍不住按下快门。
一棵小树苗被树枝保护着，
明显是人为的。
虽然漫山遍野都是植被，
在这里的人们仍随手做着力所能及的爱护生灵的事情。

我们起得很早，
空气还有一点儿湿，
山上的云一层一层。
山看着云，
云绕着山，

风吹着经幡，

经幡迎着风。

长在石头墙上的草，

昨天晚上下过雨，

所以路上还有点儿湿，

空气真的不错。

山上随风飘扬的经幡，

当地人说经幡要挂得高高的，

让风可以吹起。

五色的经幡象征着不同的祝福，

风一吹，把祝福也带到远方。

特别要提一下在路上遇到的两条狗，

它们从我们进入寺院的那刻就跟随着我们，

从这个寺庙辗转到另外一个寺院，

一直走在最后护送我们。

途中，它们还和其他寺院的狗打了一架，

总之，最后把我们护送下山。

大家都很感动，下山之后拿来小饼干喂它们。

黄色的狗很腼腆，基本上不怎么吃；

黑色的狗比较活泼，给什么吃什么。

最后我们要回去了，黑狗两只前爪也踏上了车，我和它说：要么就跟我们回去吧。

············

最终它还是没有上车。

第二次去不丹是 2012 年，陪同我们的还是却基。这次同学们大丰收，从家庭情感的增长，到感受不丹的灵气，乃至搜罗唐卡①的同学都满载而归。意外收获是初遇不丹前文化部长仁波切（Mynak Tulku）。临行前同学们鼓励却基到中国学汉语，让更多的中国旅客可以了解不丹的文化。最后达景同学赞助却基，完成了他的中国梦。

第三次去不丹是 2013 年，却基穿着过年的民族服装，在机场热切地等待着我们。这次我们没有像以往一样入住安缦酒店，而是以行者的步伐，体验地道的不丹风土人情，住民宿，睡帐篷，在天地之间论道人生。大伙儿获得的是心灵的滋养。这次再遇仁波切，不仅仅是倾听他的教诲，更多是感知他阔达的胸怀。临行前，所有人把身上剩余的现金凑给却基做下半年的学费。大伙儿祝福却基，跟他说：你去完成学业吧，好让更多华人认识不丹。

第四次去不丹，原本只是想去看看仁波切。没想到因缘把我们带到岗提（Gangtey）观赏珍贵的黑颈鹤。这些唯

---

① 唐卡：指用彩缎装裱或悬挂供奉的宗教卷轴画。——编者注

一生长、繁殖在高原的鹤类，它们能否继续活在地球，有赖人类对大地的关爱！当时更没想到恰逢不丹新年，我们得以感受不丹人质朴的新年礼节，酥油茶、甜米饭、自家酒、郊外餐，与孩子们在草地上玩乐，体验幸福国度的本地生活。

那是唯一一次没有带着大队人马一起去不丹，只有我和丈夫同行。每次去不丹都有不同的感受，而这次的感触尤深，特别想跟你一起回忆第四次的旅程。

NO. 2 第四次不丹之旅

却基说去看看大佛，伫立在山上的大佛已经完工，与前年不一样的是，山上不见旅客的踪影，只有却基陪着我和丈夫漫步其间。山上宁静的气息好像把空气凝固了一样，一抬头，看到天空中出现美丽的日晕。

不丹王国是位于中国和印度之间喜马拉雅山脉东段南坡的一个内陆山国，地势北高南底。不丹唯一的国际机场设在平原比较辽阔的帕罗（Paro），从帕罗往首都廷布（Thimphu）走，大概需要 1 个半小时车程，距离 65 千米。从廷布往不丹王国古首都普那卡（Punakha）走，大概需要 4 个小时，距离 77 千米。之前几次造访，我们都是在这 3 个城市来回转。这次没有打算到处跑，但是为了深入了解不丹修行人的生活，我们选择去了黑颈鹤栖息天堂岗提。
从廷布往岗提走大概需要 5 个半小时到 6 个小时车程，其
实廷布和岗提的距离只有 135 千米，在公路建设良好的国
家，这个距离不消 2 个小时就可以走完。之所以有这个
时间差，是因为路况非常险恶，而且大部分的路段还在修
建中，车子在山峦之间颠簸爬行，还不时与重型卡车狭路
相逢。

在这种环境之下最好不要往下看那万丈深渊，更不要
看前面还要爬多少个山头，最好的选择是放松身体，随着
车子两边摇晃，当作坐在电动按摩椅上享受振动的乐趣，
因为在这个时候所有的抗拒都只会令人想要呕吐。这段路
是体验放下、顺其自然的最好时机，秘诀就是放松。

岗提是黑颈鹤避寒之所，这个小小的城镇没有很多平
地，但是大部分的湿地都留给了那些从西伯利亚远道而来
的黑颈鹤，成为它们的游乐场。

当地的黑颈鹤信息中心每天都在点算黑颈鹤的数目，
极力保护着这种生活在高原的稀有鹤类。黑颈鹤必定出双
入对，如果有一只因病不能飞翔，其伴侣一定寸步不离，
即便另一方不幸离世，也会一直守候在其身旁。1 月是黑
颈鹤避寒的高峰期，到了 3 月，大部分已经远行。这天只
剩下四十几只，它们似乎在等待迟来的访客，相见之后以
优美的身段冲向云霄，提醒人们爱惜自然生态，让它们的

子女可以继续和地球同呼吸。

还记得第一次造访不丹的时候，我就有一种担心，担心不丹会因为外来的文化变得复杂。不丹在我的心中代表着人们内心善良的一面，而我的担心源于我的理想主义，见不得污点。这种分别心让我爱憎分明，这种分别心也是促使我投身教育培训行业，企图通过培训改善这个世界的原因之一。经过那么多年，我发现这种分别心才是恶念的根源，创造了所谓的丑恶。当我放弃了分别心，以慈悲心看这个世界时，我看到所谓的负面行为背后的善良动机，也看到如何更有效地助人走向正轨。

这次再访不丹，着眼点在不丹的生活。在与朋友不经意的交谈中，我发现不丹的确是一点一点地改变了。从一位颇具智慧的长者口里听到不丹是全球自杀率最高的国家，真的令我口瞪目呆，之后他补充了一句：基于人口比例！2013 年不丹有 7 个青少年自杀，原因都是过量用药。他的一位法国友人最近表示以后都不再来不丹，原因是他知道不丹已经开始有堵车现象，开始有各式各样的问题，他不想看到现在的不丹，他希望当他离开这个世界的时候，仍然保留到访不丹 30 多次的美好回忆。同样面对不丹的转变，这位智者不缓不急地用平和的口吻叙述着这些情况，丝毫不影响他对不丹的情感。另一位不丹医生则说这个国家患上了一种病，这种病叫消费主义（consumerism），不丹的幸福指数开始被消费主义蚕食，他说话的时候难掩失望之情。同样的情况，不同的态度，哪一种态度更有韧力去面对、去继续行善？

从岗提摇晃着回到廷布，与不丹朋友共度欢送晚餐，之后又马不停蹄地往帕罗走，回到去年游学时与学生们住过的民宿 Nirvana。店主还记得我去年住的房间，热情款待。一样的房间、一样的食堂，却少了学生们的欢笑声。翌日西出不丹，临走祈愿不丹还是不丹。

NO. 3

后来，我连续在 2014 年 12 月、2015 年 4 月、2016 年 3 月、2017 年 4 月踏足不丹。不丹首都廷布依然没有交通灯，虽然人们的脸上还是神态平和，细微的变化还是在慢慢地发生。泰国机场逐渐有了很多做走私行当的不丹人，帕罗机场的商店也越来越多，我感觉记忆要在第八次停下来了。我喜欢带着学生逛廷布的邮局，看着他们在亲手写的明信片上自己盖上邮戳，用这种古老的方式传情达意，尽管明信片需要用上好几个星期的时间传递，甚至有可能在路途中不知所踪。后来希望他们去的地方越来越多，我们去寺庙参加辩经，我们去聆听不丹老师讲学，我们还去耕种、织布，去拜访学校，去当地人家里做客，我们再也分不出时间去邮局，只好拜托却基代劳。很遗憾直到最后一次旅程，我都没有进过不丹电影院，那个类似 20 世纪 80 年代末在北京的电影院。不过我知道不丹也多了很多 KTV 之类的夜店，他们在面临资本社会的冲击。如何把佛学的教义融入中小企经营的教育在悄然展开，那是旅居英国剑桥和牛津大学 14 年的不丹老师义无反顾回国的使命。

如今我还记得飞机缓缓下降的时候跟山峦靠得那么近，清清楚楚地看到周围清苍的树林，好像这个国家是被丛林保护着的神秘国度。据说不丹的国土有 70% 没有被开发。不丹国民幸福指数（Gross National Happiness，GNH）有四大支柱，保护自然环境是其中之一。我还记得到达之后，车长先生第一项任务就是要做一项高难度的工作，把所有人的行李固定在车顶，然后车子顶着行李浩浩荡荡在延绵不绝的山路上奔驰。几年后他们有了专门装载行李的小货车，路况也越来越好；在修公路的日子里，导游都会计算好时间，否则遇到单线行走的路段，一等就要等两三个小时。

我还记得藏在森林里的酒店专门为我们安排了一个有落地玻璃窗的宽敞教室。早上 6 点，天色还没亮，房间橘黄的灯光在森林里像一盏明灯，大伙儿沉醉在清晨的静谧中冥想，忽然听到一声很重的撞击声音，不知道是什么撞到教室的玻璃上。之后发现是一只非常美丽的小鸟，它已经昏死在草地上，有些人为小鸟默默祈祷，有些人用手机为小鸟拍摄，留下它美丽的身影。

我还记得在帕罗海拔 3000 多米的山上的虎穴寺，马儿背着我走前半段，我自己爬最后一程的山坡，下山则需要老老实实自己走全程。马儿挨着山麓边缘行走，一路上我就看到悬崖峭壁在脚旁，到达半山下来连声向马儿道谢，它居然连连点头，我们彼此感恩。首役双腿酸痛了 5 天，甚至不能走路，马儿来来回回承载旅客，一定更累，而我能做的只有配合，尽量减轻马儿的负担，上坡的时候身体前倾，下坡的时候身体往后仰。虎穴寺是不丹最殊胜的圣地，手机、相机一律不能往里带，虎穴寺的容貌永远停留在我心中。

我经常跟学生说，不要用游客的心情去不丹，不要错过旅途的意义，更不要贪恋舒适的环境，要走进不丹人的生活，跟当地人一起耕种、编织，更要走进不丹的农舍，感受地下是牛棚、二楼是卧室、顶楼是起居室和厨房的原因所在。为了防止家禽爬进卧室，去往二楼的楼梯特别窄，几乎要抱着楼梯往上走，而楼梯的尽头别有洞天，我们就在那里和不丹的朋友一起进食，在朴实的生活中反思自己所拥有的，有多少是必需的，又有多少只不过是欲望。

NO. 4 再接再厉，和年轻人在不丹耕耘

我以为不丹的记忆会停留在第八次，但是我食言了。2019 年 4 月，为了一群年轻人，我再次走进不丹。离开当天没有多想是否再回来，我热情地与却基握手，如常地把一个大大的红包塞到他的怀里，感谢他沿途的悉心照顾。他在我心中已经不是导游，而是一个真挚的朋友，我们聊天南谈地北，从不丹当地民情到佛家哲理，以及人生百态，他的纯真和实诚深深打动了我。希望我们的握手不是最后一次，但是，谁知道呢？

任何时候都学习用心，
任何场合都用心学习。

今天的不丹帕罗机场，孰喜孰忧？见仁见智！

无常却有情。

所有美好的事物都是无常，

所有不美好的事物也是无常。

世上无所谓好与坏，只有爱恒久不变。

日本：我是什么

如果说不丹是出世修行的道场，那么日本就是入世修行的最佳场所。第一次去东京在20世纪90年代末，那个时候的日本已经非常先进，可是我偏偏不喜欢那种超前的现代感，公干完毕就再也没有去过日本。直到2014年为了学生的年度集训走访京都和奈良，从此以后对日本的迷恋一发而不可收。如果不是因为新冠肺炎疫情，我已经在日本着手兴建道场，不过也因为疫情，在家练习日本的烹调方式，更了解为什么日常生活在日本都可以是道、茶道、香道、花道、书道，更不用说柔道、居合道、仗道、剑道、弓道等锻炼项目了。日本企业动辄上百年，还有几家过千年的企业，他们的专注和认真的工匠精神不得不让人为之动容。我们都在借假修真，工作不只是工作，工作是为了成就那个独特的你，每一刻以什么状态来面对生活，也许当你清晰了"我是什么（what am I）？"，人生3个终极问题（我是谁？从哪里来？往哪里去？）的答案也就呈现了。

NO. 1

　　这家面包店在龟冈，我是光顾他的第一个外国客人。看着他如此用心制作平均价格不到 10 元人民币的三明治，感动到差点儿要落泪。

　　喜欢漫无计划的旅行，喜欢走到哪儿算哪儿，路上每一处都会有惊喜，何必执着于目的地，爱就好。

为了尝一席鳗鱼宴，在寒风中排队苦苦等候。心的力量并非用头脑可以理解的。

好帅的车夫，不是因为外貌，而是敬业的精神让他格外美。

雨中岚山

雨中二次游岚山

两岸苍松

夹着几株樱

到尽处

突见一山高

流出泉水绿如许

绕石照人

潇潇雨　雾蒙浓

一线阳光穿云出

愈见娇妍

人间的万象真理

愈求愈模糊

——模糊中偶然见着一点光明

真愈觉娇妍

周恩来总理

1919 年 4 月 5 日

作于日本京都岚山

在这样的环境下吃荞麦面，怎么能够不是从早坐到晚呢？

今天意外地收到 3 张当年的照片，回忆的盒子被翻开，想起很多人、很多事。让我也来一张老照片，看你能否猜得出那是关于什么的。

NO. 2

再见岚山，感谢这番用心的体验。

这样地道的铁板烧从来没有试过，真的很好玩儿。我想象在下着雪的大冬天，腿盘在铁板下取暖，食物在热腾腾的铁板上烤着，大伙儿喝着小酒，聊天高歌，我想当下重要的已经不在于吃什么，而是在一起。今年冬天不太冷，因为有你和我在一起，在那遥远的北海道。

从高雅到朴实，寺院的生活让人头脑清醒，人生的带宽（bandwidth）越宽，惯性越小，响应速度越快，生活乐趣越多，生命力越持久。

NO.3

妙心寺是一座位于日本京都府京都市右京区的寺院，原为花园天皇的离宫萩原殿，天皇退位后改建成禅寺，周围建立许多

塔头寺院,形成一大寺院群,被京都市民称为"西之御所"。
两年前结缘,今年再来闲庭信步,依稀记得当年情。

本来想再访妙心寺附近的一家精进料理,可惜该素菜馆今天被包场,只好探寻别的可能性。找到亲爷面馆,非常有地道风情,看起来是家族企业,不过一家人都不爱笑,连吧台上的娃娃都有点儿强颜欢笑!

不知道什么时候会再来,又或者从此不会再相见,临行让我为你留下最美的一刻,故无憾。爱你,无论何时何地。

京都饮食印象。

人在旅途萌萌时。

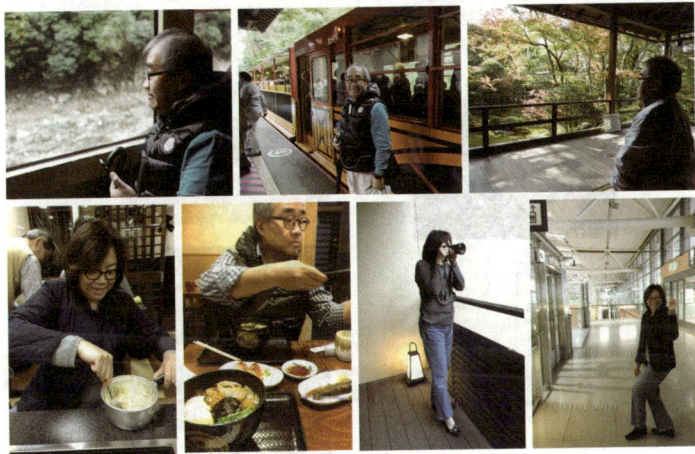

NO. 4

在节礼日（Boxing Day）送出一份特别的礼物给一群特别的人，其实这份礼物也是属于你的。在漫长的岁月里，你也曾同行，在未来的岁月里，我们还会相逢。在那遥远的南半球，让我们一起创造一个传奇。

到了今天我终于可以向尊贵传承甲子班发出祝贺了，恭喜你们完成了一项mission impossible（不可能完成的任务）。

自从身觉知一别，我一直默默地关注你们，关注你们日常的锻炼分享，关注你们如何在那么短的时间内筹办"成长心连心"大学版，直到有一天叶涛怀着忐忑的心情来问我如何处理大学邀请函的意见，从哪个时候开始难度变得越来越高……

好不容易获得学校的邀请，又来了一个节日和考试的问题，然后又是住宿、场地的问题，考验此起彼伏……看着你们的信息都觉得喘不过气来。我沉住气不发一言不代表我不担心，不过你们终于不负众望，大学生确认出席人数一点一点地在爬升，终于超过80人了……然后突然间又来一个学校领导需要使用场地隔壁的会议室，临时要求大家合作，安静地体验式训练，这个可真是高难度啊……但是你们都做到了，恭喜大家！

现在一切都过去了，留下的是美好的回忆。我相信当你们拥抱着大学生说再见的时候，你们知道这盏灯已经被点燃，也许你们不会和大学生再相见，也许某一些大学生有幸与你们在澳大利亚重逢，无论如何，你们知道这一项不可能完成的任务不是梦，中国人让世界变得更好从每一盏灯开始，感恩有你们同行。

爱你的，
Eva
2016年节礼日
于北海道

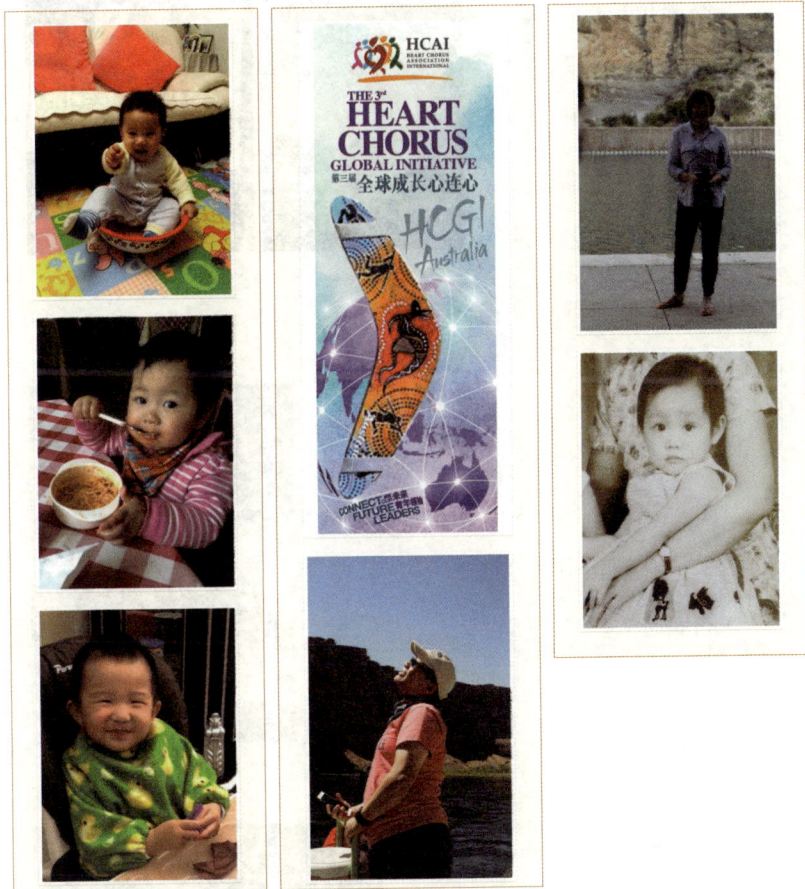

即使是一顿
简简单单的早饭，
也可以如此精致。
每天日出日落，
在平凡中见阴德，
在循环往复中见
真心。

风雪奇缘。50 年一遇的大风
雪让札幌市分外美丽，多么幸福
的偶遇。

在北海道遇到动人的
黑法师！

好多美食在札幌等着肥猪来品尝！

北海道的冬天不太冷，因为足不出户都能体验到北海道风情，怀石料理成为一道又一道的风景线。

这个季节来日本，原来是想去小田和正的圣诞节演唱会，可惜一票难求，还好遇到难得的大风雪，也算是一个意外的收获吧！听听他的《突如其来的爱情》，弥补不足。

NO. 5

北海道之旅基本上都在旅馆工作，明天就要结束所谓的假期，趁着最后一天搭火车到外面走走。

在下大雪的北海道没有被冷着，在没有下雪的奈良却冷得直跳脚，小觑了冬天的力量，换来冷冻的体验。尽管如此，还是被奈良的朴素和自然留住了脚步。

　　奈良国立博物馆的文物展非常精彩，不能拍照的好处是印象都在心里留着了。从博物馆出来，再细看一尊佛像是如何生成的介绍，更感受到古人敬天爱人的诚意。

　　你认为寺庙发挥了什么样的作用？寺庙文化是否还可以有拓展的空间？

听从了你的建议，探访了东大寺，相信在不久的将来梦想会成真。

NO. 6

经过短暂的休整，继续云游的步伐。这一季扶桑之旅从胶囊旅馆开始。好久没有这么潇洒了，一个背包、少量日用品，就这样过 5 天。顾名思义，Nine Hours 旅馆只能住 9 个小时，早上 10 点必须清场，哪怕连续住几天也必须退"洞"，然后重新入住。公共浴室、洗手间都非常干净整齐，从进门到住宿胶囊都很有太空舱的感觉，别有"洞"天。除了提供干净的睡衣、毛巾和棉被，洞里还有哄君入睡的"咕噜"声，音量大小任君调适。明天去尝试新宿的胶囊旅馆，好像那边的设施更为精彩。

NO. 7

对京都情有独钟，因为它有独立遗世之美，而东京的繁华拥挤让我望而却步，更遑论醉生梦死的新宿。不过这次云游扶桑，答应了自己体会地地道道的生活，今天走在新宿的街头才知道自己有多孤僻。新宿的 Nine Hours 太空舱旅馆规模比较大，接待处在 8 楼，男、女分区各 3 层，各有专用电梯。洞里没有"咕噜"音乐，不过楼层也没有浴室，要爬到 7 楼去，有点儿麻烦耶。还好接待处后面有很大的休息室，不想外出的话可以在那里消遣，算是一种补偿吧。难怪睡衣也是运动型的，不换衣服也可以到处跑，更方便我爬到上层的洞穴，总之一句话，过瘾。

NO. 8

刘姥姥进大观园啊！人家是夜夜笙歌的地方，大白

天当然是水静河清啦。然后发现 REN 在这里是"莲"的意思，有一家夜店以此为名。还是吃一碗丸龟制面吧！修行在人间，如其所是。

两晚太空舱旅馆过把瘾之后，我又入住了喜欢设计的人无论如何也想来住一次的克拉斯卡酒店（Hotel Claska）。这里每一个房间的设计都不一样，原来预定的房间在维修，免费升级到一个拥有近 100 平方米阳台的房间，小确幸啊。

专栏形容克拉斯卡算不得一等一的酒店，但隐隐地包含了种种生活细节在内，传递了营运团队对各种事物的选择品位。房间内有一份活动指南以字母顺序将活动推介清楚罗列，插画全都出自著名日本插画师浦野周平（Shu-Thang Grafix）之手。

由于都市发展太迅速，日本人早已意识到，不断拆毁、重建未必是最好的发展方式。许多机构利用旧建筑物重新改筑有趣的住宿，克拉斯卡算是同类设计酒店当中的先行者。15 年前，建筑师郑秀和及其团队把前身名为 New Meguro Hotel 的旧式商务酒店加以改建，保留了原有的格局，打造成一间时尚设计旅馆，而且一直没有停下来，每隔几年便会有新的房型出现。

先行者是探险家，他们不应该有终点。

很想去著名寿司店 Rinda 尝鲜，可惜客满望门兴叹。酒店前台极力推荐附近的 Suzumoto，这家不起眼的夫妻档小店只有 10 个座位，整个晚上只有我们和一对能说流利英语的老夫妇光顾。菜品真的真的真的很棒，食材和工

艺都很赞，而且价格非常相宜，在其他地区花 3 倍以上的价钱也吃不到那么好的东西啊。

吃到中途，厨师给了 Tamago（日式煎蛋寿司，用餐至尾声的惯例），然后看着我们摸摸肚子，我们拼命摇头，于是他继续上菜。

厨子好像会变魔术一样，每次都有新花样，我想如果我们还吃得动，他还会有什么新招呢？离开小店的时候，

外面下着大雨，老板娘想给我们一把伞，为免耽误人家，我们礼貌谢绝，冒雨前行。气温有点儿低，但是心很暖。

NO. 9

　　樱花的季节，婚嫁的季节，相聚的季节。这里充满仪式感，不期然说话的音量轻了，不期然多注意身边的人了，不期然开始懂得用鞠躬来表示感谢了……仪式是觉知的助听器，贵在觉知。

Are you happy?（你快乐吗？）生活的情趣在于懂得享受细节，即使是快要凋零的花朵、一株画在盆子上的樱花、乱七八糟的杂志、古老的留声机、藏在画像里的时钟，或者从未相识的偶像照片，从细节中还可以感受创作人

的心声。心灵交流从来不需要语言。

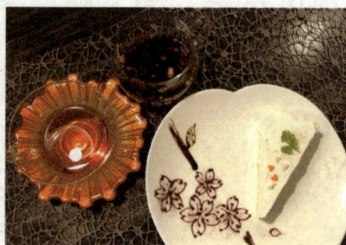

NO. 10

Hello，箱根！
这里还是下着雪，
是读书写字的好地
方，累的时候还可
以泡泡私家温泉，费用是酒店价格的 1/4，而且是一整栋房
子。找优质的民宿还是很有趣的，是云游体验的一部分。

修行的方法很多，最后都会殊途同归，关键是无论你采取何种方法，都必须持之以恒，才能够见到真功夫。"恒"，从心，从月（日月星辰），从二（天地两极），表示心志的永久稳定。专注力乃守恒之道，射礼是锻炼专注力的冶炼场。

NO. 11

早上肥猪通过网络给身在远方的学生进行私人教练服务，让宁静的环境热闹起来，不过依然没有影响今天的功课，事实上能够在喧闹的环境下平心静气（冥想的一种方式）才是最终的目的。雪已经开始融化，今天终于可以出去走走。

以往总是喜欢带着行囊到处跑，虽然去了很多地方，充其量只能说是走马看花。今年决心在不同的地方待上一段长的时间，过着当地的生活，体验当地的文化。

策划云游除了考虑路线的合理性，气候和环境更是考量的首要因素，上一个季度去澳大利亚适逢南半球的夏天，回到加拿大换行李的时候，才发现原来是那么幸运，避开

了一个特别寒冷的冬季。来日本倒也只是想着取其禅风，可以定下心来写作，后来才发现原来是樱花季节，不过到目前为止只看到满山含苞待放的樱花，却也是另外一种美。

NO. 12

来的时候樱花还没开，走的时候已经满山遍野，只是行色匆匆，来不及驻足欣赏。万事万物都有其时机，莫焦躁。

从山里到城里，区别是山里的樱花长在土地里，城里的樱花长在盆子里，不过一样美，因为美不在别处，在心里。

NO. 13

东京这段旅程更多是为了处理积累已久的工作，故意选择了在品川区边上的一个普通住宅区，一方面远离娱乐场所，一方面体验本地生活。房子建在窄巷里面，严格来说，是生长在一堆房子的夹缝之间。难找吗？当然。不过估计地震的时候是挺安全的，因为左右都有依靠。前天早上浅尝了一次3.5级地震，刚好靠在楼梯栏杆上，也不见得会倒下去。

进门左面就是一道往阁楼的楼梯，右面是地下的睡房。小小的走道，靠左的小门是厕所，利用了楼梯下面的空间，进去要弯腰，坐下要低头；右面的小门里面是浴室，空间比较大，还有洗衣机，淋浴间是方方正正的，热水很充足。我觉得日本人很喜欢冲凉，无论环境如何，浴室的设备都很好。睡房比一般酒店房间大小差不了多少，只是整个房子的窗户都无须打开，因为只会看到邻居的外墙。

阁楼的空间还是挺不错的，小小的厨房做一些简单的饭菜还是可以的，油烟太大就不要了。我喜欢客厅的柜台，可以一边工作一边吃饭。

平心静气时就在随时可以躺下去的沙发床上完成工作，不过环境不影响平心静气的质量。在这里闭关了 4 天，完成了很多工作，下午出去溜达溜达，据说樱花已经开满枝头。环境不能决定心情，心才是源头。

太震撼了，河上路上布满了樱花瓣，风吹过，一阵樱花雨飘在身上，满街的香气，满心的欢喜。

赏樱花，看游人，吃樱花小丸子，生活不在远方，爱永远在眼前。

如果每一片花瓣代表一个思念，那么……

其实相机捕捉的情景不到1/10，当时花瓣像雪一样在飞舞，拍照的瞬间，忽然意会到人生的凄美，相遇难时别亦难，温柔霎时涌上心头……

NO. 14

几天的密集工作终于告一段落，黄昏在民宿附近的武藏小山区随便逛逛。这里是一个很平凡的小区，没有刻意的旅游痕迹。一所古老的寺庙安静地伫立在民居之间，祝福着这里的居民。

再过去一点儿就是商店街。这里最多的是接骨、正骨和正体店，估计就是脊椎治疗、跌打疗伤和按摩店吧。这

里也有很多生活用品店，卖的都是朴实的商品。商店街没有浮夸的气氛，最奢侈的算是宠物店吧。

至于食肆，最出色的可以说是这家天妇罗店，客人坐在柜台前，即叫即炸，真的很好吃。每天过着很平凡、很朴实的日子，你会有这种耐性吗？

NO. 15

在好奇心的驱动下，今天出动到台东区，寻访东京唯一的普茶料理——梵。拜托旅居日本的学生分享，在清明节的今天品尝了一顿有故事的素食。

　　据说古代日本僧人的饮食极为简约，且大抵是每人一份，用餐时不设桌椅。现代的素食馆则把素食升华至饮食艺术，从头到尾色香味美，表达方式不一样，唯同样是修心。

　　　　以为已经告一段落，结果又端上一碗抹茶，还有果子。

　　　　　　打开定位，上野公园附近有 50 多间寺庙，没有查到的还不知道有多少。这家西德寺就在素食馆不远的地方，临

行时问店主知道在哪里吗，他笑着说，"知道，你们先出来门口"，然后用手指往左面一指。

无意中找到上野公园，这里的花期已过，然而游人如鲫，路旁坐满不同的人群，跟香港中环周末的街头景象很像，有人聊天，有人打麻将，也有大学生在聚会，很热闹。远离人群，走进花园稻荷神社，这里挂满了许愿符，不知道许愿的人知否解铃人是自己。

其实春天有很多美丽的花朵在绽放，用心去观看，它们都很美。

NO. 16

不知不觉在这里已经生活了近一个月，不过大部分时间都在工作中度过，趁离开东京之前，刻意安排时间体验当地文化。今天第一站是日本古武艺——弓道。

日本弓历史悠久，有完整的修炼制度，强调"正射必中"，意思是不用理会箭有无射中，而要注意"正射"，每个步骤符合弓道要求，自然会射中。

在急功近利的洪流之中，你是否可以稳住阵脚，坚持修炼？

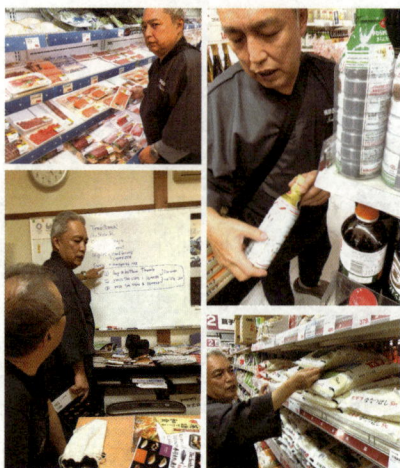

第二站，学做江户前寿司（Edomae-Sushi）。

寿司虽然是日本传统食品，但原本来自中国。寿司亦写作"鮨"，这个字先出现于《尔雅·释器》，其中记载"肉谓之羹，鱼谓之鮨"，意指肉酱叫"羹"，而搅碎的鱼肉叫"鮨"。

今天老师带着一行人从采购开始，讲述着一枚手握寿司（Nigiri-Sushi）的前世与今生。

寿司学徒花 3 年时间只是学习握饭团的 3 个动作，再花 5 年时间学习做寿司，才可以开始行走江湖，不过这样的功力也只能算是一般水平。真正的工匠走在路上跟普通人一样，他们穷一生的精力还在自我砥砺，也正是因为谦卑才被誉为工匠。

"感觉"是很不靠谱的一回事，就像站在浮泥上踏步，只会越陷越深。感觉只能作为信息反馈的渠道，需要细腻的区分来分解感觉背后隐藏的信息。感觉对于你来说一定是真实的，可是其中掺杂着无数的数据，当中不乏无用且有干扰性的，譬如你的喜恶。生活依托感觉而存在，不过不要太认真，感觉这回事只是自娱自乐的桥段而已。——致修行中的你

NO. 17

富士山和樱花俨如一对灵魂伴侣，总是在遥遥相望，却又互不干涉，保持着尊重的距离，衬托着彼此的风采。人生得一知己，夫复何求？

所谓知己难寻，皆因不知己，才会让人性成为靠近彼此的障碍。寻得知己从觉知开始。

NO. 18

走进历史悠久的富田家，学着做日本午餐，女主人已经是第十八代传人，70 岁高龄的她是药剂师，头脑灵活，身手矫捷，她很热衷于把她的 mother's cooking 和折纸手工艺介绍给其他民族。以前寿司是给劳动工人的便当，时至今日是矜贵美馔，日本人在家只做饭团，吃寿司都是到店里面。他们的午饭看起来内容食材丰盛，但烹调方式都是简单到不能再简单的。饭煮好了，我们被安排坐在面对庭院的回廊上品尝着家常菜，有点儿体会到了日本人为何比较健康长寿。

在阳光中往西部出发，三度来访奈良，依然对这里充满好奇。奈良的自动化比起东京和大阪这类大城市显然来得落后，可是隐藏在这里的文化非常深厚。

位于"近畿之屋顶"的奈良

从 6 世纪开始就是日本佛教文化的中心，也是日本的古都。奈良市和中国古都长安关系密切，奈良市的唐招提寺是日本的佛教律宗的总寺院，是由中国唐代鉴真和尚亲手兴建的，保留着中国唐代的建筑风格，是日本国宝和世界文化遗产。

　　奈良国立博物馆专门以佛教美术为主进行展示、保管、研究等活动，本馆于 1894 年竣工，下榻的四季亭则在 1899 年落成，都是保养得很好的百年建筑物。奈良本身犹如一座活的博物馆，这段日子必须劳逸兼顾，既工作，也不错过细细品味这里的唐代遗风。

　　刚写完两段游记随笔，晚餐就已经送到跟前，这一道一道怀石料理，吃得我们人仰马翻，真后悔在新干线上干掉两盒精致便当和日式干蒸牛肉、烧卖。还有当天必须吃掉的银座甘乐豆大福，现在还剩下一颗怎么办啊！今天才是下榻日式旅馆的头一天啊，十几天之后真的不堪设想啊……

NO. 19

从早到晚都没有离开过这张桌子，早上饱餐一顿之后，一直工作到黄昏，迎来另一桌怀石料理，晚上一边工作一边用 Sixpad（智能生肌仪），也算是弥补了运动吧。

NO. 20

今天在"凡事情际教练"微课堂中提到了两位学习成为艺伎的花季少女，从她们身上感受到女性的妩媚和尊严。虽然餐厅只是一个斗室，她们对自己的专业仍一丝不苟。开始的时候我真的有点儿不习惯那种贴身的服务，直到把话匣子打开，能量才流动起来。真正自信的人没有自信的体验，自信根本不存在，也就是无我的境界。

奈良的后街隐藏了很多很美的老建筑物，7 月"家族同道堂"的起点就在这里。昨天没有下雨，趁机把女士的住宿和学习都妥善安排了，下星期还要去另外一个地方安排男士在那几天的活动。这次"家族同道堂"一定很精彩。

换了空间，不过节目没有变，依然在室内继续努力工作。

NO. 21

她每天早上准时敲门，早餐摆好，床铺整理好；每天黄昏又来敲门，晚餐送上，床铺开好。被宠成这样，我怕几天之后回到民宿模式，有人会哭。

NO. 22

京都火车站有很多储物柜，700 日元一天租金，最多储存 3 天，只接受 100 日元面值的硬币，旁边有自助找换机，要多少硬币都可以换，不过这台机器只工作到晚上 8 点。从关西机场到了京都已经差不多子夜，可是身上只有万元纸币，所有店铺都已经关门。我们在京都八条通西口来回奔走，想尽办法找换 36 个百元硬币，甚至觊觎自助售卖饮料机器里面的硬币，但是这台机器只接受千元纸币。好不容易拦住一个路过的年轻人，哄了半天才把他身上的 9000 日元换过来，但是他怎么样都不愿意收我们 1 万日元，找来找去，结果 9900 日元成交，年轻人很不好意思欠我们 100 日元，我们却来不及感谢，匆匆别过。

摸黑找到民宿，房东千叮万嘱，不能拉箱子，不能吵到人家，他们跟邻居约定入住必须是晚上 8 点之前，看起来晚上 8 点对当地人来说是一个分水岭。抬着箱子轻轻找到民宿，终于入住这家原木房子，古老的日本町家，内部设计极其简约，房子不大，不过浴室依然保持日式风格，舒坦而精致，该睡觉了，明天，有两节微课堂。

NO. 23

樱花已经谢幕，新叶再度上场。寄居在树干上的叶状地衣乍一看极像樱花，但愿这种生命力顽强的真菌与樱花树共生，来年漫步樱花树下，再续前缘。

NO. 24

优雅是自律的行为，而自律是耐性的表现。

到目前为止，这是我最最欣赏的民宿，房东先生是日籍富二代，太太来自美国俄勒冈州，刚满周岁的儿子好美好可爱，他们的房子设计也一样，和洋结合，宁静而优雅。日籍设计师鱼谷（Uoya）大胆地把内部夷平，客厅、用餐区、厨房、室外园林一气呵成，他还利用了二楼的一个小房

间，做成房子采光的天井，一洗传统日式房间短矮而幽暗的气氛，但是保留了日式建筑物的特色。门前的石头不知道是否也有年份？

文化的力量代代相传，气质是从骨子里散发出来的，急不得，所以人生是一场终身修行的艺术。

必须分享一下这家民宿的内部布置，不过照片只能局部表达，真实感受只有亲临其境方能体会。

NO. 25

插秧诗

（后梁）契此和尚

手把青秧插满田，

低头便见水中天。

心地清净方为道，

退步原来是向前。

NO. 26

在日本见到排队的餐馆，就不必考虑，跟着排队一定没错。这家在窄巷里的餐馆一点儿都不起眼，很容易被错过，排队的都是本地人，也就是说，不是靠旅游团宣传吹嘘的。菜品货真价实新鲜味美，最便宜的午市套餐 800 日元，最贵的是 1500 日元的鱼生饭套餐。30 个座位轮番转，客人也很有礼，吃完就走，方便门外等位的食客。餐馆下午 2 点准时收工大吉，晚上不订位，排队也没有用。真的所谓酒香不怕巷子深。

兢兢业业做好自己的本业，轻轻松松享受多元的生活，人生不外乎是一场修行的艺术，可以认真但是不要较真，凡事借假修真而已。

NO. 27

民宿位于下京区历史遗址岛原角屋附近，京都的筑地市场——中央批发市场也在不远处。在日本战国时代，丰臣秀吉特许岛原作为花街娱乐场所，岛原的大门保留至今。

今天早上为了寻找房东介绍的室内食街，我们出门转悠，却在中央批发市场大开眼界，这里规模之大、品种之多，令人目不暇给。来这里买东西的都是非一般的人物，有的是买手，有的可能是厨师本人。逛着逛着，我们遇到一位身穿运动服的中年男子，由一位年龄相仿的女士陪伴着，他经过一个摊档，无声无息低头挑了一批鲍鱼，挑好之后扭头就走，摊档小伙子也默不作声，让被选上的鲍鱼静静地躺在盆子里。本来想跟着这位男士的足迹走，不过为了尊重别人的空间，只是远远地看着他，然后看到他走进不远处另外一个摊档，估计是这里的熟客吧。我还是不敢在这里买东西，免得我这个菜市场白丁给人家添麻烦。

回到民宿再做深入调查，才发现这里附近有不少不起眼却非常好的餐馆，真是高手在民间啊，看起来肥猪会高兴好一阵子呢！

NO. 28

适逢其会，日本全国弓道考试就在京都进行，虽然身体微恙，也决意前往。

日本弓道分为 8 段，加上教士为 9 段，考试只从 6 段开始，星期六考 6 段、7 段，星期天考 8 段和教士。考场外到处都是穿着和服的弓道手。我们以为尾随弓道手就可以找到会场，结果去了弓道手的休息室，室内好热闹。一排一排竖立的弓蔚为壮观，放眼望去，大部分弓道手竟都是银发族。找到一名略懂英语的工作人员，才知道考试会场在三楼。

考试场门外一排排准备进场的弓道手在闭目养神，不过气氛并不紧张，而是在

宁静中透露一份祥和。观众可以自由进出会场，唯一的要求是保持肃静。

弓道手每次五人鱼贯步入考场，步履和姿态都是有所规范的，一蹲一立都讲究礼仪。弓道手轮流发两箭，而旁边的裁判只观察弓道手的状态，不关注箭是否中靶。

弓道被称为"立禅"，从弓道手的表现可以看得出，他们有多崇尚活在当下。其中一位年迈的弓道手，举弓之后双手不停发抖，最后没有坚持住，箭掉到地上，他从容地返回准备状态，蹲坐在地上，一名年轻的工作人员礼貌地走到他的右侧把箭取走；第二次他手依然发抖，箭勉强发出去，未有命中，他微微地叹息一下，轻步走出考场，神情还是有些失落的。

本来准备星期天去旁观教士的考试，只是身体越来越不配合，只好顺从身体的要求，卧床休息去也。

最大的敌人是自己，而克服这个敌人的最佳之道是顺势而为。

NO. 29

　　一年前到这里来不得其门而入，一年后再来还是等了两个星期才获得下午约会的机会。这家米其林三星餐馆的排场不一般，进门后看不到有餐馆迹象，被领着走进幽静的小径，后面会发生什么，体验之后告诉你。

　　飘亭有 450 年的历史，总店在南禅寺附近，当年专门售卖鸡蛋给前往寺庙朝拜的信众。就是那么朴实的一家店，经历了 450 年的风云，仍然屹立不倒。

　　现任亭主是第十四代传人，据介绍，飘亭因其精湛的怀石料理而获得了非物质文化遗产的认证，而且多年名列米其林三星榜。这些荣誉是后人对其表达的一份敬佩之心，至于世世代代在飘亭努力的工匠们，他们只关心食客吃进每一道菜的表情，今天这种赞叹的表情不断在我眼前出现，也算是一道风景！

精湛的怀石料理从一粒蚕豆看到细心，从一只鸡蛋看到传承，从一小盆西红柿酱油看到创意。所有上乘的食材都比不过一颗诚意的心。

你能想象一粒那么普通的蚕豆居然可以让人吃到拍案叫绝吗？半熟蛋的祖传秘方传承了 450 年。精湛的厨艺和新鲜的食材都出人意料，最让人惊喜的是配菜和酱油都不马虎。

人生是一趟修行的艺术，借假修真，精彩的盛宴匆匆而过，正心诚意长留心底。

彩蛋是回味无穷的果子（Omogashi）。

NO. 30

Live like a local is the best way to travel.（最好的旅行方式就是去体验当地人的生活。）试过一天去一个城市的背包客生涯，也试过永不踏出酒店的休闲度假模式，今年开始定居模式，长时间住在同一个城市，过着本地人的生活，吃本地人爱吃的食物，喜欢就出去走走，不喜欢就在家里坐坐，可以兼容工作和旅游，所见所闻更为深刻。

最近京都的天气很反复，好几天滂沱大雨，让人一点儿走出去的动力都没有，唯一的娱乐就是工作。不过今天阳

光明媚，巧遇一年一度的葵祭，当然不愿意错过。可是出门有点儿晚，我们一直追着游行队伍的尾巴，有点像当记者的感觉。据说我在抓拍别人的时候，我也成为被抓拍的对象，螳螂捕蝉啊。

葵祭游行队伍最后来到上贺茂神社，现场有观众席，可以近距离观看游行队伍行列和表演，门票1000日元不算太贵，而且可以做日光浴。不过300日元一瓶500毫升的乌龙茶就有点儿那个了……

葵祭已经有1470年的历史，今天我在现场，也将会是历史的一部分。

NO. 31

没有涂防晒霜，没有戴帽子，一直跟着游行队伍，在太阳下暴走了2个小时，接下来在露天的观众席观看了3个多小时，结果脖子一片通红，兴奋的时候没有感觉，回到家里才发现大事不妙，却为时已晚，就怪自己没有充分准备，自己给自己祭了。

回头想想那些游行的队伍，早上 10 点半出发，还不知道他们需要提前多长时间做准备。他们一直走，穿着厚厚的古代服装，踩着薄薄的草鞋，有的还要抬着模仿古代的道具，在阳光下漫步 7 个小时，其间还有仪式，那是一种什么样的精神支持着他们？

据介绍，葵祭在过去被称为贺茂祭。公元 567 年，日本古坟时代末期时发生过一次气候灾异。当时气候导致作物无法收割，粮食匮乏下，饥荒伴随着疫病而起。天皇找了神官卜算，神官表示，是贺茂的神祇发怒所致。为了安抚神灵，他们选在了 4 月（阴历）的吉日，在马上系铃铛，人戴猪头假面互相追逐，以娱乐神灵。这便是贺茂祭的起源。200 多年后的平安时代，贺茂祭逐渐演变成贵族风雅的祭典，也被定为国家级祭典。

不只传统文学《源氏物语》中曾提及盛大的葵祭，《枕草子》《今昔物语》等经典著作也有关于葵祭的着墨，示意了它的重要地位。新生代所不熟悉的"平安王朝"，由葵祭一年一年地演活其华丽的传统文化。

　　京都街头一直以来给我的感觉都是很悠闲的，没有东京那种熙来攘往的繁华味道。今天不知道从哪里钻出来那么多人。我在人海中左穿右插，跟踪着游行队伍，偶尔犯规跑到马路上忘情地拍照，当值的警察很善解人意，因为我没有造成干扰，就放过我了，只是在关键地带，他们会礼貌示意不能越界。

　　游行队伍中的演员也很配合，看到我在拍照，还特意给我摆姿势。照片拍好之后，我们彼此点头微笑，爱无疆界，随时在人与人之间流动。

这是游行队伍中最感动的一幕。她没有华丽的服装，手中拿着扫把和垃圾铲，把所有游行队伍丢下的葵叶一一清扫干净，一直到最后一站都谨守岗位。在追本逐利的洪流中，这份诚意和耐性显得尤为珍贵。

长长的游行队伍缓慢地从远处走近。两旁的围观人群中，两台牛车暗自较量，相争最好的观赏位置。那是正室葵之上与情妇六条御息所的战场。她们为了争看本列游行队伍中地位崇高的敕使、风雅翩翩的源氏，进行了女人间的

角力。葵之上大获全胜，以正妻身份强势地捣毁六条御息所的牛车，源氏经过时还对她点头示意；退到后方的六条

御息所又恼又气，心里不断上演折磨葵之上的戏码……这是日本古代文学经典《源氏物语》中描写的场景。

今天看到这架牛车，只觉得很美，没有想到背后居然有那么多故事。人世间爱恨情仇相继不绝，有多少人能够从中修成正果？

中途开小差，去排队吃好吃的。

葵祭很安静很安静，游行队伍的步伐庄重优雅，彰显着传统贵族的风华，整个过程没有熙攘的人群，没有掌声，可谓日本最为优雅的祭礼。

参加游行的车队和人员穿戴平安朝的服装，队列分为本列和齐王代列，共 500 人的队列长达 1 千米！

齐王代列指的是以女性为主的华丽队列，乘坐在最高级别的神轿上的是齐王代。古代的斋王由未婚皇女担任，代替天皇祭神巡行，现在则是从住在京都的未婚女性中进行抽选。齐王代身穿重达 30 公斤的精美宫廷衣裳"十二单"，头上绑着古代头髻、扎着丝带，气势非凡，展现了贵族女子的雅致姿态。

现代女性往往忘记了自己的优势，变成穿着裙子的男人，丢失了温柔的力量。

在最前头引领本列队伍的是乘着骏马的 6 名骑手，接下来则有平安时代的警察检非违使、山城使、敕使等使者出现。其中，敕使的地位最高，勒使在当时是天皇的随从，又被称为近卫使。官居一位者，着紫袍，下一阶则穿红袍，接着是绿袍、蓝袍。而官阶较高的男子通常穿着较深的色调。最后，再戴上丝质冠帽，便完成了全套服装的穿搭。

孩子永远是最美的天使，唤醒人们思考活着的意义。

级别不一样，鞋子也不一样，最高级的穿高跟木屐，次一级穿拖鞋，最低级穿草鞋，带有武器的穿草靴。忽然想起《东邪西毒》中欧阳锋说："有穿鞋的和不穿鞋的刀客，

价钱相差很远，那些连鞋都没有的刀客，你对他们有信心吗？"看起来个人品牌从穿什么鞋子开始！

在本列中可以看见上头装饰着牡丹及其他当季花朵的大伞，称为"风流伞"。颜色十分鲜艳，虽然不是真花，还是很赏心悦目。不过扛着"风流伞"的大叔们一点儿都不风流，毕竟要走8千米的路才能抵达终点上贺茂神社啊。

压轴演出是竞马，人们在葵祭前要做很多准备功夫，5月1日先在上贺茂神社进行贺茂竞马足汰式，挑选可以在5日贺茂竞马活动出赛的优秀骏马，这项仪式已被登录为京都市无形文化财产。3日在下鸭神社则有结合传统骑射技术与艺术美感的流镝马神事。穿着贵族装束的骑士在马背上奔腾骑射，是一般民众很少有机会亲眼看到的超人气盛事。可惜功课没有做好，错过了这些仪式，也给了我一个再访的理由。

春夜洛城闻笛

（唐）李白

谁家玉笛暗飞声，

散入春风满洛城。

此夜曲中闻折柳，

何人不起故园情。

这首诗是约 735 年（开元二十三年）李白游洛阳时所作。而我看到这首诗是 1200 多年之后在日本京都一个鲜为人知的岛原角屋文化美术馆。这首七言绝句用篆书写在一幅牌匾上，陈旧的牌匾颜色已经脱落，但是仍然很美，可惜不能拍照，也因此铭记于心。

除非对日本文化深感兴趣，否则一般人不会费心去参观，馆内导游只用日语，还好有简单的英文介绍单页，不至于大脑一片空白，也因为听不懂，才更注意建筑物的细节。

我一直很喜欢日式的庭院。角屋的庭院拥有一棵奇特的老松树，树干短矮，枝叶却非常茂盛，还需要人为地用支架才能承托起来，据说这是一条栖息的龙。不管是龙也好，凤也罢，在这里安静地坐了一下，陌生的日语和飞快而过的火车声音都不影响此刻的安宁，世上所有的纷纷扰扰都在这一瞬间消失无遗。

NO. 32

角屋（Sumiya）原身是"料亭"，就是餐厅的意思。一楼进门是厨房和工作人员生活起居的地方，再过去是偌大的宴会厅，二楼是接待客人的地方。一楼可以随便拍照，二楼则不然，首先通往二楼的门就很隐蔽，楼梯隐藏在一扇不起眼的门后，门口旁边有很多摆放武士刀的架子和抽屉。

二楼有很多不同设计样式的房间，门、窗和板面装饰的材料都很雅致，最喜欢的是 Aogai-no-ma（珍珠母亲的房间），板面装饰都用的珍珠贝壳。当地文物研究所不懂这种工艺，所以整个房间还是原来的模样，没有修复过。维持原样的还有房间两根柱子上遗留的三道刀痕，据说是江户时代末期新选组（Shinsen-

gumi）武士的杰作，刀痕之深看起来是必须置人于死地的。"壬生浪士组"新任局长芹泽鸭就在此地被刺杀，和他共赴黄泉的是他的女朋友，当天晚上是 1863 年 9 月 18 日，在一席鸿门宴之后。

西本愿寺离民宿只有 10 分钟的路程。自从搬进来我就想去体验寺庙的早课，可是一直未能如愿，过两天就要离开这所位于岛原的民宿，于是我下定决心今天早上跟本地人一样去参拜。虽然 6 点已经出门，还是晚到了，远远听到庙堂传来诵经的声音，但是门口一双鞋子都没有，原来自己的鞋子自己关照，门口提供环保塑料袋，任君使用。

庄严的庙堂坐满了身穿黑色裟裟的居士，还有不少普通人。早课完成之后可以自由参观拍照，没有严格的约束，反而让游人更为自律，自然而然地保持安静，各自满足愿望之后带着敬畏的心离开。

离开西本愿寺往锦市场走。早上京都的街道如常地安静，只是多了一些家居垃圾等待着被收拾。看起来京都人也不都那么早起，路上稀稀落落地看到面无表情的上班一族，有一些学生，也有送小不点儿去"开智学校"的爸爸，估计那是幼儿园的意思吧。小孩到了门口一点儿都没有舍不得离开爸爸，还笑嘻嘻等着爸爸从包里拿东西给他，睡眼惺忪的爸爸翻来翻去却找不到孩子要的东西，样子还挺狼狈的。

一边走一边盘算着到了锦市场要大吃一顿，谁知道情况根本不是那回事。市场上只有少数的菜贩和鱼贩在做准备，平时见到的食肆门禁深锁，唯一看到在准备中的日本快餐店也要等到 8 点半才开门。这个时候已经有人在跳脚了，还好附近有 24 小时营业的一兰拉面，好不容易找到了，结果发现前一阵子门庭若市的一兰居然拆得干干净净，在做内部装修，正在冒汗之际，才看到面馆在二楼照常营业，遂饱餐一顿，打道回府。

缘分就是该遇到就遇到，不如意的时候就顺势而为，不要为爱痴迷！

NO. 33

有些人只祈求能有朴实简单的生活

过着规律一成不变的生活

有些人不愿意去冒险

因为他们认为

照着前人过的生活比较安全

但我愿意与你去探险这无知的世界

到那个属于我们的天堂

紧握着我的双手

我们发誓永不放开

即使是行走在充满未知的钢索上

在那广阔的天空

我们能看到这个美丽的世界

就算必须走在充满冒险的钢索上

我们无法得知会遇到多大的困难

但这都只是一场刺激的冒险

却能在最后看到这美丽的风景

行走在未知的钢索上

与你一起冒险

群山与峡谷和那之间所有的景色

沙漠与大海

我们都会一起走过

沉迷在这梦境当中

总是继续先前行

我赌上一切

与你一起冒险

为了我们所选择的人生

赌上一切

——电影《马戏之王》（*The Greatest Showman*）

插曲《永不满足》（*Never Enough*）港版歌词

NO. 34

结束了 3 个星期的民宿模式，远离都市，到岚山星野屋（Hoshinoya）避静。

星野集团媲美安缦，旗下物业的选点和设计都很唯美。这所位于桂川（Oi River）河边的旅馆只有 25 个房间。这里原本是一个村庄，有上百年历史的房子改装后保留了原来的气质，每一户都能够看到河流和绿叶。去年秋天赏枫季节已经很想到这里来，不过房间早已在半年前订满，今年不跟季节凑热闹，只是来这里静静地听水流的声音。

到岚山星野屋必须乘坐酒店古色古香的小艇，不过入夜之后还是有专车接送的，渡口就有服务站，提供宽敞的休息室和贴心的服务，宾客无须发愁回不去隐蔽的旅馆。来到星野屋很难有斗志做任何事情，这里似乎有一种魔力，让人只想在窗前发呆。

很难说星野屋是一家酒店，因为其整体布局和大自然兼容，餐厅和公众区域都很低调，隐藏在不起眼的角落里，走在长长的栈道，感觉像回到外婆家一样。虽然杭州法云安缦也是改装自老旧村落的，但是商业味还是太过

浓厚，星野屋更趋于自然古朴。房间里摆放的书写工具和孩子喜欢玩儿的弹珠游戏道具都很有心思，只不过房间没有桌子，只能趴在地上玩儿了。

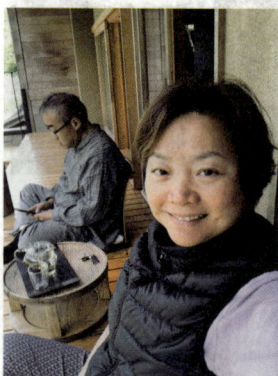

NO. 35

星野屋不是工作的地方，房间内没有桌子，这里也不是睡懒觉的地方，房间内没有窗帘，不过这里绝对是锻炼平心静气的好地方，室内室外都合适。晨起跑到附近的千光寺，来得有点儿早，9 点才能进去，随便在附近走走也很满足！

陋室铭

（唐）刘禹锡

山不在高，有仙则名。水不在深，有龙则灵。斯是陋室，惟吾德馨。苔痕上阶绿，草色入帘青。谈笑有鸿儒，往来无白丁。可以调素琴，阅金经。无丝竹之乱耳，无案牍之劳形。南阳诸葛庐，西蜀子云亭。孔子云：何陋之有？

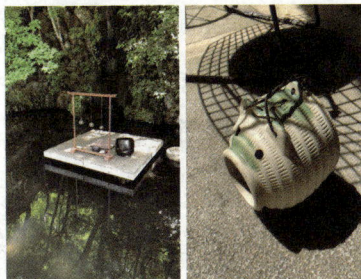

NO. 36

日本学者河合隼雄在著作《日本人的传说与心灵》中提到，日本民间故事《浦岛太郎》，女性角色从龟姬到乙姬的变化呈现了日本人心目中两种典型的女性形象。在不同版本的故事中，浦岛大多跟龟姬结婚，乙姬却像仙女一般单纯扮演龙宫主人的角色，不过在另一个故事《鹤妻》（即《白鹤报恩》）中，我们可以想象乙姬下凡来进入人类男性的人生，与之结婚，河合由此带入"异类妻子"的主题。

《鹤妻》的故事：

一位与老母亲住在一起的未婚男子嘉六，冬天出门买棉被，却将钱用于拯救一只鹤，鹤于是化身为一位美丽女子来找嘉六，说要嫁给他，男子虽然因为穷困而羞愧拒绝了，但他们还是结婚了。鹤妻躲进橱柜并要丈夫不准偷看她，三天三夜后织出一匹美丽的布让丈夫拿去卖。他们有钱了。因为有更多人想要买布，嘉六要求妻子再织一匹，但这次他偷看了在橱柜中的妻子，于是看见了羽毛几乎掉光的鹤，鹤难过地飞走了。

《鹤妻》的故事在民间故事中被分在"异类配偶"一类，也就是非人类变成人类并与人类结婚的故事，其中异类妻子的比例又偏高，在故事中，"结婚"究竟有没有成功就变成考察其中女性角色所代表的意义的重要指标。在不同版本的《鹤妻》中结婚都成功了，但结局是被丈夫偷看的妻子说："你已经看到我的身体，对我有了成见，我只好走了。"

鹤妻离开的原因是什么呢？很明显是一种羞愧的感觉，因为想要隐藏起来的部分（羽毛掉光的身体表示裸体）被看见，所以没有怪罪丈夫偷看或者贪欲的行为就走了。

这个故事使我们在两个方面联想到《浦岛太郎》。第一是男性角色设定，都有一种退化的意味，无法与母性（注意此处指的不是有人格的母亲，而是存在于潜意识的、以母亲形象为代表的原型）分离而迈出下一步，同样因为好心而拯救了动物于是获得转变的机会，却皆因为"无法遵守约定"而使之破灭。

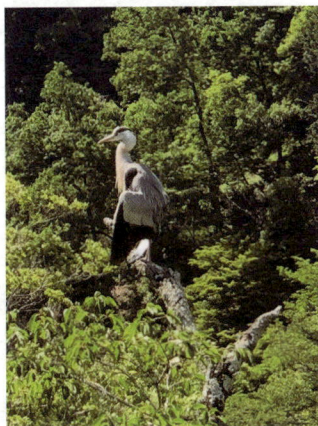

第二，鹤妻在这里所代表的女性形象是一位"与自然保留着关系"的女子，她隐藏这一点来到人类世界与人类结合，保持着与下意识（也就是自然）的良好关系，但男性的介入破坏了这样的平衡，于是她只好回到下意识的领域去。但在其中一个古老版本的《鹤妻》故事中，嘉六想念妻子，于是找遍全国，终于在一位老先生的帮助下找到鹤之国，见到了妻子，并受了他们的招待，却在最后搭着老公公的船自己"回家了"。

这样的结局大概无法被西方架构下的童话故事读者接受吧，为什么明明找到了妻子却没有"从此过着幸福快乐的生活"，反而回到了原本的世界去。从这里可以看出鹤所在的世界像是"下意识"，人所在的世界则代表"意识"。当他们在人类违反约定后再次相见，这样共存的状态就没有遗憾地被达成了。河合隼雄认为不像西方意识结构中，人们倾向和无意识的世界切断关系（从东、西方哲学思想的差异中也可以观察到这一点），在日本（或可以说东方）

意识结构中，人们倾向于与之和平共处，所以作为切断力量的男性角色总是显得比较被动。

对于日本人的心灵来说，与来自下意识世界的女性和解就已是这个故事的完成。异类妻子所代表的就是某种自然力量。人们无法以清楚的意识状态去"知道"，而是遵循其所订定的规则（在故事中以禁令展现）并与之共处，我们可以发现鹤妻的言谈和决定中充满无奈与温柔。虽然男性角色是被动的，但两者的和平共处也必须由男性主动去寻找（嘉六寻找妻子）。

河合隼雄认为，由鹤妻与乙姬所代表的女性形象不断地在日本人的意识中发生作用，而日本人也持续与下意识的状态拉扯、打破被动的态度。但在这样努力的过程中，我们也会看见下意识世界产生一种黑暗的吞噬力量，也就是母性给予、养育特质的反面。[1]

NO. 37

有麝自然香，何必当风扬。

---

[1]文章来源：河合隼雄《日本人的传说与心灵》（二）：《鹤妻》中的"异类妻子".BIOS Momthly.

NO. 38 闻香

香道为日本传统艺道，依一定的礼法焚香木，鉴赏香气。也称作"香游"。主要分成鉴赏香木香气的"闻香"和判别香气的游戏"组香"两种要素。

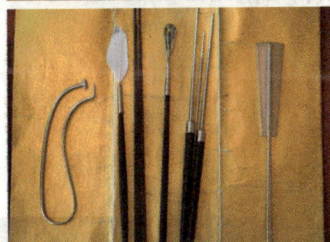

关于香道的十德：

1. 感格鬼神。

2. 清净心身。

3. 能除污秽。

4. 能觉睡眠。

5. 静中成友。

6. 尘里偷闲。

7. 多而不厌。

8. 寡而为足。

9. 久藏不朽。

10. 常用无障。

NO. 39

用心才知道什么叫作精彩。

NO. 40

如果食物也算是一道风景，那么星野屋所提供的就不仅仅是优美的枫树和桂川了。

星野的京料理异于传统的怀石料理，料理长曾在法国拜师，所以还融入了法式料理的手法。吃完第一顿之后，服务员用一口流利的英语问我们，餐馆还有第二天的菜单，是否想要尝试一下。而且他们居然还有第三天、第四天、第五天的菜单，每天的套餐都不一样，但是不能跳着吃，必须按餐馆安排的顺序吃。在好奇心的驱使下，我们开展了一段旖丽的京料理之旅……

已经习惯了过午不食，忽然要吃晚餐是挺有挑战性的，每天约好5点半用餐，就是希望早点儿吃，早点儿消化，睡觉不用那么难受。可是还是吃多了，饭后踱步也无补于事……那个和牛（shabushabu），太好吃了啊！！！

明天就要离开星野了，不想错过半山上的千光寺，之前去得太早，不得入其门，今天刻意再走一趟，终于看到感人的一幕。

寺庙其实早已凋敝，但无数人仍努力维护这所建于15世纪的寺庙。这里没有金碧辉煌的庙宇，却有无坚不摧的诚心。

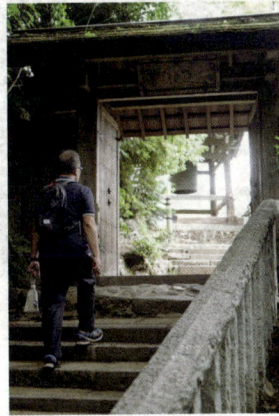

好不容易找到了中文介绍：

大悲阁千光寺位于岚山山坡上，距离渡月桥约有1千米。江户时代的豪商角仓了以（1554—1614）为了纪念开凿大堰川时牺牲的工人，移筑了嵯峨御所（现在的大觉寺）的中院，建立了"千光寺"，寺中供奉着"源信"所作千手观音菩萨像。寺内的"大悲阁"则建造于保津峡的山壁之上，以可以眺望岚山全景而闻名。1959 年时千光寺因为台风而倾倒，此后荒废超过半个世纪，直到 2012 年才复原完工。

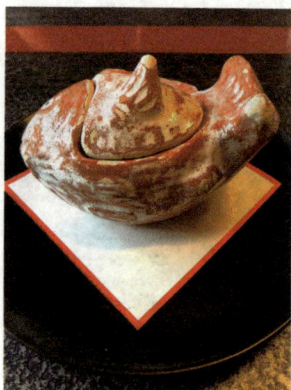

京料理之旅最后一站，首次尝到寿喜烧（sukiyaki），餐馆还送来一份特别的礼物。陶瓷鱼里装的红米饭寓意吉祥，这是日本传统的祝福方式。我把这份祝福赠给所有人，愿和平。

我想在很久之后我还是会记住这里，记住我窗前的那棵枫树、每天听到的河水声、夜晚那不知名的鸟的歌声、清晨透过纸窗照进来的光影……但愿我能建造这样一个道场，当你身心疲惫的时候，随时可以来洗涤你的心灵。

人们在恐惧担心中死去，在理想动力中复活。

看起来你们微不足道，可是你的存在滋养了无数心灵。

NO. 41

　　清水二年坂如常地游人如鲫，云游最后一站的民宿就在这个繁华的旅游景点。边走边怀念着岚山青葱的树林，不过既然是游历，也就从容以待吧。

　　按照谷歌地图拐进一条窄巷，沿着小路往下走，踏着稀疏的台阶拐到窄巷的尽头，忽然一阵迷茫，眼前景象仿佛回到江户时

代，町屋整齐地面对面排列，像是在夹道欢迎客人，这里
出奇地安静祥和，
似乎跟外界隔绝，
有点儿桃花源的
味道。

深巷里的民
宿拥有现代的装
置，但是没有丢
失传统町屋的文化，空间虽小，丝毫没有压迫感。

如何在俗世中依然活得纯粹？修行无处不在，绿洲在
心间。

NO. 42

小巷子白天也不是太安静，
隔着墙壁也能听到好多女孩子羞
答答的笑声，原来就在咱们家对
面有一个恋占堂，估计是算命占
卜，只接待女生。我想谁会在下
雨天专门跑到巷子里花 500 日元
问卜，测算未来的幸福？也许是

恐惧使然吧。

此刻，肥猪沉迷在他的三国战场，而我依然在电脑前构想理想的修道场。

再说一说岚山千光寺的创始人，角仓了以。

他是日本战国·江户时代初期的京都豪商。角仓家本姓"吉田氏"，是佐佐木氏的分家。了以和安南国进行朱印船贸易，蓄积财富。投入私财在山城（京都）的大堰川削开高濑川，创建大悲阁千光寺，以悼念在河川开凿工事中亡故的人。又受幕命开凿富士川、天龙川等。在京都和琵琶湖疏水的设计者田边朔郎共同作为"水运之父"而有名。

> 人们总是想给后人留下些什么，而永久流传的必然是精神，其余的一切是借假修真。

住在旅游热点的好处是可以随机而动，下雨天游人比较少，溜达找好吃的更轻松。出去才发现住处就在八坂塔旁边，京都十大名店名代乌冬（Omen）就在跟前，更妙的是意大利餐厅 Sodoh 就在名代乌冬高台寺分店的右侧。

我的思绪一下子回到那年在这里的大礼堂进行"爱情誓言"（vows of love）活动的一幕幕情境。

愿你善忘一切不如意，记住相爱的誓言。

NO. 43

还没有苏醒的京都祇园仿佛经历了时光倒流，现代服饰与传统和服相映成趣，也许时光只是一个概念，活在当下就没有所谓的不耐烦了。

在网上搜索到一家早上 7 点半开始营业的餐厅喜心（Kishin），只卖早餐。店面很小，只有 12 个柜台座位，进去之后看见还有一张可以坐 6 个人的长桌，可是礼貌的服务员说周末才会开放餐桌，平时用餐都只是在柜台。用餐时间有规定，从 7 点半开始，每一个半小时接待一批客人。

我们用了很多理由企图说服美
丽的服务员让我们使用餐桌，
但是她说什么都不肯，最后她
说："我们不想给你次一等的
服务，希望给你最好的体验。"
好吧，既然如此，我们当即预
订了明天早上 7 点半的柜台座
位，故事明天再续。

餐厅网页很美，他们这样介绍自己：

Kishin is based on a belief that preparing and
having a meal are all part of training, and therefore
should all be regarded as a precious and joyful act
in a daily life.

我们相信食物制作和进食是整体的经验，应该被视为
每日宝贵和喜悦的行为。

入夜后的八坂塔增
添了几分神秘感，店铺
都已经关门，路上只剩
下摄影发烧友和少数游
人。也许有人会说我看

到的日本都是假的,并且列举了很多问题。我想,真真假假,不外乎内心的渴望使然,世界本来如其所是,不要去质问别人为何如此,只需管好自己,内心会更为坦然。

沿着八坂通一直往上走,去到尽头就是清水寺,之前在这里拍照,人山人海,今晚只有几个老外坐在台阶上看日落。

物是人非,有多少人经得起时间的考验?人世间最浪漫的并非卿卿我我,而是无论经历了多少风雨,都不离不弃。

NO. 44

朝食喜心,这个早餐的故事从一碗饭说起。

首先,美丽的服务员送上一盆他们从日本全国收集回来的饭碗,让客人挑一只最喜欢的碗。每只碗都有一个故事，客人挑好以后服务员会解说碗的来历。

过一会儿，饭煮好了，服务员捧着饭锅到客人的跟前做介绍。欣赏完热腾腾的白饭之后，每个客人获得一小口米饭，品尝米饭刚煮好的口感。

然后服务员送上一碗美味的汤，3 种不同类型的汤底任君选择，还有拌米饭的沙丁鱼和泡菜，这是早餐套餐，分量不够的话，客人可以单点其他品种，譬如生鸡蛋、日本烤麻薯、小沙丁鱼、有机香肠。以上食物我们全点了，麻薯最好吃，香肠是用来应付老外的需求。

最后，也是米饭最极致的表现——饭焦，上面加了一点点盐，既香且脆。

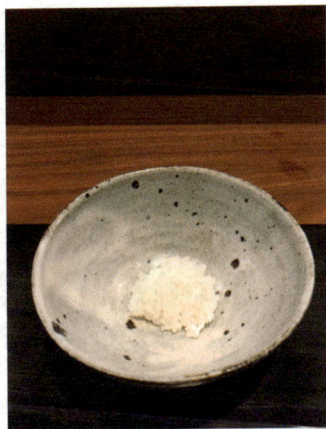

一碗饭的思考：孰能浊以静之徐清，孰能安以动之徐生。

朝食喜心的使命是以日本精神传递用心厨艺的体验，日语 kishin 来自禅宗，意思是"喜悦的心"，故名"喜心"。

"食"由"人"和"良"组成，喜心相信从制作到进食是整体的体验，应该被视为日常生活宝贵和喜悦的行为。这是喜心官网上的自我介绍。

与其说喜心是一家餐馆，倒不如说这是一家文化传播公司。以食客的眼光评判，喜心的性价比不算高，但是如果以探索日本文化和精神的心情光顾，这里可以引发很多人生的思考。

喜心的工作人员都很沉稳，动作不慌不忙、不急不躁，动作中彰显着平和。从他们制作食物的过程中，可以看到何谓用心，每一个步骤都是仪式的组成部分，他们好像进入无人之境，全身心都在制作和服务。

整个进食过程包含了"望""闻""问""切"。

望：观赏厨师的制作、摆盘、器皿的美感。

闻：聆听内心的声音、食材和茶叶的味道。

问：厨师对每一道菜的介绍、与客人殷勤的交流。

切：体验每一口食物的味道、质感。

在追名逐利的社会，对度量成功的尺子是否需要反

思？何谓之"有钱"？何谓之"出名"？何谓之"领先"？
孰能浊以静之徐清，孰能安以动之徐生。

NO. 45

你无意识地把快乐跟什
么捆绑在一起？

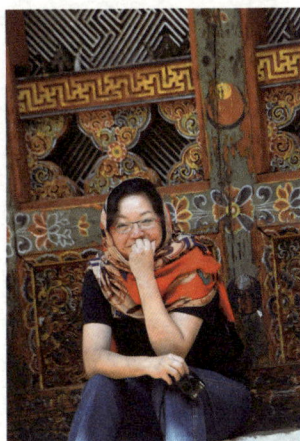

如果不是因为"好奇八
怪"传闻中的咖啡馆 Smart
Coffee，我不会找到这条商业
街，跑了差不多 3 千米的路，
途中吃了丸龟制面，买了传
统的挂包。在这条比较低调
的商业街，我看到了平时不
会注意到的印章，种类之多，
蔚为奇观，还有书香味浓厚的

"其中堂"、男士用品专卖店"火烧魂"，还有……只是已经

轮到我们了，待会儿再去八卦吧。至于 Smart Coffee，咖啡味道特别浓，适合咖啡发烧友，法式吐司还是很不错的。

> 无论如何，一期一会，无须比较，乐在其中。

难得出来溜达，当然不会错过餐厅周围的商店，在"火烧魂"收获当地色彩的 T 恤衫后，再往前走，发现本能寺就在路口。本能寺之变是日本历史上的一大谜团，人们对此至今莫衷一是，就算寺庙的原址都有争议。故事的主人公织田信长在那个差点儿统一分裂百年的日本的日子里是风云人物，让战国时代前期的历史都以其为主来撰写。

电影《本能寺酒店》以蒙太奇手法演绎信长的故事。信长的倒下不是死亡，敢于逐梦的精神存在于我们每一个人的心中。电影借这个历史人物说出无论能力如何，最重要的是要有勇气跨出梦想的第一步，梦想可大可小，最重要的是有没有勇气去实践，大部分人只想保有安稳的生活，但或许就是该趁着还年轻，轰轰烈烈地做梦一次。

信长至死都不放弃自己的梦想，纵使被背叛，他还是坚持自己的初衷跟本心。

在上岛咖啡店内写完这段感想，抬头发现左邻右座有很多埋头苦干的人。

NO. 46

虚妄言之，虚妄听之。

NO. 47 京都建筑一日游

翻新古老的町屋，一般需要一年时间设计，一年时间施工。好的老房子一般不轻易转让，破烂不堪的房子也没人敢买。不过在建筑师鱼谷先生的眼里，腐朽可以化为神奇，这些年他保护了不少濒临倒塌的古老町家，让它们以另外一种方式复活，既保存了文物，也增加了城市的美感。

每一个行业都赋有修行的契机，具有智慧的心来自忍耐和从容。

在京都，上百年的企业才算是稍有成就，今天遇到的地产株式会社有 62 年的历史，但是他们称自己还是婴儿。销售总监笑说公司去年在酒店庆祝 60 周年，遇上一家有 180 年历史的和服公司也在搞周年庆，彼此的总裁交谈甚欢，和服公司总裁谦虚地祝福对方，并且说"我们只有 180 年而已"。

NO. 48

京都临别赠言：转识得智。

NO. 49

秀色可餐，为了它饿着肚子也要驻足欣赏。

饱了眼福，接下来是饱口福。

"无双心"就是一心一意，这里的菜品极其精致，年轻的厨师靠的是用心。

人的欲望无穷尽，满足了眼福、口福，还要寻学识，可惜看不懂日文。还好书店的阁楼有简朴的栖息之地，在临街的座位喝着苦涩的咖啡。人生不就是一杯又一杯的饮料，滋味自己定义……

夜幕下的祇园，好多的
回忆……

时间是很迷人的，看
起来力量无穷，让人身不
由己。

其实时间从来没有
干预过任何人，也懒得理
会谁是谁，所有人在时间
面前都是平等的，谁也甭
想多赚一分一秒，所以不
要再说没有时间，你只是
在衡量花费精力的价值而

已，清楚认识到这一点，时间就不再是难题了。

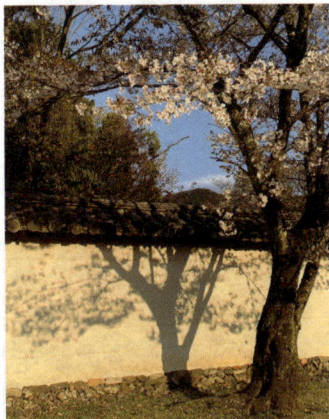

NO. 50

黄昏是最美好的时光，
蕴含着感恩和珍重，
憧憬未知的将来，
是生机的源头……

NO. 51

上京区一条平凡的老街里藏着一家不起眼的餐厅，店主是留学美国的新一代日裔，她坚持"从农场到餐桌"的经营理念。餐具和室内布局都恰到好处，没有半点儿铺张浪费，即使常用的湿纸巾亦如是。新鲜食材和精湛厨艺都不能用言辞来形容，必须亲自感受。我想来这里已经和果腹无关，而是体会对生活原来可以如此崇敬。

花季已到尾声，哲学之道的游人依然熙来攘往。京都之美是用心呈现的结果，桥本关雪夫人于 1921 年及 1932 年前后两次捐赠 450 株"染井吉野"樱树，也称为关雪樱。据说哲学之道的命名是因为 20 世纪日本哲学家西田几多郎（Nishida Kitaro）曾多次于此漫步思索人生哲理。而我认为哲学之道的美名是因为夫人活出了人生的哲理。

NO. 52

来早了，罚站 30 分钟。

闲来无事翻照片，找到很好的图解。

你认为这是对应哪一句话？

"先下手为强"，还是"分甘同味"？

免早中饭是为了这顿晚餐。点了超级套餐还单点了一份奶油烤海鲜。店长当即阻止，他认为菜点得太多。于是我们换一份蜗牛前菜，当下店长没说什么，但是脸部表情扭曲，好像在说你们怎么那么不听劝告。日本人有精益求精的态度，总是希望顾客有最好的体验。餐后发现他是对的，虽然感觉只有七分饱，但是回味无穷。

NO. 53

　　这是日本精进料理,即素食。食材不外乎蔬菜和面粉,但是根本吃不出是素菜,厨师并没有仿肉食的质感或味道,而是以高超的手艺做成一道一道的艺术品。

　　如果说睡眠是最接近死亡的体验,
　　那么早上醒来就是近乎新生。
　　早餐是滋养生命的第一步,
　　是否应该庄重且有仪式感?

凡是可以传承下去的事物都是用心的结果。

花见小路不远处就是建仁寺，荣西禅师在此建功立业，也在这里圆寂，留下了茶禅一味，建立了日本的茶道文化。以前到东山区，总喜欢往二年坂、清水寺跑，那一级一级的石板，在黄昏日落之际显得特别浪漫。今天坐在建仁寺的方丈禅堂长廊，看着枯山水庭大雄苑，才知道自己曾经错过了些什么……

NO. 54

米其林三星的怀石料理菊乃井的主厨村田吉弘，是日本怀石料理界的传奇人物，他拥有 7 颗米其林星星。共有京都的菊乃井本店（三星）、露庵菊乃井（二星），东京的菊乃井赤坂店（二星）几家店。村田吉弘一心让日本料理普及，他的目标是提供最便宜的米其林三星怀石料理。

经营之道的最高境界是经营利他的精神。

茶过三巡，店主太太亲自出场，给大家分配主菜。牛肉好吃，配套的酱汁更难忘。

再来一个蒸竹笋，这是今年的绝唱，再过两周就会错过了。竹笋在春天开始进入盛产期，这时的竹笋尤其味美，所谓的"雨后春笋"就说明了春笋在大雨过后会迅速茁壮生长的特点。竹笋产季时笋农须辛勤采收，否则一天之差，竹笋纤维就会木质化，迅速变成竹子。我们来得正是时候，吃到如此鲜嫩美味的竹笋，感谢用心的农夫和厨师。

草莓山葵雪
葩起承转合，辣
味恰到好处的甲
鱼鱼翅汤吃得我
心醉，鱼鲛饭、
柠檬奶冻看起来
很朴实，但是真的好吃得不得了，我吃胖了，希望这杯抹
茶可以消脂吧……

NO. 55

伊右卫门（Iyemon）是
京都 224 年茶店福寿园旗下
的知名品牌，在便利店和贩
卖机里都一定能看到伊右卫
门的踪影。他们在东山区新
开的茶室还有超好吃的早餐
和甜点，小小的店铺划出
1/3 的空间，只作为观赏的
用途——如何平衡理想和现
实，见仁见智。

我要节食 3 个月。

NO. 56

你来，我等着……

NO. 57

曾经波涛汹涌
如今风平浪静
心安万事无碍
心诚万事则灵

曾因台风"飞燕"影响而关闭的大阪关
西国际机场，如今美丽如昔

NO. 58

炸猪排也可以炸出名堂来，还有什么是不可以钻研的呢？1939 年开业的 Tonki，餐单上只有腩肉、瘦肉两种选择，可以点套餐或单点。管理也很简单，流水式作业，一人负责一个岗位，彼此不交叉重叠，柜台围着开放式的厨房，食客用餐时俨然在看一场用心的表演！虽然每人重复着单调的工序，但是动作流畅，一点儿都不拖沓马虎。轮候的客人进门就点餐，入座并非先到先得，而是乖乖地等待表情严肃的领班有机调动座位，最妙的是白发领班从来不会搞错客人的订单。在这里，我们不仅吃到了美味的猪排，还体验到了什么叫作精益求精。

NO. 59

喜欢京都遗世独立之美，在我心里能够媲美京都的只有不丹。两个不同的国度，同样不受外界影响，至今仍努力保留美丽的传统文化。而京都更胜一筹是其深厚内蕴的品位糅合着现代科技，自成一格。

京都市民无不以传承日本传统为荣。在这里，百年老店处处林立。老板因着对天地的敬意，把员工当家人、把顾客当恩人；职场人士一生只做一件事，传承金字招牌不变。

感恩谈何容易，唯有时间可以见证一切。

创办于大正末期的"京极鳗鱼"，外观是古色古香的日式木建筑，充满了大正风情。原本是三层楼，却因战争遇到火灾，三楼被烧毁，保留下了两层楼。这栋老房子经历了大正、昭和、平成时期，目前仍保持着当时的样貌，没有被时代给改变，算是很珍贵的一间老铺。

NO. 60

　　HAJIME 2008 年在大阪开业，17 个月之后拿下米其林三星，如今还是走着少有人走的路，菜品让人不忍下咽又回味无穷。今晚的主题是"与地球对话"，结论是

"love spread to the world"（爱传遍世界）。

店主 Hajime 从农村小子到土木工程师，又从电子产品设计师到米其林三星厨师，活出了传奇人生。

NO. 61

东京涩谷的 Shibuya Scramble Square 楼高 47 层，由东急电铁有限公司、JR 东日本、东京 Metro 携手发展，集商场、共创空间、写字楼于一身，地下 2 层至地上 14 层为商业楼层，以"世界最旬宣言（站在潮流最尖端）"为愿景，集了 200 多间商店，当中有 7 间是日本第一间分店，亦有 45 间是在东京初开业的商店。15 楼的共创空间 Shibuya QWS，则是一个以"scramble society"（争霸社会）为意念、促进不同人及价值交流的场所。

广场最特别的地方就是有一个由 14 楼直达 45 楼的升降机，连同 46 楼及顶楼的室内外观景台，让游人能够体验从涩谷 229 米的高空 360 度眺望东京全景！

可惜因为天气原因，46 楼和顶楼都没有开放，留下了一个再次回来的理由。

理想有什么用？是让人忙得有其所吧……

日语 komeya 是"米店"的意思，a 在日语里是否定的前缀。Akomeya 的店名有双重意思：是米店，也不是米店。他们倡导"从一碗热气腾腾的白米饭开始，寻找人生的幸福"。

一天之内可以悠哉游哉，也可以行走 1026 千米，而我选择后者，为了寻找理想的足迹，支持更多人忙得有其所。

网上这样分析 Akomeya：

在大牌众多、奢侈品店林立的东京银座，寸土寸金的繁华地段，有一家店，看起来非常与众不同，开到了爱马仕旁边却日销 2000 多单。一粒米征服东京银座！

1. 产品定位是打造爆品的关键环节，如果定位错误，爆品无从来。

2. 爆品是一种对产品极致化的基本认知。

3. 商业的核心已经从需求核心演变到如今的体验核心。

Akomeya 把卖大米做成一门创意，还细致地去教人如何辨别、烹煮。

坐在他们家的餐厅，我看到的不是商业模式，而是用心经营的理想……

NO. 62

疯狂地在奈良、京都、大阪、东京之间穿梭了 3 天之后，终于可以回到原点，在日本酒的起源地寻找"顺道善身堂"可用的后台研究基地。

古旧的建筑物始终深得我心，住进了改装自明治创业的酿酒厂，感受着酒香的余韵。店家的商业头脑比较机灵，这里与当地另外一家以保护文物为出发点的町家还是有质感上的差异。

回头再说说 2013 年开业的米店，源起是"几个对生活要求极度精致的人决定在东京闹市开一家米店，因为在都市的忙碌生活中，人们对自己实在太差了。而 Akomeya 就试图"以'米'为原点，提供给人们一套完整的'人生幸福'的解决方案"。

理想会长出无形的触须，抚慰人们的心灵。

NO. 63

　　路过一家古老的町屋，看起来像茶屋又像咖啡室，透明玻璃门上面却写着"生姜足汤休憩所"。原来可以一边泡脚一边喝茶，伴着轻音乐，这样的休息方式让长途跋涉的心放松下来，真的不想走了。

NO. 64

精致的奈良到处都有古旧建筑，早餐的时候店长说这家酒店的房子不算老，只有 100 年。

躺在狭小的卧室，看着窗外的风景，脑海飘进《陋室铭》的几句话："苔痕上阶绿，草色入帘青，谈笑有鸿儒，往来无白丁"，忽然感觉我再也回不去大城市生活了……

NO. 65

从奈良到京都只有 42 千米，可是两个城市的拥挤程度有天渊之别。还好在热闹的祇园找到一户古色古香的町屋，在此继续寻找"顺道善身堂"的基地。

还是很喜欢帮衬这家面馆，重点不是好吃，而是体验

够神秘。灵魂的喂养总是比喂饱肉体更胜一筹，经营企业亦然。下一站吃甜品去，为了打赏大清早辛勤的劳动。

NO. 66

无意中听到近期冒起的新歌《世间美好与你环环相扣》，词作是尹初七，她说，"这不是一首爱情歌曲，而是世界的大爱，星辰犹如为人们奔走的好友，正因为这世界上有人爱着别人的伤口，所以心里的裂缝也留存了温柔"。在这激荡起伏的年代，借这首歌送给远方的你，祈愿世界美好与你环环相扣。

NO. 67

荞麦面专门店权太吕，创业于明治43年（1911年），他们这样形容自己研制的汤底：黄金之

一汁。店里还有乌冬和其他小吃，都很好吃。英文餐牌上的菜品很少，只好拿着网上的图片对着服务员指手画脚，还点了特色的乌冬火锅，邻桌的食客旋即向我们竖起大拇指。来帮衬这家 109 岁的面馆的大部分都是老派的本地人，我们太年轻了。

绿茶冰激凌吃出巧克力的气氛，配比等分的"萌黄"、1.5 倍绿茶的"鲜绿"到 2.5 倍绿茶的"深碧"，味道有显著的区别，你爱吃哪一种口味？

NO. 68

在锦市场有一家刀具店有次，由家族第十八代传人经营着。他们的先人藤原裕司（Yuji Fujiwara）于 1560 年在京都阪井町开始了他的铁匠工作。这是一家历史悠久的商店，从明治 40 年开始生产锅具和炊具，曾经被允许以

铁匠的身份进出京都御所。在明治时代，武士被禁止佩带
刀剑，他们作为高超的剑匠，进入了刀具领域。 这家商店
让我想起电影《最后的武士》(*The Last Samurai*)的结尾语：

I don't want to talk about how he died, I just
want to talk about how he lived.

我不想告诉你他是怎么死的，我只想告诉你他是怎么活的。

NO. 69

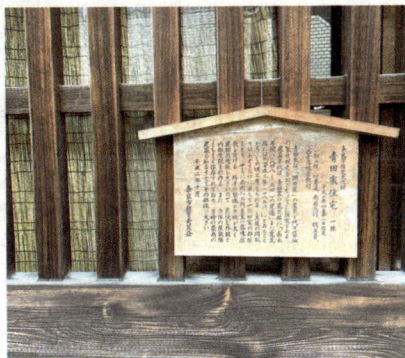

兴建耗时 6 年的
青田家，在 1856 年
正式落成，1990 年被
奈良市教育委员会指
定为文化财产。2016

年被某团体用简陋的方式改装为低价青年旅馆，旅馆经营不到一年便结业了，留下违和感的设施，房子失去了原来的魅力。170年的老房子需要找到懂得欣赏它的人。

每天都有新发现，虽然不再用背包客的方式旅行，不过背包客的探险精神不可缺。今天是大丰收的一天，最喜欢的是这家充满美感和禅意的咖啡室，从室内设计、器皿到饮品都极其用心。咖啡室楼上还有艺廊，服务员看到我们只是轻轻地探头出来，轻声说了两句日语，大意是"欢迎参观，有需要的话找我"，然后就消失在屏风后面。

这家鲔鱼专门店很有意思，跟和牛烧肉比毫不逊色，厨师长把鱼的不同部位做成不同的菜色，创意真的很精彩，最后那碗鲔鱼海胆汤饭更是神来之笔。餐厅的性价比很高，可是他们有一个比较特殊的要求，每位客人必须点一份前菜抵充 300 日元的座位费，还必须点一杯饮料，价格不限，不少人因接受不了而离席。很多人觉得店主不懂得做生意，我想立场各有前因吧。

京都的小巷子内卧虎藏龙，这家以京野菜为主打的乌冬

荞麦面馆小得可爱，全店只有14个位子，如果不是因为门外经常大排长龙，我们很容易就错过了。他们中午12点开市，下午4点结束，其间食客络绎不绝，今天趁离开祇园之前，在他们开店20分钟之前赶到，排到第五个位子，顺利喝到头啖汤（粤语：第一口汤），他们的京葱由特定农户供应，好吃。

人总是会怀念过去、怀念某人，是因为想起往日的美好，还是后悔没有珍惜当年？无论多努力都会有遗憾，不问收获，全力以赴，最起码让回忆都是甜美的。

NO. 70

从繁华都市到隐秘庭院只需 30
分钟的车程，从利欲熏心到返璞归
真，对不少人来说，也许穷毕生之
力也难以希冀。

京都安缦筹划兴建的时间不
长，20 年。占地 32 万平方米的京
都安缦只有 3 万平方米的庭院，建
造了容纳 26 个房间的 6 栋建筑物，
其余 29 万平方米是永久森林。曾
经被遗忘的古老园林主人是日本最
受尊崇的和服腰带收藏家之一。他
的心愿是在庭院中建造一座纺织品
博物馆，最后安缦成了此地的继任
守护者。

NO. 71

据说两星期之前这里还是绿油油的一片森林，再过两个星期这些美丽的红叶也将随着寒风归去。缘分就是刚刚好，多一分太多，少一分太少，既然不期相逢，也不伤别离，顺道善身。

NO. 72

两只小螃蟹被分解为精美的怀石料理。

　　和久传始于 1870 年的丹后峰山町和久屋传卫门旅馆，旅馆持续经营百年之久。1982 年和久传在京都高台寺开业，然后是室町和久传开业，分别获得米其林二星和一星。

　　和久传以京丹后的鱼获及蔬菜为食材，使用自己种植的稻米煮饭，他们还有自家制渍物及自煮的鲷鱼松，呈现着看似简单却蕴含精细的京料理艺术。

NO. 73

　　毕竟是新开业的酒店，京都安缦的服务还有待完善。店主花了 10 多年的时间游说管理当局允许在禁止建造房屋的森林区建酒店，设计师临终也看不到自己的作品落成。

　　凡事都有一个过程，只要意念长存，事情一定会往良好的方向发展，人的培育亦然。

　　已故设计师科瑞·希尔（Kerry Hill）以大自然作为京都安缦的设计主体，树林环抱着房子，而房子又衬托

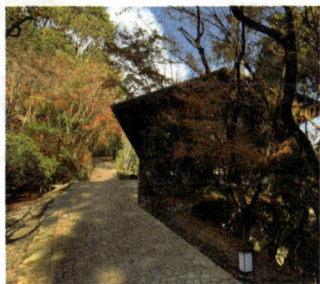

着大自然，为了突出大自然的颜色，他在京都安缦只用了 4 种颜色，你能看出是哪 4 种颜色吗？

下了两天雨，今天终于放晴，临别在左大文字山山腰走走，下次再来的时候，相信徒步径也应该开通了。

何日君再来？
心远地自偏。

NO. 74

　听闻金阁寺已久，不过老是缘悭一面，今天诚心诚意走了 20 分钟的路，刻意拜访这座建于 1397 年（应永 4 年）原名"鹿苑寺"的世界文化遗产。伫立在湖中的金阁寺舍利殿并非真身，1950 年（昭和 25 年），舍利殿因为一名 21 岁的见习僧人放火自焚而完全烧毁。这名年轻僧侣毁灭这栋传世建筑的理由是，他对金阁寺的美感到嫉妒。1955 年，当地根据原样重新修复建造；1987 年，全面换新舍利殿外墙的金箔装饰。

位于东京金融中心的星野酒店有着非凡的外型、独特的风格，客人进门必须脱下鞋子，赤足在大楼内行走！这里有 80 多个房间，仅仅保存客人的鞋子就是一项巨大的挑战，还要提供无微不至的服务，真的佩服星野集团坚持文化和质量至上的精神，难怪酒店经常爆满。

怎样过都是一生，活法不尽相同，理想越清晰，人生越有趣。

NO. 75

像艺术博物馆的怀石料理，美感和美味并重，超级厨师的创作过程从理

念开始，每一道菜都有其背后意义，器皿和食材都经过精挑细选，囫囵吞枣岂能洞悉深意，用心品尝方可体会其中哲理，饮食看人生啊。11 月美食马拉松到了尾声，可以回山里过清淡的日子了。

NO. 76

随便走有利也有弊，也许会发现新大陆，也许会无功而返。既要有冒险精神，也要有敏锐的直觉，形势不对头就要当机立断，改变航道。今晚搭错车，走错了方向，最后皆大欢喜，光顾了一风堂，又欣赏了美丽的夜景，看到日式的

"苹果"店，最高兴的是发现充满美感的街头工程路灯。

NO. 77

发型师问我想怎么剪，我让她给建议。

染发师问我想要什么颜色，我说没有主意。

结果……

大变身！

头发是会再长出来滴。

NO. 78

　　最后一击，体验日式高级大排档炉端烧。厨师跪在客人面前设置的"围炉"里，直接烤鱼和蔬菜等食材，烤好的食材用形状像是船桨一样的长汤匙盛给客人。我们刚坐下的时候，厨师长和助手都昂首挺胸，随着点菜量的增加，看得出他们疲惫却坚持着，崇高的职业精神可见一斑……

　　店里的气氛高昂，店员们都会用很热情的声音来招呼客人，像唱歌一样下单。厨师长记忆力超强，不用笔录，而是喃喃自语重复点单，不一会儿就准确地隔着火炉送上食物。有的客人对厨师长要忍受高温炉火觉得抱歉，请厨师长喝一瓶冰冻啤酒，他们会一起高声敬酒，把酒

言欢……

　　这里最迷人的地方是源于尊重的亲密感，厨师长和各岗位人员的名字都清清楚楚写在木牌子上，名字前面还写着职务，木牌子放在显眼处，比电影结尾滚动的制作团队名单更庄严。

　　粗茶淡饭中笑谈往事，东京的冬天不太冷。

　　东瀛美食回忆录，可贵之处是经营的理念，是进食的态度。

地球是圆的，

总有一天会再遇上。

往北飞，

无论有多难，

往着爱的方向前进……

CHAPTER 3

人类教室

美西大峡谷：流徙的贵族

　　带着学生来美国西部的大峡谷只有一个原因，寻找失落的印第安文明，思考贵族精神是什么。如果余生只能做一种训练，是什么值得我用生命去灌溉？

　　我们以拉斯维加斯作为起点，带着一群大学生一起参加每年一度的资深国际教练大会，我们跟西方教练交流，我们也进行内部的辩论，主题就是应不应该普及贵族精神。会议之后，我们一行驱车西行，穿州过省，穿越大峡谷。有些曾经来过大峡谷的学生发现旅游和旅行居然有那么大的区别，他们对大峡谷的记忆就是从直升飞机往下看的景象，但是我们所走的不是一般游客路线，我们不坐直升机，我们住土著的旅馆，有几个被甄选的学生，花了一天一夜的时间徒到谷底，住一个晚上再爬回来！我们细细品尝不同的峡谷，走访红番保护区，寻找失落的部族文明。为了这次游学，我们从南极回来旋即到这里探路，设计独特的行程，不过世事难料，过程中还是遇到不少突发情况，还好大伙儿都活着回来了，而我也带着满口袋的收获，认定余生只做一件事情。

NO. 1

美国亚利桑那州大峡谷一共有多少个峡谷？图片中的奇景在哪里？

NO. 2

人类到底来自哪里？活在地球上的目的到底是什么？随着

科学的发展，"我是谁（Who am I）？"这个问题也许应该改为"我是什么（What am I）？"

NO. 3

"导师论道"美国之行如箭在弦，此行不是中美教练的较量，而是两种文化的相互学习，联合东西方教练的力量，一起推动"成长心连心"全球化的进程。

耶鲁大学森林与环境学院前任院长格斯·思佩斯（Gus Speth）说："一直以来，我以为主要的环境问题是生物多样性的流失、生态系统的坍塌和气候变化。我以为好的科学可以用 30 年的工夫去解决这些问题。但是我错了。主要的环境问题是自私、贪婪和冷漠……要去应对这些问题，我们需要灵性和文化的蜕变，而我们科学家不懂如何处理。"

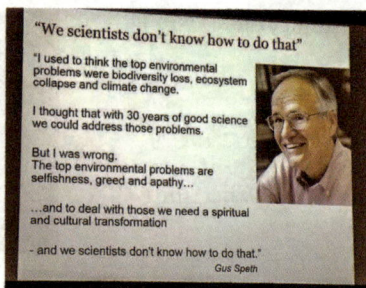

NO. 4

人类的欲望无穷尽，关键是否利人利己。

NO. 5

2016 年"导师论道"在美国拉斯维加斯拉开帷幕。与会教练来自中国北京、上海、杭州、义乌、济南、南京、深圳、广州和加拿大温哥华。本次"导师论道"首次开放接纳教练的大学生儿女参与学习。同时，加

拿大成长心连心国际协会（Heart Chorus Association International，HCAI）赞助了8位优秀大学生代表（HCAI青年领袖计划）出席此次首创的新老青年同台论道活动。他们之间的切磋交流到底会擦出什么火花？

新老青年第一次交锋，"红尘思辨"导演蔡晓勇专程从洛杉矶赶到拉斯维加斯助阵。大学生对垒国内贵族精神修行组徒弟，红尘思辨隔空交锋，探索多维度价值观。正方：应该普及贵族精神。大学生选择了一条艰难的路，担当反方：不应该普及贵族精神。猜一下谁领风骚？

NO. 6

初生之犊不怕虎。反方的大学生们在开场自我介绍中先来一个"四有青年",声情并茂,惹得哄堂大笑,谁知道她们忽然来个急转弯——原来这是一个反证的设置——然后步步追击,让正方喘不过气来。最后虽然票都跑向正方,因为传承贵族精神是很多人心中的呼声,但是大学生的表现依然赢得了全场的掌声。

NO. 7

"导师论道"去过不少地方,2015 年在日本京都,2016 年在美国拉斯维加斯。选择来美国是因为同时可以参与 CAM(Conversation Among Master,大师之间的对话)10 周年活动。送给教练的礼物是一场战士游戏。中外教练通过特殊的方式作深度的交流,从思辨到行辨,穿越东西方文化的鸿沟,成长心连心。

> 忠诚没有种族和语言之分，诚信没有种族和语言之分，爱是宇宙唯一的语言。

在 CAM 2016 资深教练年会中的教练言笑晏晏，看不出还在倒时差。

CAM 2016 资深教练年会中的大学生。

　　有同学说其实到了下午演讲的时候特别想睡，但是我不愿意让大家觉得中国的大学生是这样的，所以我鼓励大家以最强的意志力清醒，中国人要做得更好，就要从细节开始。

　　CAM 2016 资深教练年会双语的顺利进行，全靠这几位美丽的精灵。

今年的主题是"成长心连心全球化",大学生作为"成长心连心"活动的受益者,亲身向北美教练分享感受并介绍"成长心连心",感召北美教练携手共同推进"成长心连心"全球化进程。

大会之后是小灶，教练和大学生分享各自的感受，有欢笑声有泪水。结论是我们不要妄自菲薄，可以做得更好，坚持走在最前沿。

拍照意味着离别，用光影留住美好的时光。不过你早就在我心中留下不可磨灭的烙印，无须留影也一样在我心上。

The end of everything is a beginning of something new.
（一切的结束都是新事物的开始。）

会议结束了，大家带着丰富的体验展开一段新的旅程。

刚到达拉斯维加斯参加"大峡谷贵族精神探索之旅"的同学来得正好，大家济济一堂，同欢同乐，虽然只是共聚一个晚上，倒也其乐融融。

　　如何让处于两种状态的同学同时起步？一半同学是"导师论道"的成员，已经调好时差；另外一半同学才经历了 18 个小时的航程，还懵懵懂懂。最好的方法是拉出去找好吃的，然后去看表演，完全按照当地时间运作，看你还能说有时差吗？

　　看得出来谁要调时差吗？

　　大陕谷探索队与大学生分道扬镳，彼此带着梦想往前飞。从容说再见，轻装见未来。

NO. 8　大峡谷·贵族精神探索（一）

　　出发了，在这方的土壤走一圈会有什么奇遇呢？

　　Rosie's Den 是一家位于亚利桑那州州际公路上的餐厅，很受旅客和职业司机捧场，它是 1933 年由一个加油站改造而成的。这家餐厅颇受欢迎跟其老板罗西（Rosie）的慷慨不无关系。在这里人们可以吃到不在餐牌上的晚餐，顾客可以在餐厅的后院露营，一些因不熟悉地形而迷路的旅客可以住在罗西的家里。

善良不是稀有品，贵族的美德在民间随处可见，关键在于是否有一颗发现美德的心。为了照顾大家的身体，同学尤金（Eugene）自愿任职游学团的水务大臣，专门为大家提供优质的热水。只要大家有需要，他就会把新烧的热水送到团员的房间。

NO.9 大峡谷·贵族精神探索（二）

为了照顾刚到达的同学调适时差，第一站的旅程我们用了 3.5 小时从拉斯维加斯到亚利桑那州的威廉姆斯（Williams）小镇。这个小镇距离大峡谷很近，而且有火车可以往返，在大峡谷国家公园内找不到住处的旅客，或者游览大峡谷的旅客，一般都会住在这个小镇。虽

然这个小镇历史比较悠久，不过相比大峡谷，可以探索的地方真的乏善可陈。小镇引以为傲的是拥有一个野生动物园，既然路过就日行一善，顺路去参观一下，以表示对当地居民的支持。野生动物园住了很多不同种类的动物，其中最让人振奋的是黑熊，看着它们悠游地在车队之间穿梭，真的不知道是谁被谁观赏。

我们没有选择直接去大峡谷，而是反其道而行，南下往亚利桑那州的红石城。建于 1902 年的红石城是一个有灵性的城镇。我一直都很喜欢这个小镇，它有一种让人忘记时光的力量。

除了诱人的红石，红石城的艺术气氛也非常浓厚，喜欢艺术的你一定不要错过建立于 40 年前的特拉克帕克艺术文化村（Tlaquepaque Art & Crafts Village）。创始人阿拜·米勒（Abe Miller）是一名具有远见的内华达州商人，他热爱古老的墨西哥文化，梦想有一天可以有一个小区展示墨西哥的艺术，也让各国优秀的艺术家在这里展示才华。来过艺术文化村的人都会被满园的无花果树迷倒，精心设计的建筑活灵活现地展现了墨西哥的风情。贵族精神无关身份，贵族精神无关财富，贵族精神乃是内心的修养。

特拉克帕克艺术文化村创始人阿拜·米勒梦想成真了。你呢?

有什么比住在红石附近的旅馆更贴近灵性?

既然答应了支持你跑半马,我也义无反顾给你最佳的体验,在红石谷跑半马,一直跑到终点,而且沿途可以看日落,又可以有美味晚餐,皆大欢喜。君子之交乃贵族精神。

喜庆的黄昏！

干杯！为更具挑战性的日子做好准备。后面每天只可以吃豆子、蔬菜，看看吃 10 天豆子和蔬菜之后的你会变得如何……

明天早上 4 点半出发看日出。晚安。

NO. 10　大峡谷·贵族精神探索（三）

精彩绝伦、险象环生、柳暗花明，这些词语都不能贴切地形容今天的旅程。最感动的是每一位成员都发扬了贵族精神。脱险之后在一家顶级的餐厅享用超级赞的晚餐，在这里还可以遥望经历险境的神山。

故事是这样开始的。今天的主题是探索塞多纳（Sedona）著名的能量涡轮（Vortex）地带。据当地人说，这里其实有很多能量涡轮，其中有 4 个比较著名，它们分别有不同的特性，昨天探索的梅萨（Airport Mesa）是关于男性能量的，今天要探索的教堂岩（Catheral Rock）是关于释放低效能量的，而贝尔礁（Bell Rock）是关于女性能量的，还有一个据说可以看到前世的能量涡轮。之前我们会去塞多纳的后山，一个很难走却很值得去的地方。按计划行事，我们于早上4点半浩浩荡荡出发，到了教堂岩的时候，满月的余晖还在守护着大地。

其实那么早去教堂岩也是为了看日出。这座威严的红石正对着东方，当太阳在正前方的山峦之间升起的那一刻，教堂岩沐浴在金光之中，这座塞多纳的地标屹立在那里，无声无息，却征服了所有人的心灵。

心灵的朝拜。

塞多纳最兴旺的事业是游客救援，每年都有很多旅游事故发生，即使是攀山经验丰富的人士，偶尔也会出事，何况是我们这一群城市人呢！所以还是不走险径，集中焦点探索能量涡轮。

这棵大树的树干被拧得像一条大麻绳。对于某些人来说，这只是一个物理现象，而对于另外一些人来说，这是自然界发出的信号，提醒人们对宇宙怀着敬畏之心，敬畏生命，明白人生追逐功名利禄只不过是世俗的游戏，隐藏在游戏中的目的才是意义所在……

塞多纳的后山果然壮观，是喜欢开越野车人士的天堂，也是体验抛锚的最佳场所。疯狂颠簸之后，两个车轮的侧面都破了，而车上只有一个备用轮胎，四缺一怎么办？

整个换轮胎的过程绝对是一种修行的考验。什么时候进，什么时候退，什么时候带动，什么时候做出明智的选择，放弃却不失方向？这是一场另类的探险，欣喜的是，每个人都在贵族精神的体验中。塞多纳果然是一个充满灵性的地方，既然来探索贵族精神，就让你满载而归。

凯旋，好好庆祝一番。后面不知道还会有什么奇遇，不过有一点可以肯定，后面就要开始吃豆子、蔬菜的日子了……

NO. 11　大峡谷·贵族精神探索（四）

写游记需要毅力，是一种可以养成的习惯，让旅行更有意义。虽然隔了那么多天，还是要给自己一个交代，趁离开印第安保护区之前，大清早在餐厅找到一个有 Wi-Fi 的角落，挥笔疾书。

离开塞多纳之前，还是去了最后一个比较著名的能量涡轮，不过最好的据点已经被一家度假酒店占据了，我们只能在路边靠停感受一下。

前往大峡谷国家公园（Grand Canyon National Park），中途绕道去了一个坑。这是一个大约 5 万年前被陨石撞

击的遗迹。一块直径约 46 米的陨石以每小时超过 65000
千米的速度冲向地球，撞出一个约 168 米宽、4900 米长，
足以放下 20 个足球场的坑。如果你喜欢研究天文物理，
你会知道地球其实每一刻都在险象环生的情况下在银河系
前行，这一艘"地球"号飞船承载着你和我，不过没有人
知道这艘飞船的任务，我们为何在此？我们到底是什么？
思考这一系列的问题需要自由意志，一种不被物质绑架的
贵族精神。

坑边快乐的人们。

大峡谷除了让人全身心震撼，还留给人们什么样的思考？

大峡谷国家公园是美国西南部的国家公园，位于亚利桑那州西北角，在 1979 年被列为世界自然遗产，以深达 1500 米、

由科罗拉多河耗费万年所切割出来的科罗拉多大峡谷景观闻名于世。整个大峡谷走向为东西向，总长有 350 千米，宽度从 6 千米到 30 千米。整个国家公园面积约 2725 平方千米。在地形上是高原地形，该地的高原称为凯巴布高原（Kaibab）。

　　有机会体验这个每年参观人次约有 400 万的国家公园，获益于一个人在 100 多年前的意志。1869 年 5 月 24 日，曾任美国陆军少校的约翰·韦斯利·鲍威尔（John Wesley Powell）带领一支科学探险队，对科罗拉多河流域的诸多峡谷进行勘察。这是美国内战后开发西部的一次创举，不由政府组织，也没有官方资助，考察的目的只在发现科罗拉多大峡谷的秘密。

贵族精神思考的不是眼前的利益，而是世代的传承。没有人可以带走自己的骨头，所有人都可以留下有益于世人的精神。

成功走完大峡谷光阴之道，奖品是在历史悠久的酒店吃午餐。只吃豆子、蔬菜的日子快来了，赶紧饱餐一顿。

太阳从没有落下，也许日落的意义不在缅怀，而在珍惜当下。

大峡谷剪影。

　　他们完成了一项不可能的任务，勇敢的他们徒步走到大峡谷谷底。一路上我们也看到有少数华人在试探险径，不过花两天时间成功往返谷底的只有他们 3 个人。贵族精神的诚信在于言出必行。

再次出发，路上留一个
合影。人生每一步都算数，
你留下了什么样的足迹？

羚羊峡谷（Antelope Canyon）吸引了无数到此一游
的游客。对具有探险精神的旅行者来说，他们会把触觉延
伸到猫头鹰峡谷（Owl Canyon）。

猫头鹰峡谷掠影。

走完猫头鹰峡谷,还要走一趟响尾蛇峡谷（Rattlesnake Canyon）。身材肥大的你快点儿减肥，不然无法在响尾蛇峡谷中扭腰而过啊。

穿越响尾蛇峡谷，与大自然亲密接触，深刻感受到风调雨顺的意义。

用鬼斧神工来形容羚羊峡谷一点儿都不过分。即使短期内重游也一样心向往之。

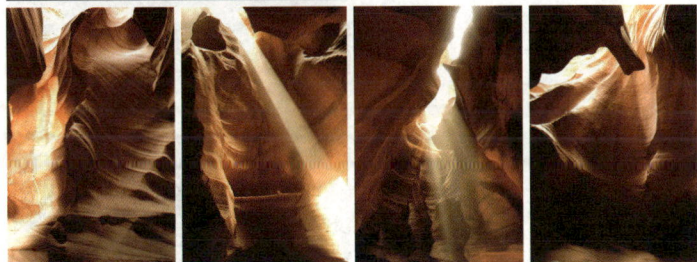

一样的羚羊峡谷，不同的心情，喜欢与你同行。

NO. 12　大峡谷·贵族精神探索·回忆

从羚羊峡谷到纪念碑谷（Monument Valley）、印第安保护区（Hopi Land）、马蹄湾（Horseshoe Band），再到犹他州的安缦酒店，今天早上在安缦的平心静气，为大峡谷·贵族精神探索画上圆满的句号。

早安，拉斯维加斯。游学从这里启程，也在这里结束，就像人生画了一个圆又回到起点，不过人生已经不尽相同，至于这个圆是螺旋式上升、下降，还是原地踏步，则在乎个人的悟性！

昨晚，我们一起陶醉在 *Ka* 的魔幻时空中。太阳马戏团诉说着一个传奇，一群不被世俗束缚的自由灵魂，一次胆战心惊的飞跃，最后功成身退，从容遁迹人间，这需要多大的勇气？

纸醉金迷，孰能守得住寂寞，浊而静之？

再见安缦，临别的浮光掠影。感谢在背后无微不至的服务团队。

感谢一路上坚守岗位的车手！

安缦总会让人留下深深的思考！企业给社会传递着什么样的精神？如果利润只是边际效益，那么企业真正的价值是什么？

道别晚宴在夕阳中进行。

懂西方的礼仪，代表着对于不同文化的尊重，不过千万不要妄自菲薄啊，西方的月亮不一定最圆！

喜欢安缦不是因为其六星级别，而是其低调的贵气。安缦，一个值得尊重的企业。

浮游在科罗拉多河，多角度感受马蹄湾。生命是一张游乐场的入场券，决定如何善用这张门票在于个人。

马蹄湾是科罗拉多河在亚利桑那州境内的一截 U 形的河道，也是格兰峡谷（Glen Canyon）其中的一小段，由于河湾环绕的巨岩形似马蹄，所以叫作"马蹄湾"，也有人叫它科罗拉多河的"大拐弯"。从空中看，从地面看，从河里看都不一样。所以《懒猪不二》中说：我们所认为的一定是对的，但不一定是真的。

科罗拉多河上欢乐的土豆。

勇敢的人说9摄氏度的河水有点儿刺骨，不过从河里站起来不用1分钟就暖和了。站起来，不管有多艰难！

从天空俯瞰大峡谷北缘的风光，看到彩虹桥，看到马蹄湾，看到石头在流动，看到万物水乳交融。

我想告诉你一个有关纳瓦霍人（Navajo）和霍皮人（Hopi）的故事，不过现在马上要去下一站，你先记住这位先生，等我到洛杉矶再告诉你这个故事。

NO. 13

游学大总结，猜一猜哪一张照片是开会前，哪一张照片是开会后？

NO. 14　大峡谷·贵族精神探索·后记

　　积压已久的工作终于完成，新一轮的持久战又即将开始，趁着空当把之前没有完成的游记写完，而且答应过告诉你一个有关纳瓦霍人和霍皮人的故事，怎么可以失约……

　　进入印第安保留地之后看到最多的是沙子，除了沙子就是朝天大洞，偶尔还会看到肥肥的绵羊和会骑马的肥猪。

　　为什么人们喜欢看日出？还要大清早趴在沙子里拍

照？是为了留下美丽的印记表示我曾经来过？在短短的一生中你又留下了什么印记呢？

印第安人的传统房子 Hogan，男性的是尖顶，女性的是圆顶。印第安人认为门朝东迎接太阳，可以有好身体和好运，而且进出门都必须顺时针走，表示友好。Hogan 泥房子住着美丽的印第安姑娘，我们 2 月来的时候看到的是姐姐，5 月看到的是妹妹。两人的气质明显不同，姐姐淡薄名利，终身不嫁，妹妹跳跃的心溢于言表。

　　从踏入印第安保留地
开始，就一直听说有一个
神秘的族群名叫阿纳萨齐
（Anasazi），意思是"忽然
消失的族群"。一路上遇到
的纳瓦霍族导游都跟我们说没有人见过阿纳萨齐人，只是
从遗迹上了解到他们个子很小，懂得手工艺、舞蹈和巫医，
导游说消失的原因不详，也许是疾病，也许是旱灾……

　　游客比较罕知的谢伊峡
谷（Canyon de Chelly）在土
地贫瘠荒芜的亚利桑那州东
北部，这里有许多建于公元
350 年至 1300 年期间的阿纳
萨齐族房舍遗迹。据说这些
忽然消失的阿纳萨齐人在这
里生活了上千年之久。

往前走，到了印第安保留地最中心地带，拜访霍皮族人类学家、酋长埃里克（Father Eric），横贯两个州在峡谷区绕一圈主要原因就是要来看他。

埃里克热情款待我们，一伙人在他的家里谈天说地，他的太太简（Jane）为我们安排地道的霍皮人晚餐，同学做帮工，材料大部分都是豆子、蔬菜，我觉得很好吃，不知道其他人吃够了豆子、蔬菜没。埃里克则比较喜欢吃我们从霍皮族保留区唯一的供销社买回来的比萨。

简是校长。问她：厨房是不是霍皮族男人的禁地？简说，不仅仅是厨房，霍皮族是母系社会，全部都是女人说了算，孩子都是跟母亲的姓，所以只有女性才可以传承。可是族群的酋长必须是男人，但是他不可以教自己的孩子，因为孩子不属于父亲，归母亲管，只有舅舅才可以打骂孩子。埃里克的世系是蓝鸟（Blue Bird），但是因为这一代没有女人，所以他就是蓝鸟最后一名传承人，他去世以后，蓝鸟这个世系也就此消失了。问题是人可以消失，精神常存，贵族精神是一种可传承的精神。

孩子已经长大，埃里克酋长本来可以在繁华地区过着悠游的晚年生活，不过两老选择返回贫瘠的故乡，留在霍皮族保留区，守护着祖先的土地，监护着后人的成长。守一盏灯，有灯就有人。

埃里克酋长最喜欢的游乐场就是峡谷，在这里他可以诉说很多霍皮人的故事。

闲聊之间，好奇地问埃里克酋长，阿纳萨齐族为什么消失了，他带着睿智的笑容说："我们就是阿纳萨齐人，当时纳瓦霍人迁移到此地，阿纳萨齐人把自己的文化教授给纳瓦霍人，包括巫医、舞蹈、手工艺等，后来纳瓦霍人的数量越来越多，慢慢融合了阿纳萨齐人。这里很干旱，但是从来没有难倒过我们。霍皮其实不是一个族群，而是阿纳萨齐族的宗教仪式，后来阿纳萨齐人以霍皮自称，意思是'和平的人'，霍皮族其实住在亚利桑那州已经超过千年了。"

纳瓦霍人给我留下的印象是非常精打细算，其实西班牙语 navajo 的意思是"小偷"，问纳瓦霍人介意吗，他们摇着头说有交易就行！如果你去过羚羊峡谷，你一定会看到附近那 3 根与周围环境格格不入的电力厂烟囱，在那里升起人造白云，那是纳瓦霍族和加州阳光族的交易，污染留在这里，电力往海岸送。对于这些奇景中的奇景，不知道络绎不绝的游客是怎么想的呢？

霍皮族生活在亚利桑那州东北部占地约 6557.26 平方千米的霍皮族保留区中，整个区域被更大的纳瓦霍族保留区包围。埃里克作为其中一位酋长，否定了在霍皮族保留区内开发煤矿的建议，因为这样会破坏自然环境，给后代带来不良的影响。

霍皮族保留区不是一个开放的区域，如果游客随意对着霍皮人拍照，相机有可能会被当地人夺走。如果去旅游区买东西讲价，当地人会不知所措，因为他们不知道何谓高价低卖。

当同学想到买纪念品是对当地人布施的方式，当她不再坚持要折扣，那位霍皮族农民艺术家更不知所措，连连说："真的？你真的不需要便宜一点儿？"同学肯定地点头的那一刹那，他眼睛充满泪光，说去找一个盒子帮她包装，回来的时候他手上拿着一个装鞋子的破盒子，盖子翻开，小小的霍皮族手工艺娃娃安静地躺在那里，等待着远渡重洋去另外一个国度。

贵族精神的艺术修养存乎对于人生的内省和思索、对于美和真的追求。

还记得我让你记住的这位纳瓦霍仁兄吗？他是带我们游科罗

拉多河的导游。问他："知道一个忽然消失的阿纳萨齐族群吗？"他平和而带点儿自豪地说："知道，他们还在，就在不远的保留地。"

　　纪念碑谷是科罗拉多高原的一部分，高出海平面 1500 米到 1800 米。谷底大多是含粉砂岩的卡特勒层（Cutler Formation）地层或从河流切穿峡谷形成的砂沉积。纪念碑谷的鲜艳红色来自从风化的砂岩中的铁氧化物，谷中较暗的蓝灰色岩石富含氧化锰。如果你看过电影《阿甘正传》，他就是在这里结束他的长跑，回家干有意义的事业的。3 名同学在这里认认真真地跑了一个半马，一群可爱的群众演员扮演他们的队友，开着车子在前面等，就他们跑近的时候，群众演员加入长跑队伍，制造声势。欢笑声震

响纪念碑谷。

　　大峡谷游学在此画上句号，可是传播贵族精神的旅程才刚开始。一起跑吧，跑一趟传承尊贵修行的接力赛吧。

CHAPTER 4

艺术美学教室

伦敦：来自生活的艺术

我的背包客生涯始于西欧。当时我一个人背着行囊，从巴黎开始一直走了30多天，去了14个城市，到过的最小的国家是邮票国列支敦士登公国。第一次的背包客体验很滑稽，听说欧洲人喜欢调戏女生，所以我把自己装扮得像个男生；听说意大利有很多小偷，所以我把日用背包挂在身前、藏在大大的夹克里面。电影《午夜快车》让我不敢踏足荷兰一带，据说那边毒贩猖獗。一路上我不敢与任何人搭讪，直到在瑞士某一个小镇的火车站遇到一个华人，她好奇地问我为什么来欧洲，我说我想试一下独自流浪行不行，当时她淡淡地回了一句："有钱什么都行！"我心里不是很认同，觉得钱不是万能的，不过我没有反驳她。很多年之后，我依然相信钱不是万能，不过我对钱多了一份认识！钱是能量交换的代号，人类创造了金钱的游戏，不少人掉进了这个陷阱，束缚了自己。金钱不是敌人，也不是朋友，金钱是流动的河流，人可以尽情玩儿金钱的游戏，但是不要被金钱游戏迷惑。

当年的背包行，最后一站是伦敦，我因为候补机票排不上位置，滞留在当地，也因此有更多时间逛伦敦西区。那里的艺术气氛跟我的男性化打扮相映成趣，终于我压抑不住爱美的天性，用剩余的旅费买了一大堆喜欢的衣服和鞋子，这些衣服至今还有一些留在我的衣橱里，我想我是一个很怀旧的人！第一次的西欧之旅打开了自我认知的大门，伦敦更给我留下深刻的印象，从此每隔一段时间，我都要往伦敦跑，直到某年生活发生巨变。两年前为了支持闺蜜的女儿首次分娩，我重游欧洲，趁机把西欧走完，重点在荷兰一带。我不再害怕，因为我心中有光明。

NO. 1

永恒的伦敦，10年未见，还是那么有个性！

拥有300年历史的民宿，经过了无数沧桑岁月，见证了维多利亚时代，避开了伦敦大火，又逃离了第二次世界大战的轰炸。普通人可能只能听到地板发出的吱呀吱呀声，用心听，你会听到房子跟你细说它的故事。

人与人的沟通亦如此。不要被表面的杂音蒙蔽，要懂得看透背后的动机。

NO. 2

我喜欢将所到之处的定位记录下来，方便日后回顾以及给有兴趣访寻这些地点的朋友做参考。

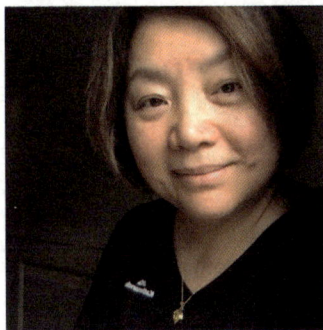

回顾比利时这段旅程之前，先回到当下身处的伦敦。阔别英伦 10 年，再来是为了陪伴一对年轻夫妇度过一段重要且美好的时光。他们在这里成家立业，短短数年，获得了很多骄人的成绩，他们把中国南方地区的小吃变成时尚的饮食潮流，在伦敦掀起一阵旋风，他们崇尚自然的风格，在伦敦东边的斯皮塔佛德（Spitalfields）建造了两所超值的民宿，区内的建筑物都是古董，大部分建于 1705 年乔治王朝的房子依然完好无损。这个地区本身

就是一所活的博物馆，住在这里可以就地感受英伦的前世今生。

今天晚上来体验这对年轻夫妇的创意餐厅——品屋。

以为好吃到想哭的样子只会在动画片里出现，结果在这里看到了真人秀。邻座一位外国女士吃得如痴如醉，碍于礼貌，我没敢把她的表情拍下来！

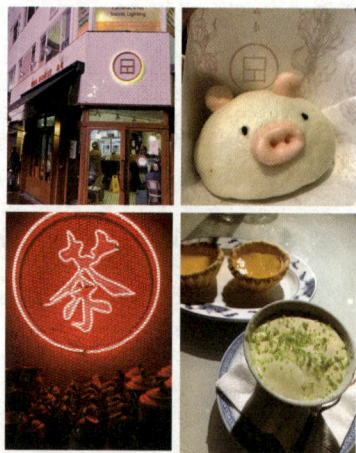

楼上卖点心，楼下是兼卖酒的茶馆，符合英国文化。酒单创意种类之多，让人还没有喝就已经醉了。小菜很有特色，记得要吃他们的咸蛋冰激凌。

NO. 3

本来只是想喝早茶吃点心，结果来了一家"黑店"。黑色屏风、窗棂、吧台，连手绘板也是黑色的。进门之后才回忆起两年前去过他们在上海外滩的分店。

在英国享誉 18 载的客家人（Hakkasan），于伦敦开创其第一家中式餐厅，全球有 12 家分店，由著名设计师克里斯汀·利安格瑞（Christian Liaigre）设计。顾客从餐厅就可以看到开放式厨房，让厨房的活动成为餐厅剧院的一部分。

主厨唐志威，自餐厅创始之初就一直参与其中。唐主厨开发了招牌菜如鱼子酱片皮鸭和烤神户牛等，并将这些菜品推广到全世界的客家人餐厅。餐厅也提供点心、甜点和午餐菜单，还有备受赞誉的酒单和招牌鸡尾酒。餐厅

2003 年被授予米其林一星，并保持至今，是全球最具影响力的中式餐厅之一。

伦敦总店座无虚席，光顾的客人大部分是外国人，现场强劲的音乐播个不停，周末有包酒水的点心套餐，酒杯里的香槟泡泡和点心相映成趣。女服务员彬彬有礼，细心给我们介绍点心的种类，非常专业。套餐的主菜真心不赖，不过到了甜点就原形毕露了，传统中餐是不会配这种甜点的。

进门服务员就告诉我们下午 3 点有舞狮，会很吵，让我们不要觉得惊讶，欢迎留座一起观赏。真没有想过会在英国体验春节的热闹，我只是想喝个早茶、吃些点心而已。

舞狮来了，
本来只是凑热闹看看，
然后那一声声锣鼓声，
那熟悉的狮子吼，

让我莫名感动起来。

我只是来喝早茶吃点心而已，

但是，我哭了……

从来没有看过那么亲民的舞狮表演，"狮子"在人群中舞动，跟小孩玩耍，假装吃她的头，洋人看得很起劲，我在看人生百态。

最划算的是在民宿吃早餐，保证餐单每天不重复。

伦敦的文化包容性很强，有各式各样的人、各式各样的饮食。不想乖乖地坐在餐厅里面装腔作势，可以到街上买一个煎饼，一边逛街一边吃。这样好吃的煎饼就算在国内都很难找得到呢。

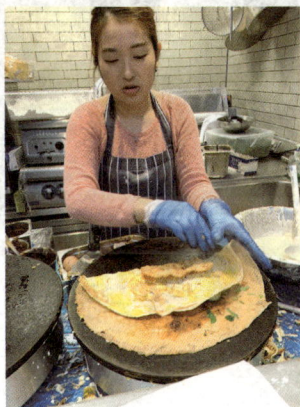

在伦敦闹市逛街如同打高阶电玩，必须极其警觉灵敏。怪兽随时会出现，静悄悄地跟着你，形影不离，你转左怪兽跟着你转，转右亦如是，你停怪兽也会停，然后围着你转一圈又回到你的后面，因为目标是背包。不过你可以随时停战——站好，然后把背包拿下来抱在怀里。这个时候怪兽发现没戏了，会慢慢越过你，并且丢给你一个"算你醒目"的眼神作为奖励，然后走开。游戏完毕，看着背包半开的拉链，默念我要回乡下，因为我不喜欢打这样的电玩。怪兽的名字是"扒手"，3个年轻的中东小伙子。

NO. 4

阳光正好，出来游河。

NO. 5

从伦敦圣潘克拉斯国际车站（St. Pancras International）下来,远远看见站台上用巨型粉红色霓虹灯写的一句话——

I want my time with you.
与君共白首。

旅行是为了让人生丰富多彩，深深体会没有什么比爱更重要。

NO. 6

伦敦印象。

NO. 7

莫道桑榆晚，为霞尚满天。

西欧：
艺术品在说话

从来没有到过这里，为什么感觉似曾相识……想起来了，这里跟京都火车站很相似。

人生第一次背包游，我独自从西欧一直走到南欧，游历了7个国家，但是走到荷兰边缘，我停住了脚步，就是因为《午夜快车》这部电影，当然也是因为已经走了一个多月，累了。

今天如愿以偿，来到郁金香的国度，机场的出租车85%都是特斯拉，司机英文流利，一路上讲解，俨如私人司机。酒店离机场不远，沿路看到的风景完全超乎我的想象，无论是商业中心，还是环城小河，或者是荷兰建筑物，都透露着优雅的气质。当年的却步换来今天的喜相逢。

属于你的永远都不会来得太迟，一切都在冥冥中自有安排，顺道善身。

NO. 1

阿姆斯特丹音乐学院酒店（Conservatorium Hotel）在19世纪末由著名的荷兰建筑师丹尼尔·克努特尔（Daniel Knuttel）设计建造。

这里最初是一栋银行大楼，1978年起废置了5年，后来由3所音乐学院合并成立的斯韦林克音乐学院（Sweelinck Conservatorium）进行现代化改造，成为具有实用功能的声学教室。这便

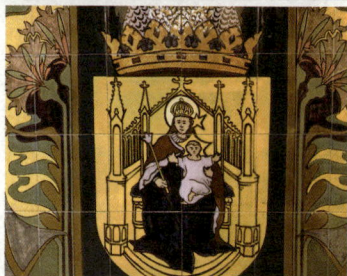

是阿姆斯特丹音乐学院酒店的前身。

2008 年它被 The Set 酒店集团收购，并由屡获大奖的米兰设计师皮埃尔·里梭尼（Piero Lissoni）领衔进行了酒店的设计创作工作。室内保留了原来的栋梁和一砖一瓦，既传承这座历史悠久的建筑物，又精心编织融合现代化的设计，与日本改建町家的作风有异曲同工之妙。

阿姆斯特丹的清晨如此曼妙，即使正在开在线会议，也要冒昧地暂停一会儿，拍下动人心弦的一刻。

肥猪微恙，还好有精美早餐弥补舟车劳顿之苦。

NO. 2

　　休息了一天，肥猪终于愿意往外走了。从凡·高博物馆出来之后，我连哄带骗地带着他往中央火车站走，搭上往哈勒姆（Haarlem）方向的火车，十几分钟就到了。哈勒姆火车站于1839

年建成，并在1906年重建。整个建筑的装饰物包括瓷砖、彩色玻璃、木雕和装饰性锻铁。

　　哈勒姆位于阿姆斯特丹以西 20 千米，是荷兰西部北荷兰省的一座鲜花之市，一个充满历史文化的荷兰小城，也是该省的首府。这里有几乎和阿姆斯特丹一样多的运河，同样具有黄金时代的魅力，但是氛围宁静得多。

　　荷兰是属于春季和夏季的，冬天在这里溜达需要御寒的装备和耐性。从火车站出来没多久就吵着要找咖啡室休息休息，不舒服的猪小宝真难服侍啊……

　　应付任何哭闹中的孩子最好相信他们自己懂得调节，千万不要去劝慰，否则更没完没了，其实应付成年人也一样。

　　坚持往前走，终于来到著名的哈勒姆市集广场（Grote Markt），这是哈勒姆的世纪广场，也是老城的中心，许多历史建筑都在广场周围。电影《雏菊》的拍摄地 Grand Café Brinkmann 也在此。

　　肥猪二话不说，一个箭步冲进这家开业于 1879 年的咖啡室，吃好吃的生牛肉三明治、新鲜的鱼汤，还有大片的生姜水，笑逐颜开。他继续玩儿《三国志》，我开始写朋友圈，皆大欢喜。

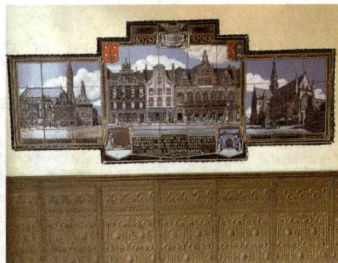

　　悠闲的哈勒姆，有着与世无争的姿态。我很喜欢这个小镇，在细雨纷飞中带着这份宁静返程。

　　其实肥猪还是很贴心的，前天睡了一个早上，下午还是摇摇摆摆地去市中心走了一圈，一方面呼吸新鲜的冷空气，一方面陪我出去走走。

　　去约丹区（Jordaan District）的路上，不经意碰上西教堂（Westerkerk），这是阿姆斯特丹的一座新教教堂，兴建于1620—1631年，位于王子运河的岸边。西教堂是阿姆斯特丹最高的教堂，其尖顶高85米，远看好像要随时倒下来的样子。尖顶上是马克西米利安一世的皇冠。天气太冷了，没敢爬到塔顶饱览阿姆斯特丹的市容。

　　塔上的阿姆斯特丹市徽，有着3个X形的标志，分别代表抵抗水、火、黑死病，也代表着这个城市的精神，抵御外患和灾难的向心之力！我一直认为，每个地方都不乏青山秀水，可是一再让人回头的魅力是人们不朽的精神。只有人才能吸引人，也只有人才会让人心碎。

荷兰之美在生活的细节中，阿姆斯特丹市中心运河区那些看起来东歪西倒的建筑物像积木，延绵不绝的小巷子藏着惊喜，精致的橱窗像一幅又一幅油画，河道上慵懒地躺着的水上民宿，或者轻轻漂过的小船都能让人发出惊叹的声音。

我总是觉得这里很像京都，散发着东方含蓄的美，意大利威尼斯的娇艳则是另外一种风情，而我更喜欢这里，也许是因为我喜欢京都吧。

约丹区是犹太人小区，荷兰人对这个老城区推崇备至。丰富的历史让"约丹区"成为全市最怡人的地区之一。它是17世纪的蓝领阶级区，拥有自己的传统，处处弥漫着自由、随意的美感。狭窄的街道、如诗如画的运河、艺术画廊、杂货店、咖啡室……都很美很美。不过实在太冷了，路过的无牌出租车司机很聪明，看我哆嗦的样子，远远跟我递了一个眼神，交易成功，打道回府。

　　选择住在音乐学院酒店是因为凡·高博物馆就在马路对面。凡·高家族经过多年的努力，终于为生前颠沛流离的凡·高安了一个家。博物馆不仅仅展出凡·高的作品，还诉说了凡·高注定不平凡且影响后人深远的人生故事。

　　讲解员透过导览的仪器说出他的心声，他说："我想你们看到我看到的视野……"

　　凡·高在精神病院留下一幅没有完成的作品，在最后的岁月中，他创作了很多不朽名作。有人认为凡·高的

才华是因为他有精神病，而在更多人的心目中，他即使在虚弱的身体状况之下依然发挥了他的才华。

凡·高是怎么死的？

也许只有善良的凡·高才能回答这个问题。

他说他爱观察生活的细节，用他独特的画风描绘他心目中的世界，他如此喜欢农夫的生活，如此喜欢描绘村庄生活。同是画家的好友高更则喜欢画抽象的梦想，他们激烈争论之后，凡·高的左耳是自残的还是被伤害的，无人知晓。

博物馆的讲解员打扮成演员，用活泼生动的话剧方式为来访的年轻人讲解，声情并茂。结束之前还带着年轻人和青年人老师围着画架载歌载舞，欣赏艺术的态度既认真也不拘一格。

进入凡·高博物馆遇到第一道问题，为什么凡·高有那么多自画像？

答案：因为穷，没钱请模特儿……

　　凡·高的作品在他生前无人问津，在他死后却风靡全球，皆因一个女人，他的弟媳乔安娜。

　　凡·高死后半年，弟弟提奥也随他而去，留下勇敢的乔安娜，把凡·高的作品发扬光大，当时谁会相信100多年之后凡·高的精神依然流传？

　　平凡人做不平凡的事，这，才是真正的伟大。

　　凡·高一度迷恋日本的浮世绘。为何这个城市隐藏着东方的美，我似乎找到了答案。

　　在画前伫立良久，我在想京都……

凡·高留在世上的最后的一句话:我还能再说些什么呢?

我就将以凡·高这句话为主题的歌曲 Vincent 送给大家,作为结束阿姆斯特丹匆匆之行的结语吧。

人生像时光隧道,

无法记住走过的路,

只记得每一道善良的光影……

NO. 3

别过阿姆斯特丹,我们搭乘"大力士"(Thylas)去下一站,送我们去火车站的司机也是一个大力士。他外表不苟言笑,严肃得让人生畏,但当他用沙哑的声音跟我们聊人生的时候,我发现他的内心其实很温柔。这位司机周游列国,从 1999 年开始当职业司机,其间也会把车子托付给其他司机，自己去打散工。至于是什么样的散工，他含糊其词，这样的留白给人太多的想象空间……

下车后，我们速速拍下火车站的情景，司机跟我开玩笑说这里不许拍照，不过想拍他的话则无限欢迎，于是留下了这张有趣的大、小力士合影。

凡·高最后的作品 *The Sower* 给人们留下一个问题，到底凡·高是在画播种者，还是他自己就是播种者？也许每一个人都是播种者，在人间撒下爱的种子。

离开阿姆斯特丹的时候还是晴空万里，走着走着就白茫茫一片，终点的能见度之低让人气馁。

本来到鹿特丹是为了有一个落脚的地方，可以放下行李之后在周边城镇到处逛，可是这样的天气情况不利于感冒中的肥猪康复，只好选择留在酒店梦游了。还好下榻的酒店自带景点，不用外出也可以俯瞰鹿特丹港口，半梦半醒起来看风景，也是乐事。

德西德里乌斯·伊拉斯谟（Von Rotterdam Erasmus）是活在中世纪的鹿特丹人，哲学家，也是教育理论领域著名的人文主义教育家，市内有一大堆以他命名的桥和建筑物。

伊拉斯谟桥（Erasmusbrug）是荷兰鹿特丹一座斜张桥，跨越新马斯河，连接鹿特丹北部和南部地区，由本·凡·伯克尔（Ben van Berkel）在 1996 年完成，成本超过 1.65 亿欧元，长度 802 米，塔高 139 米，也被称为"天鹅桥"。为了让船舶通过，伊拉斯谟桥有一个 89 米长的开合式桥梁，这是西欧最大、最重的开合式桥梁。很想看到这个庞然巨物翻开的样子，可是守候了一天也不见大船的踪影，不过在光影变化下的天鹅桥已经足够让人赞叹不绝了。

NO. 4

试过何去何从的感觉吗？

试过心有所属却又无能为力的感觉吗？

在十字路口该如何取舍？

其实选择也没有那么困难。

只要放下一己的执念，

为他人多着想一下，

总会腐朽变神奇。

鹿特丹飘起白雪，

改变了原来的想法，

既照顾到他身体，

也浅尝了海牙的风采，

顺道善身。

代尔夫特（Delft）虽然很小，但是来头一点儿都不小。荷兰皇室奥兰治（Orange）家族，曾在16世纪领导荷兰人对抗西班牙人的入侵。其中，又以代尔夫特与莱登（Leiden）最为奋力抵抗西班牙大军。代尔夫特是威廉王子发起革命的基地，他也在这里不幸被暗杀，被葬于代尔夫特的新教堂。

　　冬日里的代尔夫特很安静，中午前大部分商店都还没有开始营业，新教堂和市政厅隔着广场遥遥相望，空空荡荡的广场反而增添了几分凄美。代尔夫特以蓝白陶器闻名，后来甚至发展出代尔夫特蓝陶（Delftware），不过咖啡室的魅力对肥猪而言，更有吸引力。

荷兰语 gezellig 大概是"温馨"的意思，不过这个词只可以意会，不可以言传，要体验 gezellig，最好去 Stads Koffyhuis 这家地道的咖啡室，在这里我们再次找到生姜水，吃超大的薄饼吃得不亦乐乎。体验过后就此别过美丽的代尔夫特，有缘再见。

NO. 5　荷兰后记

鹿特丹中央火车站是当地的地标之一，空间感之强烈是所有我到过的火车站无一可以与之媲美的。

从个人喜好来说,我更愿意
探索历史感厚重的地方,不过鹿
特丹的现代美更具人性化。中央
火车站除了出色的设计,公共设
施也很完备,售票室有沙发,但
不是太舒适;有专人服务的头等
座候车室就在月台旁边,可以等
火车到了月台才慢悠悠动身,对疲惫的旅客照顾得很周到。

火车飞快往比利时进发,不知道有什么在那里等着
我们……

为纪念荷兰画家伦勃朗(Rembrandt van Rijn)逝
世 350 周年,毛里茨之家皇家美术馆(Mauritshuis Royal
Picture Gallery)举办了为期 8 个半月的特别展览。

伦勃朗是 17 世纪荷兰巴洛克艺术最杰出的代表画家。1606 年出生在荷兰大学城莱登，父亲为成功商人。

美术馆原本是亲王约翰·毛里茨（Maurits）伯爵的住宅，于 1633 年至 1644 年兴建。这座建筑地上两层，另有一层为半地下室，房顶还有阁楼，设计上严格对称，地上两层共有四个房间和一个大厅，每个房间都被设计为有一个前厅、一个厅、一个内阁，以及一个衣帽间。起初，该建筑物有一个圆顶阁，但于 1704 年毁于火灾，所以现在人们看到的是重修后的模样。毛里茨 1679 年去世后，该住宅被捐赠给荷兰政府，1821 年成为皇家美术馆。

美术馆很慷慨，只要不用闪光灯，可以在全馆随意拍，但是我对窗外的小湖更感兴趣。

由于是纪念展，美术馆尽数家珍，而且请到前荷兰女王亲自剪彩。虽然展品并非全部出自伦勃朗，但都是名家之作。不过参观完凡·高博物馆，大有"五岳归来不看山，黄山归来不看岳"之感，个人独爱凡·高沧桑岁月的作品。

也许艺术本身就是一场没有硝烟的革命，艺术家通过作品来沟通各自的思想和见解。所谓艺术欣赏也只不过是心与心的沟通而已，心向往之则意趣盎然，对作品的解读<u>丝丝</u>入扣，道不同者则大异其趣。

其实人与人之间的沟通也一样，"亲密"的英文单词intimacy，其发音被解读为"into me see"，意即"来看内在的我"，也就是说亲密源于产生一方愿意坦露，另一方愿意探寻。这样的沟通能有障碍乎？其实爱从来都在，问题在于是否愿意放下自我的执着。

在温馨的 Stads Koffyhuis 咖啡室，我发现了一尊美丽的雕像。艺术无分对错，纯粹个人感觉，爱情亦如是。

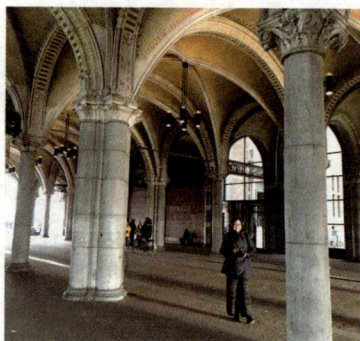

　　这次来荷兰和比利时纯属偶然，本来只是打算在英国小住数周，可是又抵挡不了未曾涉足之国度的诱惑。把持不住的贪念，我美其名为好奇心，于是说走就走，多了荷比之旅。

　　欧洲是一个磨炼心性的好地方，深厚的历史文化如五光十色的霓虹灯，让人一不留神就会因贪念而疲于奔命。记得当年独自闯欧，我生怕错过风景和文物，每天都在赶路，最后却错过了旅行的意义。事过境迁，膜拜前人的丰功伟绩，别忘记当下的体验和人物。

　　在比利时，我没有选择驻扎在首都布鲁塞尔或者时尚港都安特卫普，而是住在梅赫伦，几百年来，这里都是低地国诸城的大主教区中心，这整块西属低地国的范围就属于"梅赫伦教区"，直到 19 世纪，布鲁塞尔都会区越来越大，才把布鲁塞尔合并过来，成为梅赫伦 - 布鲁塞尔总教区。因此，尽管梅赫伦比起其他 5 个比利时荷语区的大城景点来说规模小很多，但它拥有非常密集的教堂与最精美的教堂建筑与艺术，也聚集了许许多多修道院。

　　天公还是坚持要我们休息，从晚上到第二天清晨一直下

着滂沱大雨，我们只好留在这
座已经有 144 年历史的房子里，
跟本身是建筑师的房东太太一
起吃早餐、聊天。话题从欧洲
形势到闲话家常，从脑科学到
如何冻龄，房东太太对平心静
气比较感兴趣。

下雨天可以偷懒，
继续写游记……

NO. 6

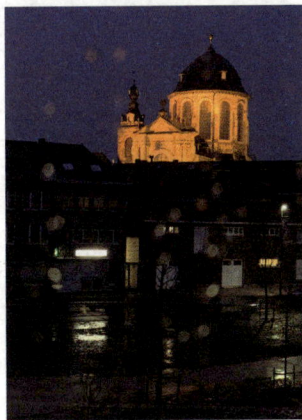

无论何时何地
长存感恩之心
节气周而复始
气节尽在修持
人人顺道善身
家家欢庆新年

年三十收炉，游记正月初五再续。

欧洲之星（Eurostar）今非昔比，不过我还是喜欢当年背着行囊，手拿一张欧洲通行证浪迹天涯的日子。

NO. 7

祝大家猪年好运，诸事顺利，顺道善身，合家欢喜。

家家欢庆新年
人人顺道善身
氣節盡在修持
節氣週而復始
長存感恩之心
無論何時何地

NO. 8

黑眼圈和眼袋是可以被充足的睡眠治愈的。

为了履行许下的诺言，在短时间之内从亚洲回北美，又从北美返回亚洲，接着从亚洲去欧洲，这一路上身体已经找不到北了，尝试过各种各样的调整方式都不太有效，最后任由身体自己接管，睡睡醒醒，但是都无法适应当地的时间。

到了比利时，天公作美，连续下了两天的雨，而我也连续睡了 20 多个小时，醒来发现黑眼圈没了，眼袋变小了，难怪老外说早点儿睡是"beauty sleep"（美容觉）。

雨过天晴，梅赫伦阳光普照，来了欧洲都还没有看过蓝天，哪里能错过这大好时机，本来打算吃过早餐就走，但是好客的房东太太喜欢聊天，早餐在漫长且愉悦的分享中完成。临走前我还向她推荐了久石让的名曲和宫崎骏的动漫电影，她一直向往去京都，我想这些分享可以帮助她下定决心东渡，一偿多年的心愿。人们往往有很多梦想，最难是第一步，迈开脚步之后只管往前走，所有的担心和忧虑都会变成前行的乐趣。

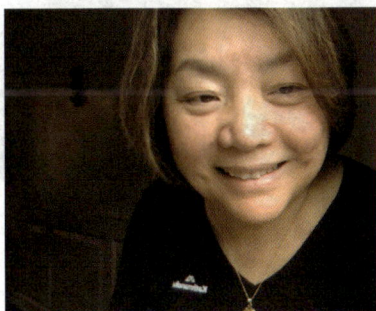

我认为旅行的真正意义不是获得些什么，而是到处留情，为遇到的人留下真情，为走过的路留下美好。

午前的梅赫伦很安静，似乎大家还在家里享受着周末的慵懒，城内唯一的一条河 Dijle 格外平静。记得房东先生介绍可以直接走在河面的步道上，但是雨后街道特别冰凉，即使走在马路上，脚底也能感到寒气，还是不要尝试水上飞，乖乖地拍照留念作罢。

　　梅赫伦虽然小巧，但是由于特殊的地理位置，在历史上成为平衡周边城市势力的重镇。梅赫伦是一个古城，跟欧洲各大传统城市一样，拥有自己的广场。通向广场的街道有不少古旧的建筑物，整体气氛比较平淡。不过走进广场的那一刹那，我们还是被眼前的景象惊呆了，那么小的一个城镇，居然有那么美的广场。

　　勿以恶小而为之，勿以善小而不为。每人都是独特而唯一的，老是与别人攀比，只会疲于奔命，活不出自己的故事，失去自身的精彩。

　　我对比利时这个国家不太关注，除了知道是欧盟总部之外，其余所知甚少。

　　房东先生是一个老好人，给我们上历史课，他告诉我们当年奥地利玛嘉烈驻扎在梅赫伦，对当地有很大影响。介绍历史景点的时候，他特别提到当年犹太人就是被骗到这里送往集中营的，说的时候感慨万千。

　　问他比利时有没有自己的语言，他说比利时有3种官方语言——荷兰语、法语、德语，北部5个省的弗兰德斯人（Flanders）讲弗兰芒语（Flemish，荷兰语），南部的人主要讲法语，少数人说德语。他笑说比利时政府不好当，因为各个语言形成族群（其实就是荷兰语和法语），意见相左，经常陷入僵局。我问他讲哪一种语言，他很自豪地说"Flemish"。

　　当他说得兴高采烈之时，我满脑子疑团，明明是比利时，怎么出了个弗兰德斯？还说比利时以前是尼德兰（Netherland）的一部分，到底尼德兰、弗兰德斯有什么关系啊？不是说荷兰其实应该是尼德兰吗，怎么跟比利时扯上关系呢？真的有点儿晕……

好奇心驱使之下，在网上查资料，不看由自可，一看头更大。故事一直追溯到 14 世纪，"尼德兰"意思是"低地国家"（lower countries）。广义上尼德兰所指的不是一个国家，而是一个大片的区域，在文艺复兴时期之前，这个地区没有形成任何统一的国家，名义上算是神圣罗马帝国的一部分，低地实际上就是指今天的荷兰、比利时和卢森堡。在 19 世纪之前，比利时这个国家和地名是不存在的，那里只有大大小小的公爵和伯爵领地。在它们当中，唯有一个名字称得上享誉世界的就是弗兰德斯。

好了，开始有眉目了，再来就是一大堆人世间的爱恨情仇，在此略过 3 万字。故事来到 19 世纪，南尼德兰爆发了革命，并建立起新的国家，那就是比利时王国，自此之后，尼德兰这个概念通常就只用来指代今天的荷兰。

恶补比利时历史功课完毕，明天继续游记。

NO. 9

女人不要妄自菲薄，汝非丝萝，非得靠乔木，当一切归于平淡，谁都要独自上路，爱情事业都只不过是道场，活出自己才是最终的归宿。

从 15 世纪末开始一直到 1797 法国入侵的 400 年间，西属尼德兰与后来的奥属尼德兰的政治中心都在梅赫伦，取得长治久安、打造尼德兰文艺复兴盛世的哈布斯堡贵族都是英明又爱民的女性统治者！这几位女公爵、摄政女王与摄政公主不但在列强之间为尼德兰努力维持和平，吸引商人投资贸易，赞助人文学家与艺术家潜心创作，还把自己的宫廷变成知书达礼又能洞悉天下大势的贵族女性养成之地，西欧、北欧各国要培养知书达礼千金的贵族家庭，都想把女儿送来这里向公主们学习，其中最有名的千金就是亨利八世的妻子安尼·博林（Anne Boleyn）。

在芸芸的统治者当中，奥地利的玛格丽特最为人津津乐道，她联婚未成，被王子遣返娘家，其后两次经历丧偶之痛，年仅 24 岁的玛格丽特决心终身不嫁，专心治国。15 世纪初开始独树一格的尼德兰文艺复兴，就是从玛格丽特任内开始的。第一，这时候尼德兰长治久安；第二，玛格丽特以外交手段让城市拼经济，让尼德兰再次富裕起来；第三，她还带起了贵族与商人有闲钱就

来赞助文化艺术的风潮。人文主义者们如伊拉斯谟也都是宫里的座上嘉宾。今日在梅赫伦这个宗教气息浓厚的老城广场，唯一一尊贵族统治者的雕像就是这位玛格丽特！

NO. 10　比利时后记（一）

圣鲁波大教堂（Sint-Romboutskathedraal）是梅赫伦的地标性建筑，也是梅赫伦教区行政中心。这座宏伟的哥特式教堂始建于 13 世纪，其后经过了数次扩建，可是教堂的塔楼始终没有建成，没有塔尖的钟楼远看有点儿烂尾楼的味道，教堂内的陈设也有待完善。为继续兴建筹款，管理当局开放塔楼给游客登顶，只需要爬 560 级楼梯就可以瞭望梅赫伦全市风貌。

欧洲的教堂动辄兴建超过百年，西班牙巴塞罗那的神圣家族大教堂（Sagrada Familia）从 1882 年开始动工，至今还在兴建中，据说将在 2026 年完工。即便如此，巴塞罗那人不但没有焦急烦躁，反而从容、耐心地守候着。

神圣家族大教堂的设计师是著名的建筑天才安东尼·高迪（Antoni Gaudii Cornet）。他在 31 岁接手这个工程的时候，地下圣坛已在建造中，无法修改设计图，他完成已经动工的部分，然后把整个教堂重新设计，把原先设计的新哥特式教堂改为加泰罗尼亚现代主义建筑。据当代的建筑师评价，高迪在 100 年前居然能有这样超前想法，堪称奇才。他的设计对当时的人来说简直是天方夜谭，在没有科技的支持下根本不可能完成。

高迪被誉为"建筑史上的但丁"，他大胆而创新的设计并没有因为 1926 年他的意外去世而废弃，建造也没有因为西班牙内战销毁了他留下的许多宝贵的数据、设计稿和模型而停止。他 43 年的心血由后辈接力，至今整个建筑完成了将近 50%。

高迪在世的时候，有人疑惑为何此教堂的建造如此漫长且久未完工。高迪说："我的客户并不急。"他所说的客户，其实指的是他心中的信仰。

现今科技何止一日千里，人们的步伐越来越快、索求越来越多、耐性越来越差，这样的消耗年代，给下一代塑造了怎样的风景线？日后他们会写下怎么样的游记呢？

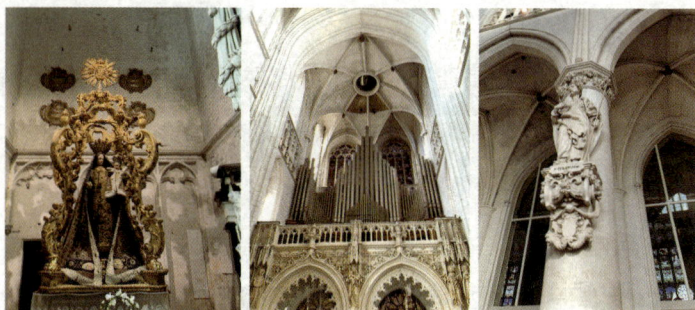

NO. 11　比利时后记（二）

梅赫伦在布鲁塞尔和安特卫普之间，乘搭火车往两边走都是不到 30 分钟的路程，非常方便。但是由于下雨和聊天，打乱了原来的计划，于是今天上午我们探寻过梅赫伦，下午立即赶往安特卫普。

安特卫普在 16 世纪末的荷兰独立战争中，曾是荷兰诸省反叛西班牙势力的最大城市与领导者，不过 1585 年遭西班牙攻陷，后被西班牙重点打造为天主教前线，西班牙人在此大举建设天主教修道院与华丽的巴洛克建筑，以在生活中矫正这些荷兰叛徒的信仰，并且由西班牙王室直接重用全欧影响力最大的巴洛克大师——鲁本斯（Peter Paul Rubens）参与。现在安特卫普拥有 50 万人口，是比利时第二大城市，以海港、钻石与鲁本斯为城市的代表。

安特卫普也是欧洲第三大港口，比利时的石化工业、钢铁业、造船业都集中在此。这里自 15 世纪起即为商业金融交易中心，现今则更是全球钻石研磨与交易的枢纽。因为鲁本斯，这里也称为商业与文化气息并重的美丽之都。

心中有数，半天时间也去不了太多地方，便直接问游客服务中心："我只有几个小时，你建议去哪里？"满身浓烈烟味的年轻人在工作柜台后努力介绍，我屏住呼吸听他的讲解，差点儿要窒息了。结论只有一个，鲁本斯故居（Rubenshuis）和安特卫普圣母大教堂（Onze Lieve Vrouwekathedraal）。

仿如城堡的安特卫普中央火车站也是一个重要的地标。乘搭火车在欧洲周游列国既可以节省交通时间，又可以欣赏历史文物。当年我手持一张欧洲之星火车通行证，看遍了欧洲各国主要的火车站时，相对今天融入了现代设计的车站，我还是喜欢古老车站的情调。安特卫普中央火车站在 1895 年开始动工，历时 10 年才完成。车站弧形的屋顶长 185 米，宽 44 米，由玻璃与铁架制成。该车站被誉为"世界最美丽的火车站"之一。

通往鲁本斯故居的主干道虽有很多大型建造工程，却并没有削弱马路两旁华丽的巴洛克建筑物的吸引力。大部分建筑物被商铺占据，虽然觉得突兀，不过能够让这些文物留存下来也未尝不是好事。

鲁本斯故居是由鲁本斯1616—1640年所居住的房子改建的。1937年，安特卫普市政府买下这栋建筑并修复

后，成立了美术馆，让世人能更深入地了解这位画坛巨匠
的作品与生活。

鲁本斯出生于德国，父亲
是比利时籍改信新教的律师，
为了逃避宗教迫害而移居至
德国。在父亲死后，鲁本斯
与母亲回到了家乡安特卫普
并在 21 岁时成为公会认证的
画家。

《亚当与夏娃》是他早期
的作品。

在鲁本斯故居，除了可以看许多鲁本斯的一般绘画与
手稿，及其惊人的生产线工作室以外，还可以看见鲁本斯
呼风唤雨的历史。最吸引我的是他第二任太太海伦和他自
己的自画像。我时常在想人为什么会变老，有的人未老先

衰，有的人越老越有活力，科学宣言未来人可以长生不死，但是不老这回事是否也可以担保？

鲁本斯的第二任妻子海伦嫁给他的时候只有 16 岁，而当时鲁本斯已经是一名 53 岁的鳏夫，他在 3 年内相继失去 12 岁的女儿和 34 岁的原配夫人伊莎贝拉。他再婚后曾经写过一封信给他的好友，他坦言："很多人劝我娶一个贵族妇人，我恐怕名门望族出骄子，我宁可娶一个不会给我脸色、也不会从我手里抢走我画笔的年轻妻子。我不愿意为了一个老女人而交换我的自由。"

海伦给了鲁本斯很多灵感，她为鲁本斯生了 5 个孩子，鲁本斯为她画下很多名作，包括她出浴半裸的娇态。

当代脑科学研究证明，人的思想可以延缓衰老，也就是说思想可以影响人体一系列的生理反应，如此一来，自我觉察和调整就是保持青春的良药。长久以来，东方的修行都是往内求，西方则从行为下手，即使心不甘情不愿，也要 "Fake it until you make it."（在成功之前假装能做到）。哪一种方式为佳，见仁见智，不过无论从心出发，还是以外至内，都逃不过觉知这个大门。

鲁本斯是一个多产的画家，安特卫普处处是鲁本斯的痕迹，全球最重要的西方美术馆几乎都有鲁本斯真迹。鲁本斯是个出类拔萃的艺术界枭雄。在外能够游走于皇室政商宗教界，甚至维持西班牙与荷兰之间的和平；在内则教授学徒——他出概念画草稿，将各种细节交由弟子们协力快速执行，最后才交他本人把关审查质量并亲手做最后的画龙点睛。渴望拜在他门下的学生络绎不绝，拜师往往一等就是 7 年，事实上从 1611 年开始他已经需要拒绝无数求学的人了。他的一众弟子中，最出色的就是英国国王御用画家安东尼·凡·戴克（Antoon Van Dyck）。

苏格兰艺术家贝瑞·麦格拉森（Barry McGlashan）醉心模拟大师的画室情境，他在1974 年描绘鲁本斯的画室，画风活泼生动，画中鲁本斯在创作名画《卸下圣体》，在右下角可以看到他的徒弟凡·戴克。

NO. 12 比利时后记（三）

聆听是很有意思的事情，所谓"言者无心，听者有意"，人们往往听到的是自己内心对这个世界的看法，然后信以为真，被自己困在自己的世界中。要想走出困境，就要觉察自己聆听的方式。

鲁本斯故居有一幅名画，*The Massacre of the Innocents*，远看的感觉是混乱，近看是残暴，再深入探究，看到的是自己内心面对死亡的态度。

安特卫普大教堂，也就是圣母大教堂，建筑风格是哥特式的。其钟楼高 123 米，是世界文化遗产。教堂内还有被视为鲁本斯最杰出作品的三联祭坛画：《上十字架》《卸下圣体》《圣母升天》。

　　安特卫普圣母大教堂跟广场上的商铺挨得很近，而且这所教堂也很开放，除了传统的装潢，还展示了现代的作品，是我看到过的教堂中最亲民的一所。

　　鲁本斯毕生创作了 3000 多件作品，留在安特卫普最重要、也是他最杰出的祭坛画。《上十字架》和《卸下圣体》这两幅三联画，对比他早期的作品《亚当与夏娃》，明显地感受到他在意大利 8 年的学习所受到的影响。

　　除了鲁本斯的名作，教堂也展出了其他名家的作品。看完这些作品，我对 17 世纪巴洛克派代表艺术家鲁本斯心生无限敬意。英国皇家艺术研究院（Royal Academy of Arts）认为，鲁本斯是欧洲艺术史上影

响最大的古典画家。他们甚至认为，如果没有鲁本斯，可能就没有洛可可画派（Rococo）、浪漫主义（Romanticism）、东方主义（Orientalism），也许连印象画派（Impressionism）都没有了。是否言之过甚？留待大家自己去探索……

NO. 13 比利时后记（四）

布鲁塞尔是乘搭火车前往英国的必经之路，也是我离开比利时之前最后一站。把行

李存放在布鲁塞尔南车站，轻轻松松返回中央车站，去看闻名已久的布鲁塞尔大广场。作为比利时的首都，布鲁塞尔没有想象中的繁华，车站也不如安特卫普惊艳。

布鲁塞尔的名称来自古代荷兰语 bruocsella 一词，意为"沼泽之乡"。布鲁塞尔是比利时的首都与最大城市，也是大部分游客必定会造访的地方。

我们在火车站找不到游客中心，只好到隔壁的希尔顿酒店讨一张地图，发现广场其实也不是很远。布鲁塞尔大广场被雨果誉为"全世界最美丽的广场"。它建于 12 世纪，广场的面积其实并不大（长约 110 米，宽 60 米），被中世纪的行业公会包围。

1695 年，法王路易十四下令炮攻布鲁塞尔，整个广场除了市政厅外几乎都被炸毁，但是布鲁塞尔商人仍以极快的

速度重建了行业公会，让我们能看见这批精致的砖造建筑群。每一栋建筑物都精雕细琢，可见当年的商业鼎盛。

　　早上的气温有点儿低，天空飘着细雨，刚好广场边上有一家酒窖改装的餐厅，在这里大吃一顿再说。厨师很热情，远远地从厨房里打招呼，用啤酒泡的青口没有把我给喝醉。

　　布鲁塞尔大广场旁边的贝尔长廊（Galeries Saint-Hubert）

建于 19 世纪，和米兰的拱廊街很类似，不过商店以售卖巧克力为主。长廊入口处有好几个老妇向路人讨钱。大部分人看也不看这些老妇一眼，不知道是老妇勾起了人们内心的痛点，还是他们认为老妇是旅游区特有的专业乞丐？

　　她们让我想起 20 世纪 90 年代刚开放的越南，那时我在河内一家著名的冰激凌店遇到两个女孩，只有八九岁的样子，明显是乞丐团伙成员。她们向我讨钱，我不给，还反过来问她们要钱，吓得她们连连后退。我追着逃跑的她们要钱，跑累了回头走，她们又继续跟在我后面讨钱，我再次追着她们要钱。我们就这样在街上来来回回不知道多少次，街上充斥着我们欢快的笑声，最后她们没有拿到钱，我也没有付出分毫，但是彼此都获得满满的爱，我永远都不会忘记她们临走时的笑容和清澈的眼神。

　　世界是一面巨大的镜子，映照着每一个人的内心世界，而每一个人也造就了这面镜子所能观照的世界。

从长廊出来已经归心似箭，此行的初心催赶我改换早一班的火车回伦敦，这一天是年三十。

被流放的塔斯马尼亚：
赌徒也可以成为艺术家

塔斯马尼亚是 2017 年"全球成长心连心"完成之后的云游其中一站。我故意把这部分单列出来，是因为这个当年的犯罪天堂现在摇身一变，成为一个甚至不能用美来形容的地方。这是人间天堂，尽管每年这里只有 3 个月宜居的气候。它靠近南极，让我多么想从这里登船再去一次南极。不过这里的探险船条件非常一般，最后我还是决定专心留在塔斯马尼亚环岛一周，而这个选择绝对正确，落子无悔！

NO. 1

塔斯马尼亚（Tasmania）不许植物进口，国内航班也不行，我的有机牛油果被充公了。

塔斯马尼亚拥有一个美丽的小名"Tassie"，当出租车司机喜悦地说着这个名字的时候，我还以为他在说女朋友呢。不过这座心形之岛的确很美，首府霍巴特（Hobart）内港的古老建筑物衬托着蔚蓝的大海和天空，夹杂着200多年前的故事，显得特别凄美。从1803年到1853年，有13000名被流放的女性就在这里上岸，随着她们而来的是2000名儿童。她们的罪名不一，有的是偷了玉米或者一把小提琴，有的是把孩子丢在路上。至于她们最后有没有回家，不得而知。据历史记载，当她们下船之时，就已经有一批强悍的男人在岸上等着抢亲。塔斯马尼亚历经沧桑，曾经是罪恶之都，今天被誉为"假日之州"，是澳大利亚自然生态保护得最完善的地方。一切都那么平静而美丽，皆因好几代人的努力，但愿这些被流放的灵魂终于可以安息！

NO. 2

心目中的云游是在某一个地方住上一段日子，好像当地人一样地生活，无奈心太野，还是安排每处住上十来天就迁居了。霍巴特在夏天还是很难找到理想的民宿的。我们在酒店熬了3天，终于搬到藏在后街的一所房子里，风景就是邻家的房顶。后街嘛，就别期望太高了。不过这里很安静，总算给了我一个读书写字的空间。刚才突然发现有一个可以蓝牙接驳的音箱，一下子房间里扬起我喜爱的音乐。点燃一支陪伴了我很长时间的线香，喝上一口清茶，这是我渴望已久的云游。

后巷也有后巷的风情，世事真的没有所谓的好坏，都只不过是体验而已，至于是什么样的体验，就在于体验者了！

NO.3

在塔斯马尼亚最南端的布鲁尼岛（Bruny Island）可以说是天之涯海之角，这里距离南极不到 3500 千米。今天在大海上颠簸了 3 个小时，对我而言，最为触目的不是那些海豹，而是巍峨的石壁。海面上有两座类似纪念碑的石柱，像是一个国王在跟他的皇后道别，皇后似乎伤感地转过身，背对着她心爱的男人，仿佛在说"哪怕海枯石烂，无论经历了什么，我都会在这里等你"。瞬间，脑海飘过很多人、很多事。

NO.4

神奇的古今艺术博物馆（Museum of Old and New Art，MONA）真的是让人大开眼界。先说说这家澳大利亚最大

的私人艺术博物馆的老板戴维·沃尔什（David Walsh）。据说他是个数学天才及专业赌徒，设计了个罗盘程序，策略性地在赛马和球赛中下注，酷爱艺术的他赢得巨额财富后，把钱用来买艺术品。

收藏品愈来愈多之后，他把收购回来的酒庄改建为2011年开放的MONA，馆内附带了8间精致的房间，还有由米其林大厨菲利普·莱班（Philippe Leban）打理的餐厅The Source。这家另类的成人版迪士尼乐园就此成为塔斯马尼亚的特色，每天用自己的快艇迎来送往无数好奇的宾客。

MONA没有传统博物馆严肃的气氛，处处不经意间流露着美感，身处任何角落，都能感觉到轻松自然。早上5点起床的我忍不住在图书馆舒适的椅子上酣睡，也没有人来打扰。

展馆看起来放任不羁，玩味及爆炸力十足，其实处处充满玄机，让人驻足深思。其中最新的展品 Unseen Seen 提供了空间体验死亡前后的瞬间，让人反思生命的意义。

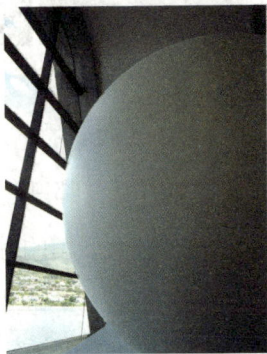

位于澳大利亚德文特河（Derwent River）旁边的MONA，埋藏于17米之深的砂岩地底之下。乘电梯向下，电梯门一开，眼前是一道长约50米的走廊，夹在两道垂直的岩壁之间，感觉像走进了埃及神殿，这也是馆主的安排：艺术品在地底窥望着你，它们要知道是什么人来看自己。

　　MONA 收藏的艺术品会给你带来什么冲击，因人而异，而无论是什么，都只是人内心的反映。

　　游客进入展馆的时候都会获得一个 iPod，可以按照自己所在的位置搜索相关的文字、照片和录音讲解。其间，我听到一个艺术家的故事，他的画风被批评像疯子一样，然后他说："我昨天在诊所被诊断为精神病，现在我就可以为所欲为地乱画了。"然而你知道吗？这位俄罗斯"疯子"艺术家画一幅人像，要价不菲呢！看起来没有个性都很难做出色的艺术家。

有一个展馆的主题是 Desire，有一座很有意思的雕塑，原本想给你看，不过恐怕争议性太强，还是留待你自己去现场看吧!

如果武器和战斗机都变成是这种材料做的，这个世界会变得怎么样呢?

MONA 就是有这种魅力，在不经意的拐角会出现一些让人沉思的作品。你看懂了吗?

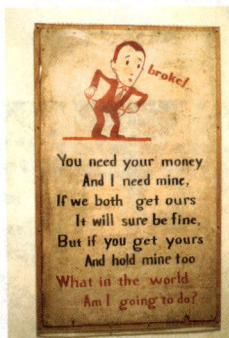

　　艺术其实是一种沟通方式，艺术家通过作品，与心灵相通的受众交流。前面 3 张照片的作品来自一个没有孩子的艺术家，她做好雕塑之后还给它们拍照。中间 3 张是另外一个艺术家在表达他的乌托邦，他过世后会去的地方。至于最后 3 张，你喜欢吗？如果喜欢，是为什么？如果不喜欢，又是为什么？

　　希望你喜欢今天的分享。

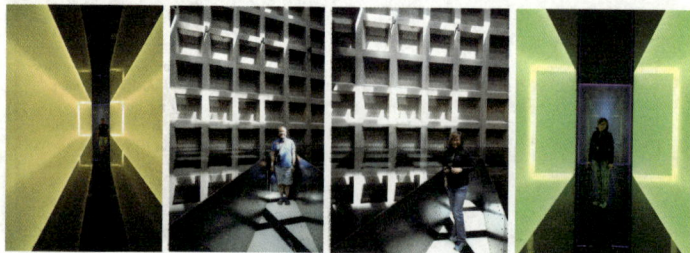

NO. 5

炮台岬（Battery Point）是霍巴特历史最悠久的区域，保留了 19 世纪康沃尔渔村的特色。这里有很多茶室和餐厅，以及精美的古董店和酒吧。很多该地区的房屋都被"国民信托组织"归类保护。这里的房子比较小，不过门前的花圃都很精彩，19 世纪的人在这里过着怎样的生活？曾经又有谁追逐于那些狭窄的步道？如果时光倒流，我会遇见谁？事过境迁，虽然曾经艰辛险恶，但往往能够留下的都是美好。希望在人间。

很快就要离开霍巴特，切换到野外的生活。临别之前，我细心欣赏位于后巷的居所，还是觉得这里很美。幸福无须追求，幸福如其所是。

NO. 6

霍巴特人的早餐，能不长胖吗？马上要开始另外一种节奏的生活，策划了数月的长途远足即将开始，要把深居简出所积累的热量消耗殆尽。

　　来塔斯马尼亚北部的朗塞斯顿（Launceston），主要目的就是去远足。A1公路的风景线比较平淡，直到罂粟花田出现在眼前。由于花期已过，只剩下一望无际的淡绿色果实，不过依然壮观。一时兴奋，从车上跳下来，想尽办法拍照做记录，后来才知道铁丝围栏是通了高压电的！罂粟花有益还是有害，只有人类才知道，罂粟花只管娇艳绽放。

　　入住的庄园已经有将近 200 年的历史，当初是塔斯马尼亚第一任总督的官邸，而今是乡村俱乐部和高尔夫球场，也是远足者的基地。

NO. 7

从大海到深山，继续远足,继续 digital detox（电子排毒）。

NO. 8

Back to civilization.（重返人类文明。）终于重见网络了！历时 8 天的远足有说不完的故事，先听一首《有没有一首歌会让你想起我》叙旧吧！

NO. 9

带着工作云游，可以劳逸结合，在工作与

工作之间穿插着不同程度的探险本来是件乐事，可是这次远足有点儿玩大了。原来以为只是在沙滩上走走，应该没有什么挑战，谁知道在这一望无际的沙滩上，背着 50 升的背包，没有代步的车子，没有网络，也没有任何休息的凉亭。软绵绵的沙滩看起来很浪漫，可是 12 千米走下来已经瘫痪了。

导游原本是土木工程师，5 年前抛弃了办公室工作，宁可浪迹天地之间。他的背包装着 10 个人的食品和必需品，可是他走起路来显得非常轻松，还一边走一边给大家做自然教育。每一次停下来我都不敢坐下，生怕坐下之后再也站不起来了。

晚上在野外露宿一宵，起来才发现左边的胯部已经肿起来了，可是今天还有 15 千米要走啊。

远足的海湾是火焰海湾（Bay of Fires），有很长很长的海岸线。走海滩之余，还走进丛林，还要涉水攀石，如果不是导游帮忙搀扶，也许我早就掉到水里面了。

一路上殿后陪同的导游是一位年轻的农夫，他是这样介绍自己的。其实他是当地畜牧业领袖的儿子，家里有2000头牛、5000只羊，是名副其实的"富二代"。他说去哈佛大学学习领导力也只是理论，还要花钱，倒不如去参军，学到的是真真实实的领导力，结果他成了陆军上尉。热爱大自然的他选择做业余导游，一边享受大自然一边赚外快，真的是懂得精打细算。此君一手好厨艺，到目前还没有找到女朋友，有人有兴趣认识他吗？

　　终于到达休息站，享受着不同的风景和美食，回头看是怎么走过来的，只有一句话：活在当下。

　　团员中有3位胸肺科医生，她们问我在休息站的留言册会写上什么信息给未来的旅客，我毫不犹豫地回答："出发之前在家先做好锻炼……"不过话说回来，这次超负荷的旅行让我知道原来身体还有很大的弹性，只是平时给自己太多的理由不往外走而已。

一对恩爱的澳大利亚夫妻，相敬如宾十多年，意大利籍的太太酷爱瑜伽，先生说每个星期天都会陪太太做瑜伽，我说怎么听起来好像是在受折磨，瞬间引得满堂大笑。不过这位先生的确很懂得太太的心意，处处表现得恰到好处。夫妻之间多一分尊重，则多一分温柔。

万能的导游，不仅可以领路，还是自然教育老师，是厨艺高手。他们和游客平起平坐，很少帮游客背东西、拍照，总是给人鼓励，多艰难的路都要游客自己走过去。我想，人生最大的礼物，不外乎给予别人"信任"。

今晚发的图片已经够多了，不过临睡之前还是要发几张记录肥猪可怜样子的照片。出发的时候他哭丧着脸，我说："这是专门给你安排的，你不是很喜欢玩儿的吗？你以前还是水上童军呢！"他说："我喜欢玩儿，不喜欢辛苦。"不过肥猪还是挺英勇的，从头走到底，一直乐呵呵的。

NO. 10

从大海去深山，以为需要面对更严峻的考验，谁知道摇篮山（Cradle Mountain）的设

施如此完善，到处都是木栈道，一时间还不是很适应这么舒适的环境呢。

摇篮山有很多丛林袋鼠。清晨，我看见有一只害羞的袋鼠在阳台不远处，打开门去逗它玩儿，还笑问它是否不见了妈咪。正说着，听到丛林一阵跳动的声音，一大批丛林袋鼠出现在眼前，为免它们跳进房间做客，我还是退回室内，隔着玻璃窗跟它们聊天吧。

塔斯马尼亚属澳大利亚自然生态保护最完善的地方，全州约40%的地方被正式列为国家公园、自然保育区和世界自然遗产，在这里总是会遇到惊喜！

摇篮山是塔斯马尼亚最有名的国家公园，总面积1600 多平方千米，可以选择花 6 天时间远程徒步，也可以选择花 2 个小时走栈道，我选择了后者，看到了森林，想起了南屏晚钟，想起了你……

千年的巨木终有一天也会倒下，可是并不代表生命力就此结束，换一种方式依然可以滋养大地，让更多的生命存在，把爱传出去。

有多少人来摇篮山就是为了看鸽子湖（Dore Lake）一眼？到底是鸽子湖美，还是因为有发现美的眼睛才有了著名的鸽子湖？

别了，摇篮山。感恩大自然的慷慨。

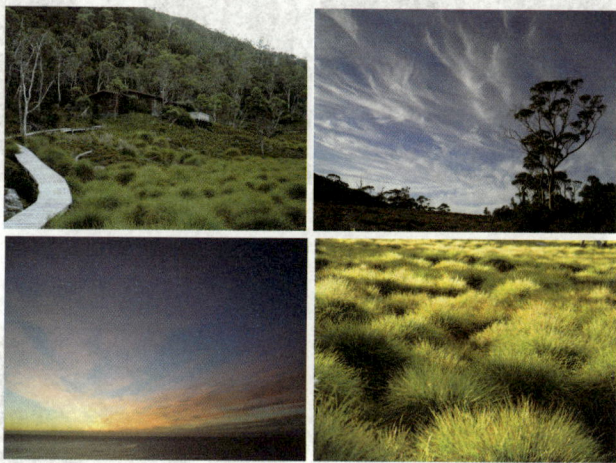

你认识这样一个人吗？从心底里给出真心、正义、无畏和同情？

NO. 11

开启工作模式，可是这栋房子让人无法提起劲儿工作，咋办呢？

NO. 12

实在无法用言语来描述此刻的美，期待"蓝月亮"（Blue Moon）的来临，这是跨越150年的相遇。

　　当时选择这所民宿，真的没有想到会在这里看到 150
年一遇的天文现象。一切都是冥冥中注定，无须费尽思量，
心存善念足矣。

　　古人说"海上生明
月，天涯共此时"，我
看到了，感受到了。

NO. 13

　　澳大利亚的动物大都自成一格，身上长袋子的动物、
会站起来的老鼠，还有不同类型的鸟类。早上看到以为是

乌鸦的鸟，原来是黄尾黑巴丹鹦鹉（Yellow-tailed Black Cockatoo）。表面上黑压压的没有什么特别，当它展翅的时候，才能看见尾巴金黄色的羽毛，很美很美，看得我目瞪口呆，也忘记了拍照。

真正的优雅深藏不露……

为了吸引鸟儿到阳台来，好让我近距离拍照，我把菜叶子放在阳台上吸引它们，可是等了老半天都没有鸟儿来光顾，只有一只蓝色长尾巴的小鸟来嗅了一下就跑开了。哎呀，周围有那么多新鲜美味的植物，人家犯得着吃这些干枯的菜叶子吗？

凡事站在对方的立场考虑，才叫作不自以为是！

民宿距离海滩只有50步之遥，海滩上游客很少，几乎可以说这是这个小区的私人海滩。肥猪已经闹了好几天

要去游泳，临走前终于一偿心愿，结果在水里犹豫了半天，泡了一会儿水就打道回府了，因为水温实在是太冷了，毕竟距离南极太近了。

澳大利亚最后一站，这里安静得可以听到自己心跳的声音。

犹记美国犹他州安缦，一样的风格，不同的情景。人生是一趟无休止的探索旅程，很高兴曾经在路上跟你遇上，什么时候再同行一段路？

生活不只有眼前的鸭腿，还有诗意和艺术。

NO. 14

首站云游已经到了尾声，原计划是安静几天，总结此行的收获，策划下半年的旅程，可是天意说还没有到鸣金收兵的时候，无限精彩在后头……

还记得刚到达塔斯马尼亚机场的时候，看到类似老鼠的铜像，居然在这里看到本尊了——"塔斯马尼亚恶魔"（Tasmanian Devil），因为其貌不扬、叫声凄厉，故此得名，学名袋獾。这些濒临绝种的动物平

均寿命只有 5 年，当地
政府和民间组织都在积
极为它们繁殖，酒店收
养了一批"退役"的"恶
魔"，供酒店客人参观，
满足好奇心。刚看到它
们的时候还觉得有点儿可爱，可是……

　　酒店隔天会喂养它们，它们一听到饲养员的声音，就
会以最快的速度跑出来。遇到同伴的时候，它们都会声嘶
力竭地向对方号叫。其实袋獾是孤独一族，不喜欢冲突，
所以为了避免冲突，会先用这种方式企图吓唬对方，可是
往往也因此而打起来……

　　人是否也是如此？

　　最让人深思的一幕
出现在饲养员把刚宰割
的袋鼠送进围栏里面，
这些袋獾露出它们最凶
恶的一面，相互争夺食
物，凄厉地号叫，那种
场面让隔着玻璃窗观看的游客都不淡定了。

它们为了面前的食物拼搏着，根本没有看见饲养员在离它们不远的地方放了一大块肉。别的游客觉得它们很可爱、很好玩，我反思这不是人类行为的写照吗？

直到那半只袋鼠已经被扯得只剩下皮毛，一只袋獾终于发现了另外一块肉，于是一场恶斗再次开始……

最后它们都吃饱了，各自回到自己的安乐窝中，袋鼠的尾巴变成它们的玩具，之前抢夺食物时眼睛里露出的凶光已经被纯真的目光取代。

天使与魔鬼都在同一身，正所谓修行乃把握自主性而已。

NO. 15

酒店坐落在菲欣纳（Freycinet），在著名的酒杯湾（Wineglass Bay）背后，下榻期间只有一次"酒杯湾畅游"的机会，远道而来的我们当然不想错过，于是硬着头皮改换了两个会议的时间，让自己可以赶上这艘船。听说酒杯湾是全球十大美丽海滩之一，在我的想象中，这次畅游应该是在波平如镜的海面上享受阳光与海滩，还有美食相伴。结果我只猜对了一半，为了享受那不到半个小时的体验，需要来回近 185 千米，在浪涛汹涌的海面上折腾 3 个多小时。不过天道酬勤，这段航程获得的体验才是此行的主体，而酒杯湾的体验只是慰劳奖而已。

还没有去到风浪最大的
海面，就已经看到一批又一
批的海豚，严格来说不是我
们看到的，而是它们与我们
一起冲浪，跟我们一起玩儿。

海豚是很友善的动物，
看到它们不离不弃的身影，
有一种想哭的冲动。

花了好几天时间远足、攀石、涉水，都看不到这种塔
斯马尼亚东岸特有的红色花岗岩的真容，结果在这里看到
了如此壮观的场面，瞬间屏声静气，此刻无声胜有声。

岩石在那里
任由海水冲击几
十亿年，让任性
的大海随意打磨。
看起来水的威力
无穷，可是如果
不是岩石在那里
坚贞地守候，大海能够翻起多少浪？

如果没有温柔相待，哪里有热情如火？爱情、友情皆
如是，不是吗？

　　黑脸鸬鹚（Black-faced Cormorants），远远看过去还以为是企鹅。它们喜欢一整天站在岩石上，什么都不做，就在那里方便，石头上布满白色的粪便，肥猪说这里是它们的公厕。我说它们是海上的精灵，用这种方式提醒远方的船舶不要撞到岩石上……

　　是什么不重要，重要的是男女思维大不同，能够包容彼此就好……

　　惊喜应该到此为止了吧，明天都要走了。最后有一个海上尝新鲜生蚝活动，立即捞上来，立即打开，用海水洗洗就吃，无须烹饪，直接"进口"，味道？你猜……

澳大利亚之旅功德圆满，近 3 个月的旅程以"FACILE 凡事"情际教练模型为导航，为培养众多"FACILE 凡事"情际教练做准备，为新

作而思考着、筹划着。欢迎你加入"FACILE 凡事"情际教练的行列。

再见，澳大利亚。

这样的景色怎么能让人不回头？

中国敦煌：涂鸦艺术的前世和今生

在上海看过兰州歌舞团的《大梦敦煌》之后爱上了敦煌，那年是2006年。当年还没有微信，不能在网上分享实时的感受，但是敦煌一直留在我的心中，直到2017年设计了最新的课程"尊贵传承"，我把敦煌纳入训练中，鼓励学生一定要去感受这块东方瑰宝，感恩古人留下坚忍不拔的精神。第一批学生去敦煌的同时，我也偷偷踏上前往敦煌之路，没有通知任何人，除了肥猪看到我在朋友圈独家分享给他当刻的感受以外，没有人知道我这段旅程，我只想静静地和敦煌待在一起，完成10年之约。之后几度再去敦煌，带着上百名学生，又是另外一番滋味。敦煌的美是独特的，我经常在想，那些工匠是否轮回成为今天在街头涂鸦的艺人！不管有没有轮回这回事，他们的精神已经广为流传，也许长生不死就是用这种方式呈现的吧。

NO. 1

风尘仆仆从遵义到贵阳，从贵阳到西安，从西安到兰州，然后坐上 12 个小时的火车去看望敦煌，独自在摇晃的车厢看着夕阳。到底是什么让人如此有动力？那是爱！

在兰州火车站遇到两个截然不同的站长。一个觉得生活的空间不怎么样，缅怀过去刻苦的年代，人人平等，夜不闭户。另外一个意气风发，觉得自家才是天下，对什么人都看不惯，也不向往出国，称他为狂妄之徒也不为过。

后者问我为何喜欢一个人旅行，我说没有负累，喜欢走到哪儿是哪儿。他问不寂寞吗，我说不寂寞，可以有更多思考的空间。他想了想说：
"我们的成长经历不同，
习惯不同，爱好不同，
背景不同……"我想这
是他要说给自己听的
话。别过这两位兄台，
踩着夕阳向敦煌出发。

　　早上 6 点半，火车准时到达敦煌，车站外到处都是揽
客的司机和导游。去年敦煌接待了 130 万游客，这个沙漠
城市再也不淳朴。接车的司机也表现得很冷漠，难道人情
味只是落后社会的产物？不一会儿就到达酒店，其外形和
设计都让我想起不丹。趁着天还没亮，赶紧拍下几张黎明
的照片留念。

　　鸣沙山近在眼前，不过心向往之是莫高窟。我胡乱吃
了点儿早餐，马上启程，没想到同学介绍的敦煌研究院罗
主任后来与"全球成长心连心"结下不解之缘。

NO. 2

进门就被这座七层塔震住了，武则天当年下令修四层塔，后人加建三层，把一座巍峨壮观的佛像藏在了室内。这座雕塑的大小仅次于乐山大佛，不过这是唯一一座住在屋子里的大佛。

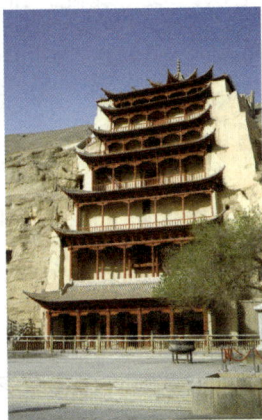

NO. 3

花了 5 个小时奔走瓜州榆林窟，看到满眼的伤心事——贪婪、掠夺、无

明、愚昧比比皆是，而人性的博弈永远演不完，难怪菩萨的事业没完没了！

莫高窟有说不完的故事，有看不尽的历史痕迹，有让人感叹不绝的艺术瑰宝，走马看花只会眼花缭乱，细细品味才能感受到传承千年的精神。

敦煌研究院的罗主任说一定要参观莫高窟博物馆，尽管外界评价不怎么样，但是他觉得还是很不错的。趁着讲解员中午休息的时候，我钻进博物馆逛了一圈。

很感慨许多中华艺术瑰宝流落在海外，万幸这些艺术品都被珍惜且完好保存。常言道"人离乡贱，物离乡贵"，在艺术品的领域可见一斑。

光记住每一个窟的号码就不容易，还要记住每一个窟里面的事迹和细节，并通俗流畅地加以讲解，更是难上加难。讲解员每两年要考试，随机抽到哪一个窟，然后临场发挥，因此他们个个都心情紧张，考试前失眠焦虑是平常事。莫高窟不能等同于一般的旅游景点，非等闲之辈混迹的场所，感恩学者们对敦煌的爱惜和维护。

窟里面不能拍照，只好远远地在门外偷拍留记录。

7点40分，从敦煌出发去嘉峪关。我在火车上整理两天的资料，整整两个小时都只能回忆起一小部分的体验。敦煌真是一个高深莫测的地方啊。

王道士为自己立碑表扬个人功德，后人却对其行为加以谴责。千秋功过谁能道，让故事成为心性淬炼的资粮吧。

传说中的飞天，看《又见敦煌》突破了我对舞台剧的认知。

如此体验剧场也真的是开了眼界，可是为了避开学生，无法全身心体验，下次过来一定再次观看《又见敦煌》！

独自安安静静地在车厢里回味《又见敦煌》带来的震撼。为了你，我会再来敦煌的。

很难想象当年瓜州是怎样一个商旅云集的地方，更难想象古人是如何赤手空拳在沙漠中行走的。在荒凉

的沙漠出现了一尊巨大的雕塑——大地之子，是清华美院创作的，也许就是人类勇于探索，不畏艰巨，才有今天的文明。物质可以淹没，精神却会长存，别了敦煌。

　　成形中的榆林窟，不知道建设好之后，猫咪还会不会在这里守候。

　　鸣沙山月牙泉就在酒店不远处，可是我的焦点都被莫高窟吸引了，临别还是去了这个充满浪漫色彩的地方，也体验一下骑

骆驼的滋味。说实在的真不好受，尤其衣服穿得不够，吹得手都发紫了，还好风趣的驼人小哥边走边说笑，分散了我的注意力。不过我还是很快放弃，要求走快捷方式去到终点，100元在不到20分钟内消耗殆尽，只留下美好的照片和骑在驼背上发冷滋味的回忆。

美丽的月牙泉，美丽的滴水观音，独自行脚的好处就是喜欢走到哪儿是哪。过去靠写明信片分享，现在可以通过互联网实时分享，也算是满足了爱分享的心情吧？

终于被发现了！算是偶遇，也是重逢吧！

NO. 4

辗转到达嘉峪关，一个新兴的重工业城市，人口只有

20万，城市建设非常有规划，也非常整洁，当然近郊的环境比较差，不过市中心和开发区的情况很不错。司机尽一切的可能带我去景区，不过嘉峪关没有观光车，在雨中走两个小时太具挑战性，还是拍下到此一游的照片，留一个遗憾，这样才够完美。

适逢嘉峪关降温，不宜在户外久留，我便转向博物馆，还可以取暖。展品一般，卖纪念品的商店却非常热闹，始终觉得物离乡贵啊。

古人修建长城，是为了保家护国，古人的胆识和远见留下了不少"第一"。长城的源头在嘉峪关，山海关是万里长城第一关，还有第一墩，第一成就了多少人，第一毁了多少人……

古人建立起了家园，在他们用热血建造的长城外，白雪皑皑，洁白无瑕，转过身来，在被保护的关内也是白茫茫一片，却是污染的结果。古人用生命把家园建立起来了，今天的传人又建立了什么呢？

一碗面条是这样诞生的！

嘉峪关最佳景点，金张掖特色面馆。在这里能看到一碗油泼面的制作过程，既好看又好吃。感谢车队老板好心肠，把4个小时的候机时间安排得满满的。原来他自己也做培训，还封了自己一个创业讲师的头衔。他说起教练技术眉飞色舞，不过他不知道我是谁，更不知道他所说的都与教练无关，只不过是成功学。

在嘉峪关有一所私人博物馆，老板是台湾人，他在世界

各地把流落他乡的国宝收购回来，可惜因为门票太贵，开馆两年内参观的人数寥寥无几。今天只有我一人想去参观，可惜不得其门而入，下次吧……

再见嘉峪关，再见霍去病！

路很长，梦很远，从今以后不再一个人走。心无边，爱无限，路上点一盏灯，暖一颗心。此心光明，亦复何言。

NO. 5

来去匆匆只为见你一面，无论前方的路多难都要走下去，传承尊贵精神，好好地活着。

NO. 6

面对死亡的态度是否也透露着一己的智慧？有人未雨绸缪，有人忧心忡忡，有人煞有介事，有人淡然处之，有人及时行乐……

生死犹如春夏秋冬，循环往复。谜底在呼吸停顿之后揭开，不过离去的人总是乐于保守秘密，留待活着的人继续努力探索。也许关键不在于死亡，而在于那一刻是否安详。

筹备了大半年的"四方恩觉知"，带着上百名学生走进敦煌，一直跨省去到内蒙古的边缘，只为了让他们在旅程中深切思考生命的意义，对大地感恩。

四方恩觉知

就在眼前……

明天马上就会看到本尊了，
首次四方尊贵传承聚会。
恩觉知到底有多精彩？
你准备得有多充分就有多精彩。

恩觉知有多感动?

你越付出就越感动。

这次旅程没有脚本,

你是体验创造者,

如何?

第一步是自律;

第二步是自律;

第三步也是自律。

如何可以自律?

觉知。

时刻的觉知……

NO. 7

　　是什么让人一再回头?即使风尘仆仆,即使翻山越岭,即使旅途寂寞,即使前路茫茫。那是爱!

　　今天早上你放不下什么?

你执着些什么？

你觉察到你自己些什么？

忙乱中，

你，

还能守得住自己吗？

如果有一天莫高窟消失了，

记住莫高窟数字展示中心的功德。

莫高窟得以保存至今，

你知道有多少人用他们的生命来捍卫这人类的宝库吗？

今天让我们一起用感恩的心拜祭先人，

感谢他们为一些不关乎自己的宏愿而努力，

甚至付出他们的生命。

他们看起来虽然远去，

可是他们从没有离开过，

他们的尊贵精神长存……

转眼千年，日子就是这样过去，只是一瞬间……

今天你的恩觉知过得如何？

有没有把今天的感悟记下来并且在群里分享？

记住爱出者爱返，

你有多付出就有多感动。

这次旅程没有脚本，

不过明天会更具挑战。

能够活到明天本身就是挑战，

不是吗？

只是我们以为明天是必然的，

可是谁敢保证呢？

无常变幻随时随地，

不过希望永远在，

所以，

早点儿休息，

为明天整装待发。

记住自律是自由的土壤，

觉知是窍诀。

NO. 8

　　来晚了，没有了艳丽的色彩，不过还是很美。这片用爱心包裹着的胡杨林寄托着无限的祝福。

　　风尘仆仆的你还好吗？

　　瓜州县城唐代锁阳城遗址，原来的万亩良田，如今荒凉寂静，你，有什么感受？

　　有否思考过沙漠化对中国有什么影响？黄土高原为什么那么苦？甘肃从哪里来？将往何处去？

　　从敦煌到榆林，两地的石窟给你留下什么印象？在芸芸壁画中，你注意到女性的地位如何随着年代而改变？欣赏女性之心对你的人生会带来什么影响？

　　好像刚刚才开始，又像马上要分离……

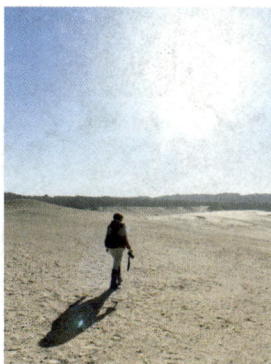

无论多困，务必把今天的感动记下来。创造敦煌不容易，保存下来更难。敦煌人立志要为后人守护敦煌，可是能保留多久也很难说。而你今天有幸看到丝绸之路上的瑰宝，把你的感想用文字保留下来吧。

也许有一天AI（人工智能）说：那个人去了敦煌所分享的感受实在太感人了……传下去，传下去，把爱传下去。

你爱你的祖国吗？

你爱你唯一的家园——地球吗？

你可以为自己做什么？

你可以为下一代做什么？

你愿意为你的梦想而奋斗吗？

当你仰望长空，你能看到天空上最明亮的星星吗？你就是那颗最明亮的星，用你的分享来照亮地球，用你的行动来温暖他人。

明天我们一起走一条新的丝绸之路，体验古人在茫茫的大漠中奋勇前行，感恩他们的坚毅精神，思考当代的你该如何走。

明天是缄默的一天，
给自己一个沉淀的空间，
也支持其他人安静下来。
用心体验这漫无边际的天
地，聆听你内心的声音。

今天走这条通往太空的丝绸之路，你有什么感触？

你有一往无前的精神吗？

你有压倒自己懒散的力量吗？

你愿意屈服于自己的梦想吗？

朋友，

当你感到落寞或者
趾高气昂，

仰望长空，

那些最明亮的星星
会告诉你，

我们每个人都只不过是恒河的一粒微尘，

生命的长河中没有输赢，

只有体验。

而你，会留下什么体验给后人？

NO. 9

除了感谢还是感谢。这段旅程成为经典，会不会重来？很难说。就算重来，你还是传奇……

NO. 10

一场没有脚本的旅程，
每天都是新的挑战。
能够活到明天本身就是挑战，不是吗？
只是我们以为明天是必然的，可是谁敢保证呢？
无常变幻随时随地，
然而希望永远在。
所以为明天整装待发。
记住自律是自由的土壤，
觉知是窍诀。

NO. 11

好热闹的地方。古代的文物琳琅满目，现代的游人如鲫，交织着一片欢乐的场景。匆匆而过实在是太可惜了，要好好地待几天。除非很有定力，否则最好不要选周末来参观。

春望词

（唐）薛涛

花开不同赏，花落不同悲。

欲问相思处，花开花落时。

揽草结同心，将以遗知音。

春愁正断绝，春鸟复哀吟。

风花日将老，佳期犹渺渺。

不结同心人，空结同心草。

那堪花满枝，翻作两相思。

玉箸垂朝镜，春风知不知。

临江仙·滚滚长江东逝水

（明）杨慎

滚滚长江东逝水，浪花淘尽英雄。是非成败转头空。青山依旧在，几度夕阳红。

白发渔樵江渚上，惯看秋月春风。一壶浊酒喜相逢。古今多少事，都付笑谈中。

NO. 12

行行重行行

（汉）无名氏

行行重行行，与君生别离。

相去万余里，各在天一涯。

道路阻且长，会面安可知？

胡马依北风，越鸟巢南枝。

相去日已远，衣带日已缓。

浮云蔽白日，游子不顾返。

思君令人老，岁月忽已晚。

弃捐勿复道，努力加餐饭。

虞美人·春花秋月何时了

（五代）李煜

春花秋月何时了？往事知多少。小楼昨夜又东风，故国不堪回首月明中。

雕栏玉砌应犹在，只是朱颜改。问君能有几多愁？恰似一江春水向东流。

NO. 13

再见敦煌！

数理化的奇趣教室

澳大利亚：为什么有口袋的动物都集中在这里

澳大利亚时我来说是很奇妙的一个地方。在澳大利亚的夏季，要穿厚厚的衣服。澳大利亚有很多奇特的动物，袋鼠是其一。我在网上看过一个视频，一头小小的袋鼠出生之后，眼睛都没有睁开，身体只有一个小指头那么大，却懂得从母亲身下颤颤巍巍往上爬到母亲的袋子里，而上肢短小的袋鼠母亲，根本无法用手臂帮自己的新生儿，只能拼命用声音鼓励小袋鼠。那个视频看得我感动异常。如果不是因为第三届"全球成长心连心"在悉尼举行，澳大利亚未必是我主动想去的地方，可是我来了，也发现了这里不少奇趣的事物。我可以说澳大利亚不是我想长期居留的地方，但是我很喜欢澳大利亚。

NO. 1

　　Off we go!（出发！）正式开始一年的云游计划，可以蓬头垢面，可以穿得乱七八糟，可以睡到横七竖八，不过还是有很多工作随行。好吧，我认了，我是停不下来的，大家准备好迎接 2017 年的"全球成长心连心"云游首站澳大利亚的中部、西北部和最南端。

　　现在才真正感受到澳大利亚的热，巧遇墨尔本凉快的天气，还以为外套不可以离身，现在却是有多快就多快地去到室内，还没有到达目的地，中转站的地面温度已经是 38 摄氏度了！艾尔斯岩石（Ayer Rock）真是名副其实的"哎呀"！

来乌鲁鲁（Uluru）最大的动力不是艾尔斯岩石，而是 Longtitude 131 酒店，这里很接近不丹安缦的气质，最惬意的是大石就在眼前，随意看，随时看，随心看。

Longtitude 131 的房间没有号码，而是以探险家的名字命名。我们下榻的房间名为 Flynn。约翰·佛林（John Flynn）是一位飞行医生，当年他创造了行医革命，在幅员辽阔的澳大利亚，借助小型飞机、边远医院和电台教育悬壶济世。我们入住这个房间，是天意还是偶然？也许是共时性吧。

大地犹如一幅美丽的图画，任由"风火水"这支妙笔画出惊天地、泣鬼

神的壮丽景色。

　　在这样的情景下，度过我们在澳大利亚中部第一个晚上。因为时差，我们错过了很多约会，不过眼睛实在睁不开啦，要睡觉了，明天早上 5 点起床去转山。

NO. 2

　　乌鲁鲁早上 5 点的气温还是很舒适的，10 点开始就不是那么一回事了。原本想走 10 千米，结果在 2.5 千米处的休息站就打退堂鼓

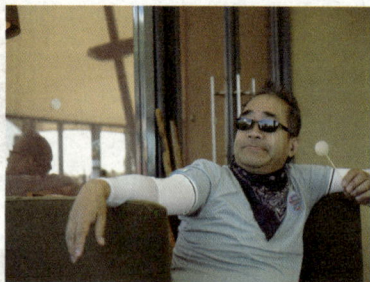

了。无论如何，愿意熬着时差早起往外走，还是值得被嘉许一支冰棒的！

　　艾尔斯岩石远观和近看，各异其趣。"不识庐山真面目，只缘身在此山中"，古人的感想言犹在耳，然而载营魄抱一，能有几人？

　　跟所有圣地一样，乌鲁鲁也有很多传说，故事的来源和真实性无从稽考，不过能够从中获得启发，才是听故事的意义。你能够听到大地的呼唤，看到风中的颜色吗？

酒店大堂有无数民族艺术品。以前我们总会买一些带回家，但是这次旅途漫长，不能任由唯一仅有的行李箱无限量膨胀，只好拍照留念了。

无意中看到英国王室送给酒店的一本摄影画册，用来感谢酒店在王子王妃下榻期间提供的优质服务。让人感动的不是那封感谢函，而是摄影师戴维·雅罗（David Yarrow）在全球拍摄的作品，还有他个人的感悟，以及对支持他出版这本画册

的师长朱利安·考尔德（Julian Calder）的感恩之心。

这里的天气也是变幻莫测的，有的时候晴空万里，有的时候阴云密布，刮起风来，帐篷式的房间还会像小船一样晃动。趁阳光正好，为自己拍下特别的自拍照。

黄昏，我们再次出动，酒店导游在起点花了 20 分钟时间讲解，主信息只有一个，不要攀爬神山，尊重这片神圣的土壤，然后沿途讲解土著的语言、生活和古老的传说。她最喜欢的地方就是隐藏在丛林中宁静的水源。尊重彼此的文化是全人类的课题。

肥猪很惆怅，因为他不喜欢和澳大利亚"特产"苍蝇为友，又忘记了戴防蝇面罩，一路上怨声载道。而我更惆怅，因为苍蝇可

以赶走，但是有一只肥猪苍蝇在我耳边嗡嗡嗡，挥之不去。解药是酒店在终点准备的美味冰激凌、小吃和饮料。最后皆大欢喜，回家去也。

更多的洞穴、更多的故事，说到底只有一个字，就是"爱"……

澳大利亚中部第二天晚上的收工之作——天空中的蒲公英。

NO. 3

　　昨天晚上天气突变，干旱的沙漠刮起强风，还下着大雨，以帐篷形式搭建的小屋剧烈晃动，犹如大海中的一叶孤舟，霎那间，似乎回到两年前在南极的旅途。好不容易在恶劣天气下发出几个紧急的邮件，到了早上才知道没有一个成功发出去。昨天的狂风暴雨，让早上的空气变得格外清爽，虽然云层依然密布，却让今天早上的日出更为动人。

　　今天早上去卡塔丘塔（Kata Tjuta）。这里没有人为的故事，只有大自然以身作则，展示着3.5亿年的历史。导游用手指在地上比画澳大利亚中部是如何形成的，并且介绍沙漠中的瑰宝。出发前还刻意介绍紧急救援电话是如何用的，假如他的无线电话没法用，他会遣派一名团员回到入口求救，并且强调整个国家公园有 4 台这样的紧急救援电话，笑说希望这些电话还能用。孩子出门之前，家长都会下意识地说"小心啊"，可是这位导游半句小心的提醒都没有，只是告诉大家事实。不同的教育造就不同的人才，关键在于有觉知地教育。

什么叫作天苍苍、地茫茫？就是照片中的人物比蚂蚁更小。

乌鲁鲁的巨石阵名气很大，但是个人对卡塔丘塔巨石阵更为欣赏。乌鲁鲁像一个皇室贵族，只能远远欣赏，而卡塔丘塔更像一个慈父，用他的怀抱迎接着大地的孩子。卡塔丘塔有 36 座红褐色的圆顶巨石，原名为奥尔加斯（Olgas）。导游带我们去的是卡塔丘塔的沃帕峡谷（Walpa Gorge），walpa 是"风"的意思，整个山谷呈 V 形，是名副其实的风之谷，帽子随时会飞走。

日落属于卡塔丘塔，而日出在乌鲁鲁的左侧，乌鲁鲁刚好在中间，吸收着日月的精华。

大自然充满着智慧，沙漠橡树示范了耐性和坚韧，小橡树的根部要到达 25 米深的地下水源才可以茁壮成长，整个过程需要 25 ～ 30 年。

今天全副武装出游，澳大利亚苍蝇无所施其技了！

暮色中的艾尔斯岩石。

只要痴心不变，即使被否定的梦想也终有一天会实现。遍布田野的 5 万盏灯，印证了梦想属于敢于梦想的人。

NO. 4

在星空下露天而睡是怎样的感觉？我正在做这件事，真正感受到什么叫作大地的孩子。晚安。

一夜露宿，早上 4 点醒来看到的天幕，并非我辈傻瓜摄影记录员可以捕捉到的奇景。片片星云，不知道在天际有谁跟我一样，在遥望星空？这一夜我听到沙漠的协奏曲，感谢宇宙的慷慨。

露宿者之家。

忠告爱偷懒的人，为了不用干活儿，首先要努力地干，这样才有机会不用再干活儿啊。开会之余自拍几组照片，毕竟这样的场景不可再有。

明天就要动身去下一站了，原来以为该摄取的风景都已经尽收眼底了，没想到一套大片正在悄悄地上演。

自然界是一本不隐藏自己的大书，只要我们去读它，我们就可以认识它。人与人的碰撞只能触发生活的精明，人与自然的交流才能开启生命的智慧。问题是，我们有没有开启我们的心灵去看到大自然？

NO. 5

随意看，随时看，随心看，处处不动却又变幻无穷。每个人都活在自己的 virtual reality（拟境）当中，好消息是魔术师就是自己。

向着下一站出发。俯瞰曾经住过的露宿者之家，原来那么荒芜。直升飞机很安全，机舱门开关很方便，还自带

天然空调，可以手动开合，就是不知道为什么仪表板上的指南针一直都朝北，回到地面问机师，他很客气地说：这部分没有跟机器连接起来。我想意思是这个仪器是废的！

　　盐湖（Lake Amadeus）在澳大利亚北部西南角，约莫在艾尔斯岩石以北 50 千米，藏有 6 亿吨盐矿，比起玻利维亚的乌尤尼盐湖相去甚远，不过仍然宏伟。出发前问机师，乌鲁鲁冬天的时候会下雪吗，他说大概 30 年前，有过下雪的记录，此后都没有见过雪。地球和人类都在发烧啊……

　　鸟儿是否都是爱自由的精灵？鸟瞰大地，原来熟悉的风景变得不那么清晰了，又变得更加精彩。鸟瞰人生同理。

安全着陆，再不下来我就要吐了，在天空中干蒸的滋味其实并不好受，所以鸟儿也不一定好做。不过肥猪却很开心，还步操起来。行李已经乖乖地在离境闸口等我们，下一站阿德莱德（Adelaide）。

白云像欢迎的丝带，欢迎我到这里过圣诞和新年。

圣诞节是属于小朋友的，成年人只是陪衬。

NO. 6

　　热情的德国村充满着圣诞的气氛，儿时听的圣诗是如此熟悉，所有圣人的纪念日总是让人感动，因为他们都在传递同一种精神，那就是"爱"。

精挑细选的民宿比网站上的介绍更为优雅，主人是喜欢法式设计的澳大利亚设计师，儿子是环保工程师，在加拿大工作，世界好小啊。宁静的空间在早上已经摇身变成忙碌的工作室了。

NO. 7

2017 年最后一天，所有的离别都或多或少带有伤感，唯有跟年轮说再见永远都是喜庆的。过去的不复返，而未知带来希望和憧憬。如果每天都是最后一天，人生会是怎么样的呢？原谅过去，感恩生命的赐予，继续对世界关怀。

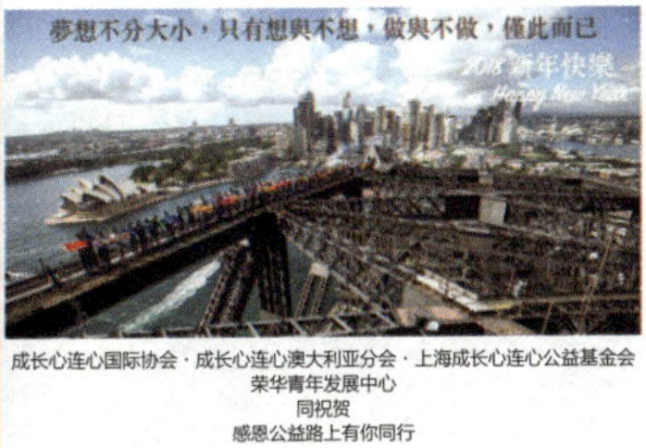
夢想不分大小，只有想與不想，做與不做，僅此而已
成长心连心国际协会 · 成长心连心澳大利亚分会 · 上海成长心连心公益基金会
荣华青年发展中心
同祝贺
感恩公益路上有你同行

诡异的时间永远扑朔迷离。悉尼的烟花已经绽放，阿德莱德还在倒数，而远方的你仍然期盼着子夜的来临。时间永远让人捉摸不定，命运也一样，没有人知道什么是天长地久，只有紧紧拥抱过这一刻的人才能真正体会。每次听到歌曲《友谊地久天长》，我都会热泪盈眶，而今年又多了一重意义。在不久之前你曾经勇敢地站在这烟花盛放的桥上，呼吁大家珍惜大地，不必为逝去已久的日子神伤，这才是天长地久……

CHAPTER 6

文化教室

纽约：不老的传奇

　　如果不是因为百老汇，我不会想念纽约，也不会隔三岔五跑到纽约。为了看一套剧目，哪怕只是短短停留一个晚上，也都甘之如饴。我喜欢戏剧，演员一旦踏出虎度门，在舞台上全情演绎，那是最感人的时刻。我喜欢的是那份专注、无我的状态，这份精神贯穿台前幕后，造就了百老汇的名气。

　　2015年，我自己也终于踏上话剧《高度》的舞台，演绎自己的人生故事。当时我跟一群艺术界的年轻人一起工作，在繁忙的跨国旅程中挤出排练的时间，其他大部分演员和工作人员的时间也很紧张，这些热爱艺术的朋友身兼数职，因为艺术工作养不活自己，他们为生存而努力，但是没有跟生活妥协，一旦找到演出的机会都会全力以赴。当时排练的时间往往都在下班之后，他们带着外卖来排练室，一边充饥，一边兴致勃勃地熟读剧本，还不时观察我们夫妻相处的模式，他们的模仿精彩绝伦，时常惹得哄堂大笑。

　　话剧《高度》讲述了我们夫妇俩真实的故事。我们因为理想而走上了一条充满挑战的道路，从平平无奇的小公司到后来在亚洲颇具影响力的培训教育机构，又在最鼎盛的时候忽然逆天。我们经历了触目惊心的变化，很多人都为之惋惜，可是那段时期在我眼里是人生最难能可贵的机遇，把我的人生带到另外一个高度。演话剧的目的就是分享这段从平凡到不平凡的道路，以此作为一份礼物，送给多年来信任我们的学生和支持我们的员工及朋友。

　　本来就是自己的故事，但是一旦变成公开演出，用话剧的方式来演绎，却完全是两码事。要背诵台词，配合其他演员一起用90分钟时间还原20年的故事，虽然这些都是自己真实的经历，却让人忽然好像都不认识自己了。因为内心担心、害怕，说话经常吃"螺丝"，更不用提要在台上演唱两首歌的考验。还好多年的训练经验让我很快就抛下心中的顾虑，全情融入自己的角色。排练室的空间很小，旁边的人各忙各的，根本不在乎你的存在，有的在聊天，有的在吃东西或交头接耳，但是也要硬着头皮演下去，其实人生不就是这样吗？当你全力以赴，只为实现醉心的梦想，旁人未必夹道欢迎，甚至会有人唱倒彩，到底是继续坚持还是灰心丧气，克服自己内心挣扎的过程比达到目标更重要，事实上日本弓道强调"正射必中"的锻炼方式也在此。很多人不自觉地犯了所谓的成果病，太过渴望实现目标而往往不能活出最佳状态，直到放弃胜利的虚荣，反而可以成为魔法师，创造力和灵感都会源源不绝。排练后期听到导演悄悄地和旁边的工作人员说，原来 Eva 是演员。我不知道演员在表演时是怎么样的一种状态，我只知道当一个人全身心专注、投入，那是最美的时刻，和年龄无关，没有身份也没有国界，只是一束光，照亮别人，折射出更多生命的光芒。

NO. 1

百老汇居然有太阳马戏团的演出，剧目是 *Paramour*！期待……

我似乎跟纽约
有不解之缘，不时
就会因为某种原因
来逛逛。不过我发现
自己越来越不喜欢
大城市，只是对百
老汇依然钟情。明
天继续向山里进发。

OMG!（天哪！）
马戏和音乐剧结合得
天衣无缝，舞台如此
唯美，音乐如此动人，
太阳马戏团又一次突
破了自己。创作源于
胆识，勇敢来自梦想。表演的时候不能拍照，用谢幕照纪
念这场演出。

最感动的一幕是 3 位艺高人胆大的马戏人演绎主角的内
心戏，把两男一女的感情困扰用马戏表现得丝丝入扣。3 位
主角美妙的歌声让人一时间忘了身在何方，完全走进了他们
的情感世界。

不得不提这两位孪生兄弟，简直不敢相信，那么结实的男人身体居然可以那么温柔。来纽约一定要看 *Paramour*。

散场之后还有惊喜，马戏不仅仅在台上，还在生活中。不是关于他们表演了什么，而是关于那份勇敢的精神。

临走前遇到其中一位男主角，歌声如其人，温文尔雅。如果生活是一出戏，做一个实诚的艺人，台上台下同一个人，这才是真正的修行。

NO. 2

人生没有错过这回事，只是等待合适的时机相逢而已！心诚则灵。向往纽约近郊这栋建筑物已久，在百老汇的剧目之间专门跑过去小住几天。建筑物用很低廉的木材建造，但是设计真的很棒，不枉此行。

慎独。无论外界多纷扰,无损金刚志。

NO. 3

离开纽约之前，还需要完成一件心事。虽然来过纽约无数次，都没有来过皇后区（Queens），这里和曼哈顿、百老汇是完全不同的风格，有人说没有来过皇后区就等于没有来过纽约，那么我终于总算来过纽约了！

为了靠近拉瓜地亚机场乘搭大清早的航班，选择住在皇后区的纸厂酒店（The Paper Factory Hotel）。这家酒店在1920年是生产收音机的工厂，1970年是造纸厂，2010年改装为酒店。酒店充分体现了皇后区的涂鸦文化。房间临窗的木桌子很酷，蓝天白云好像随时会从玻璃窗冲进来。总之这家酒店很酷。

酷酷的纸厂酒店有一家酷酷的餐厅叫 Mundo，意外地在这里吃到阿根廷的馅饼，还有秘鲁式鱼生。想起去年在南美游荡的日子了……

NO. 4

再见纽约。

离家门越来越近了，也意味着离下一段旅程越来越近了。如果有平行宇宙，另一个我是否是慵懒散漫之辈？

NO. 5

生命犹如一张白帆布，你可以任意涂鸦，也可以画出一幅让人赞叹的艺术品，无论如何，你毕竟是这幅作品的作者，也是唯一买家，安心就好！

给学生的家书：

去年 10 月 31 日给你写了一封信，告诉你我会开展一段不寻常的旅程，没有想到一走就是 8 个月。离开中国之后经过英国伦敦去到阿根廷，登上《国家地理》杂志的"探险"号，在南极晃了 20 多天，然后又回到阿根廷住了半个月，学西班牙语和探戈。之后去了南美 3 国——秘鲁、玻利维亚、智利。本来可以回家了，可是中途又临时加插了美国亚利桑那州大峡谷探索之行。马不停蹄，回家 3 天换过春天的行囊，又直奔泰国、不丹、斯里兰卡、柬埔寨，然后取道中国香港再次回到大陆，从南到北，每一个停留的城市只住了两个晚上，为 2017 年在澳大利亚举行的"全球成长心连心"铺路，也为了鼓励人本教练践行贵族精神，推而广之。在拉斯维加斯的导师论道，在大峡谷的沙漠中，话题都离不开对贵族精神的探索。

有人说你是一个女的，也成就了中国的教练业，为什么还要折腾，干一些吃力不讨好的事情？

我说：Why not?（为什么不？）

生命犹如一张白帆布，你可以任意涂鸦，也可以画出一幅让人赞叹的艺术品，无论如何，你毕竟是这幅作品的作者，也是唯一买家，安心就好！

NO. 6

常言道，一段旅程的结束是另外一段旅程的开始。其实旅程从不会终止，意向引领着延续的脚步走向心有所属的前方。

路上遇到一位真能侃的司机，这位来自孟加拉国的兄台刚刚从洛杉矶搬到纽约。不知道是否沾染了过多的好莱坞气息，还是在追逐明星梦的他正在找对象操练，一路上都在跟肥猪侃大山，就像在说脱口秀，口沫横飞，而听众都累得不行了。两人热火朝天地侃侃而谈，被迫做听众的我刚开始很痛苦，后来试着放下抗拒，观察两个人的能量此起彼落，乐趣无穷。渐渐地，孟加拉国小兄弟开始招架不住了，从积极主动变成被动应付，到达目的地的时候可以说是筋疲力尽了，肥猪胜出一筹。

放着家里 10 个用人的生活不要，跑到美国来寻求机会当明星导演的孟加拉国朋友真的不容易啊。努力加油，可爱的孟加拉国朋友。不知道梦想会否成真，不过这一路上的自我砥砺将会有益终身，借假修真大抵如此。

NO. 7

5 天可以发生什么？5 天很短，其间发生的事，对某一些人来说，可能只是刻板的生活，但是对某

一些人来说可以刻骨铭心，并且影响他的一生。人与人之间其实很简单，爱并不是操控的手段，而是相互的体谅和关怀。

2001 年的"9·11"事件发生当天，许多航班无法在美

国降落。38 架飞机，近 7000 名乘客，被迫降落在加拿大纽芬兰的甘德（Gander）国际机场。这些乘客处于惊吓和迷惑当中，也缺乏足够的水、食物甚至衣服。附近镇上的居民于是自发为这些受影响的人送去食物、衣物，有些还把他们接回家中照顾。

这一事件的当事人一直与加拿大小镇上的善良民众保持着联系，后来还共同出版过一本回忆录，及后被改编为舞台剧《来自远方》（*Come From Away*）。这部戏于 2017 年 3 月中在百老汇上演，获得了托尼奖（Tony Award）7 项提名，这在加拿大戏剧历史上绝对是第一次。

我喜欢看歌剧，喜欢山长水远地跑到百老汇，坐在拥挤的观众席和台上的演员一起经历心灵的洗礼。《来自远方》在最适当的时间走进我的生命，剧中每一句对白都让我想起那么多年来支持过"成长心连心"的义工。《来自远方》是一出来自生活的歌剧，而我知道，这样感动的故事还会在地球不同的角落上演，只要有你在。

CHAPTER 7

商业世界有MBA，
情感世界有MMA

如果学校有一门专门学习情感管理的硕士课程 Master of Martial Administration（MMA），人世间会不会少一些纷争？夫妻会不会更好地长相厮守？婆媳之间会不会少一些争执？亲子关系会不会多一些融洽？

　　这一章属于你，只要你还活在这个世界上，都逃不开情感的问题。没有人是孤岛，即使有人以为自己可以独善其身，但那也只是麻木自己的一个说法而已。

　　从开篇的几个问题开始思考，然后我们一起走进女人的世界，走进年轻人的世界。欢迎你来到我的世界，祝你顺道善身！

开篇

NO. 1

新年，来了

我想为你写一首关于新年的诗

我极力去寻找一张你自己也不曾见过的老照片……

企图唤醒你过去的美好

提醒你今天也会成为过去

但愿此时此刻如此美好

你永远不必忘怀……

某年某月某日某地某人

新年终究会变成过去

愿你时时喜悦

顺道善身

NO. 2

问你一个问题：What is your successful formula?（你的成功方程式是什么？）

NO. 3

勇敢站出来，只需要从一个声音开始，回响慢慢就会
出现。

One voice, let yourself be the voice.（如果只有一个
声音，请让你自己成为这个声音。）

女风堂（Woman in Gold）

什么时候该谈心？什么时候该谈事？是不是事情谈多
了，就忘记了怎么谈心了？或者对方批评太狠的时候，面
子挂不住，索性就吵起来？

下次遇到批评，试试用平和的方式撒娇：如果我懂得
怎么做，就不用你操心啦！不要趁着别人不懂的时候欺负
人，厚道一点儿好吗？亲……

特别留意，要
温柔地、从心底笑
着说。因为他也只
不过是用他的方式
关心你而已。觉知，
是风起云涌时的扶
杖……

七夕的20分钟

平时很少写很长的文章，总觉得能够用最简单的方式表达就不想多说，不过这次的经历真的很值得记下来。也许类似的事情在你的生命里也发生过，但我仍然希望我的 20 分钟经历可以在七夕的今天给你带来启示——有些人怎么盼望都不能在一起，有些人能够在一起并非理所当然。

> 20 分钟算什么？
>
> 20 分钟在一生中真的不算什么，
>
> 可是对某一些人来说，20 分钟就是生离死别！

很早之前已经计划了今天（8 月 5 日）从家里开车去温哥华，享受 5 个小时阳光明媚的路途，然后搭乘晚上 10 点 50 分的航班前往美国东岸开展一段神奇的探索旅程。谁知道神奇的体验不是从美国开始，而是从步出家门就开始了。车子才刚发动，仪表盘就显示车钥匙快没有电了，这可是大事，车钥匙没电意味着整辆车就会瘫痪，还好路上就有4S店可以帮忙，花了不到15分钟的时间，店员帮我们换了电池，我们得以继续旅程。

除了路上遇到骤雨，一切还算顺利。在大山中行走是很愉悦的一件事，尤其在夏天，路边开满各种颜色的小花，还有青葱的树林，一切都如此美好，直到面前出现一条车龙。

在高速公路遇到这种情况一定是有车祸，只是不知道有多严重而已。刚开始大家都在车上等待，下午猛烈的太阳考验着大家的耐性，随着时间的流逝，有人探头张望，有人下车透气，高速公路顿时变成行人步行区，有趁机跑步的，也有带着小狗散步的，我们前面一辆车子的旅客索性骑着自备的自行车往前方观察情况。看看手机，距离起飞时间还有7个小时，距离温哥华机场的车程只剩下不到2个小时，不管前方情况如何，都应该来得及的。没过多久，前面的旅客骑着自行车回来分享前方信息：离我们不到10千米的地方情况很混乱，像一个战场，路上布满车子的残骸和杂物，还隐隐约约听到他说路面有很多血迹。这让本来轻松的气氛一下子紧张起来，大家默默在心里祈祷……

没等多久，居然有了通车的迹象，所有人急急忙忙地跳回车上，可是开出去不到2分钟就看到很多车被指挥转到反方向的车道往回走，也有部分车辆停靠在路边，很明显，警察只是把车子分流，想继续往前走的还需等候。这时我心里开始嘀咕，到底还需要等多久啊……旁边的司机说 3 个小时，远远看到在指挥交通的警察神色凝重，他对每一辆车子竖起 7 根手指，估计是说 7 点才可以走，虽然时间有点儿紧，但是还是来得及的。在大山中网络信号很弱，无法从互联网了解情况，只见几架直升飞机在空中盘旋，救护车在后面想尽办法从车龙中挤到前面……警察在这个时候已经把竖起的 7 根手指变成 5 根，什么意思啊？心里有声音说不要等了，去问问警察是什么情况吧！

　　脸色苍白的警察不安地回答我：要等 5 个小时，路面上全是汽油，在清理干净之前他们是不会放行的。可是我要赶飞机啊……后面的车子不断从我身边经过往回走。警察同情地告诉我应该有另外一条路，让我去问问那个交通辅导员。交通辅导员是一个黑人，说话带着浓浓的乡音，我听不太明白他全部的意思，只听到几个关键点：往回走 2 个小时，找到 8 号路转 1 号路，再走 5 个小时就到了。我看着路的两头，一头是等 5 个小时再走 2 个小时，一头是走 7 个小时，那不是一样吗？

　　心里的声音说：尽快往回走找飞机场，也许可以赶上最后一趟去往温哥华的飞机；另一个反对的声音说：也不一定能赶得上啊，航班也许会有延误啊，飞机可能没有位置啊……我想，在这里等也赶不上，改变行程也可能赶不上，不过，立即行动，命运就在自己的手上，我选择尽人事听天命，走吧……

车子飞快地往回走，还要小心不能超速。大山里的网络信号还是很弱，时有时无，看到前面没有尽头的公路，心里犹豫的声音不断在敲鼓……万一我们掉头没多久公路就通了呢，这样赶往一个未知的前方，不是很蠢吗？……纷飞的思绪让车厢显得格外宁静。

车子在公路上飞驰，我们只有一个念头，就是在航空公司停止办理登机证之前赶到机场。

越来越靠近机场，网络信号也畅通了，发现西航晚上7点25分去往温哥华的飞机赶不上了，加航8点20分的航班应该还有机会，在网上也看不到有起飞延误的数据，胜利在望……小小的内陆机场气氛一直都是很轻松的，今天也不例外，加航柜台前只有两个旅客在排队。我一个箭步跑到柜台前，紧张地查询还有没有机票，慢悠悠的加航职员让我等他先处理排在我前面的旅客的需求。我退到一旁等了大概10分钟，轮到我了。为了给加航职员一点儿激励，我故意让老公去西航柜台同步查询。这个行动果然奏效，她很努力地帮我查询是否有位子，打了几个电话，告知可以卖给我最后两张去温哥华的机票。我突然心血来潮，问她："飞机准点起飞吗？"她用抱歉的眼神看着我说，会晚点1个小时……

老公失落地复述西航职员的话："你们早10分钟来问

就好了，20 分钟之前还可以，现在差 10 分钟就起飞了，真的帮不了你们……"我听完差点儿要晕过去，为什么当时一下子就放弃了西航呢？我们到达机场的时候才刚刚 7 点 5 分……再争取一下吧，两个人拼命向西航的职员唠唠叨叨诉说路上遇到的交通意外，希望她可以帮帮忙，因为我们还要在温哥华转机到美国。当她听到目的地是美国，瞬间轻松地说："去温哥华的航班来不及，不过你们可以坐晚上 10 点的飞机去卡尔加里，然后坐红眼航班去多伦多，再转机去美国，这样只是比你们原来的航班晚 4 个小时，需要帮你找位子吗？"这个时候真的深刻体会到什么是山重水复疑无路，柳暗花明又一村啊……

忙乱地处理好一系列改换机票的事，终于可以在候机楼休息一会儿了。在互联网上找到下午交通意外的新闻：一辆大型集装箱卡车因为刹车出了故障，把前面 13 辆车像打保龄球一样撞个稀巴烂，出动了 10 辆救护车和 2 架救护直升飞机。意外发生的时间刚好是我们到达该路段的 20 分钟之前，这段高速公路一直封闭到晚上 9 点 45 分才开通。

20 分钟可以是生离死别，20 分钟可以是柳暗花明。

生命这个课题永远迷人，因为无常，因为没有标准答案，唯一可以依靠的是意诚心正。

飞机抵达卡尔加里，午夜机场塞满了转机的旅客。年轻人趴在地上玩儿扑克，笑声震天价响；小孩在蹦蹦跳；盘旋的飞机模型发出吱吱的声音；航空公司的两个柜台同时发出刺耳的广播，谁也听不见谁，女职员占上风，男职员只好中断让她讲完，然后他才轻轻地"咳"一声再继续，弄得旅客哄堂大笑，女职员也笑着在播音筒连声说对不起；神经质的女孩不愿意登机，堵在登机口外；印度籍的老爸一边吃东西一边在训斥两个儿子，没有自信的大儿子结结巴巴地在解释，小儿子生怕爸爸看见他调皮的眼神……

前往多伦多的红眼航班准时起飞，下一站美国。再下一站会发生什么都不重要，重要的是活着，有意义地活着……

走进女人的世界

NO. 1

　　女性的生命永远迷人，这是男性生命无可比拟的，可是大部分女性不知道自己的生命有多迷人。

NO. 2

　　我爱母亲的故乡，上海在我心里占有一个特殊的位置。

走在这些古旧的建筑物之间，仿佛回到从前，而且是很久远的从前……

她正在弹奏《时间煮雨》，一个个音符勾起我对你的回忆，好想此刻你就在我的身旁，说说彼此的情怀……

半岛的味道，优雅的味道。

NO. 3

桃花潭水深千尺,不及汪伦送我情。上海,我会回来的。爱你!

NO. 4

天星码头不复当年的魅力,香港只是一个记忆的代号了。

走在人山人海的弥敦道,体验到国庆节的欢乐。大量人流迎面而来,我们是少数逆向而行的人,忽然想起菲尔·柯林斯(Phil Collins)的《如此艰难》(*Against All Odds*)。人生需要多大的勇气才可以活出自己,不因洪流而人云亦云?

NO. 5

如摩天轮的人生,忙来忙去还是跳不出那个轮回。何不置身事外,笑看风云变幻?

偷得浮生半日闲，饮杯"沙土"乐无边。

NO. 6

传奇从这里开始。

今天很高兴认识你。喂，你好吗？

为什么休息都那么忙啊……本来想闭关几天，结果每天都在外面逛，电梯口也变成办公场所了。

NO. 7

人生看起来是一次不期而遇的旅途，其实一切都在冥冥中注定。很高兴在一个很特别的城市与你重逢。

在阿根廷独舞探戈

NO. 1

初探布宜诺斯艾利斯刚好是一个月之前，这一个月经历了很多很多事情，再次回来有点儿隔世重逢的感觉。轻轻松松从机场去到寄居的民宿，不过经过包租公一番城市教育之后，神经开始有点儿紧绷。他说星期二是新总统就职典礼，星期三欢送上一届总统，星期五阿根廷比索有可能大幅贬值……他还千叮万嘱不要在星期三去广场，因为场面会很混乱。我怎么就那么幸运，在一个那么特别的时候来到这里见证这一切呢？

NO. 2

在布宜诺斯艾利斯，要找到坐落在老式建筑物内的民宿还是要花一点儿精力的。这是1920年建成的房子，坐落在市中心，房子不算宏伟，但是很精致。敞开式的楼道很迷人，很喜欢那通花铁栏杆，还有那道楼梯，让我想起老上海……

房子外部还是保持得比较完整，但是内部已经由新式家具取代。不过通过5米高的楼顶、4米高的门、墙上的雕花、邻家的阳台、窗外传来街道上的各种声音、窗门的把手、遗留在浴室的地砖和已经磨平的门坎，还是可以感受到阿根廷人生活的情趣。

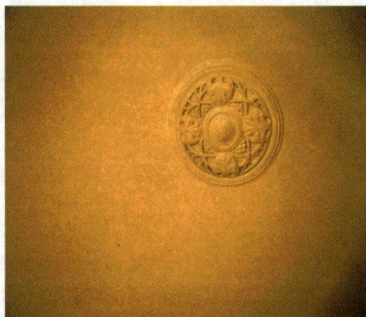

　　布宜诺斯艾利斯，西班牙语 Buenos Aires，意为"好空气"或"顺风"。大街上的古老建筑物有着不同的命运，诉说着这个城市的兴衰。

　　无心逛商场，却被商场这座建筑物和它的内部设计吸引进来了。

布宜诺斯艾利斯有很多好餐厅。不过不吃肉好像也没啥新发现，今天就破例一次吧，结果发现意大利醋味道不错。

NO. 3

阿根廷有深厚的咖啡文化，拿铁做得很好，羊角面包还可以，司康饼就不是那么回事了。

这个城市目前还是很平静，星期三开始就不好说了。

科隆剧院（Teatro Colón）不是拉丁美洲最老的剧院，却是全世界五大著名剧院之一。剧院导游特别强调这里的弊病是一个小小的失误也会听得清清楚楚，因为音响效果是如此完美。星期五就可以在这里亲身体验瓦格纳的《帕西法尔》（*Parsifal*）。这是他最后一部歌剧，据说其中有些内容来自佛教中的出家，可惜听不懂德语，只好意会了。

先参观后欣赏歌剧的好处是，所有该拍的照片全部拍完，然后轻轻松松看演出。说实在的，这里真的有太多拍不完的细节。

据说能走这道楼梯是身份的象征，因为这是顶级门票的进口，价格在 300 美元之上。不过这个价格的门票在欧洲和纽约没有这种待遇。在这里坐前排的观众都要穿得特别好，因为科隆剧院的传统是很正规的，不像西欧和北美，观众穿 T 恤、牛

仔裤都可以进剧院。售票处说如果没有好的衣服，最起码也要穿全黑色的服装。

讲了那么久，还没有带大家进去剧院。剧院导游说剧院和外面是两个世界，对阿根廷人来说，进入剧院就是进入"灵性地带"（spiritual world），所以要通过 3 道帷幕才可以进入。他还刻意让大家先静一下心，提醒大家看到剧院不要尖叫。

其实还有很多很多细节，一下子应接不暇，都拍到手软了。

NO. 4

经过 4 天的公众假期，布宜诺斯艾利斯苏醒了。

今天是阿根廷的历史性时刻，包租公说不要去广场，语言学校校长说不要错过。有人说换届真好，有人不喜欢新总统的政策。街头上各有各忙，有认真的，也有瞎忙的，还有啥事都不干的。到底日子该如何过？别问人，问自己。

既然广场挤不进去，在路边八卦一下也挺不错的……

"Si, se puede!"（我们能做到！）很震撼的一句口号，只有在现场才能感受到这句话的力量。

过自己想过的生活，世界很大，可以探索的事物很多，譬如西班牙语，譬如探戈……

NO. 5

我的背包客原则是不走夜路，不过今天为瓦格纳的《帕西法尔》破戒了。歌剧从晚上8点演到深夜1点，整整5个小时，容纳2000多人的科隆剧院，坐和站都无虚席。是的，你没有看错，这里可以买到便宜的站票。至于贵价的包厢全部满员，小小的包厢坐6个人，迟到的就要坐后排，被挡住不要紧，随便站。18世纪的作品用现代化的表现方式，惊喜无限，包括帕西法尔被巫师派来的美女诱惑那一幕，更是用了大胆到不能再大胆的表现手法。剧院的音响效果果然名不虚传，除了舞台上的演员，在4楼靠舞台的包厢还有和音的合唱团，他们的和声让人感觉简直就是天籁之音，难怪剧院导游说阿根廷人认为进入剧院就是进入灵性地带，今天终于体会到了。

NO. 6

看得我眼花缭乱的探戈舞台秀（Esquina Carlos Gardel）。做夜猫子真是一件很痛苦的事。

NO. 7

终于领教了布宜诺斯艾利斯的米隆加（Milongas）①，在这样炫技的地方，少一些功力千万不要上场，还有，记得眼睛要看地板，否则一不小心和舞者对上眼睛，人家过来邀请就很尴尬了。

NO. 8

阿根廷的战士精神在街头上演。两个年轻人打起来，闹到咖啡室门口，被店主劝开，请他们不要惊动到咖啡室的客人。然后穿红衣服占上风的小伙子放开已经疲惫的对手，做出邀请的姿势，请那位穿蓝衣服、节节败退的小伙子到空间较大的行人道上继续比拼，最后还是红衣服的胜出。我看到的是高尚的战士精神。

---

① 米隆加，是一个音乐及舞蹈术语，指南美洲，尤其是阿根廷、巴西、乌拉圭一带，一种风格近似于探戈的流行舞曲的音乐形式。——编者注

马上要离开布宜诺斯艾利斯了，这是一座迷人的城市，总是不经意地在空气中流露着浪漫的气息。这里有南美洲的热情，也有欧洲的绅士气氛。我在这里遇到很多意想不到的事情，得到了很多收获。不过凌晨3点在机场候机，脑子已经抗议得不行了，还是先小睡一下吧。下一站利马再见。

NO.9 后记

在阿根廷认识了探戈老师艾琳（Irene）和她的舞伴赫尔南（Hernan），一周两次的舞蹈学习带给我新的女性体验，更好的是让我有机会了解当地人的生活，而我也可以向他们滔滔不绝地分享我对情感世界的见解。最后一次看到艾琳是在斯里兰卡，我邀

请她和舞伴出席女风堂，教学生跳探戈。这是她人生第一次去一个完全陌生的国度，也是她人生最后一次出远门。她在 2020 年去世。临终前一年，她用西班牙式的英语在社交平台上问我如何面对癌症，我以为她是帮朋友问的，由于彼此的文字沟通有隔阂，我们只是简单聊了一下。最后一个关于她的消息我也是在社交平台上看到的，她的姑姑发表了她去世的讣闻，我把她在斯里兰卡留下的倩影在平台分享，作为送她最后一程的礼物。姑姑不认识我，但是她在我的分享下留言，很感谢我当年给艾琳这个机会，她告诉我，艾琳临终之前经常跟家人和朋友说，那段旅程是她人生最美好的时光。

和年轻人漫步
日本中山道

NO. 1

再次来到奈良，为即将启程的"家族同道堂"做最后的准备，疲惫的身体被这所上百年的町家安抚着，榻榻米散发出浓郁的蔺草味道，让人感觉似乎走进了森林，又好像置身于神圣的殿堂，不期然想要坐在回廊观看夜里的庭院，时光好像在这一刻停顿下来。收纳整齐的房子里摆放着现代与传统结合的装饰物，街外的灯光透过花纹玻璃若隐若现。

NO. 2

黄昏经过兴福寺，发现神奇的一幕。

文字诚然是人类沟通的桥梁，然而也有其局限性，不过头脑的把戏在觉知这块明镜之前则无所遁形。

NO. 3

策划近半年，14 名年龄从 5 岁到 19 岁的孩子同 27 名成年人浩浩荡荡从奈良出发，一起走古人的商旅步道，这将会是一个怎么样的旅程？在天地之间会产生什么样的变化？我只知道这次游学很精彩……

一个不平凡的暑假从父亲和子女的独处开始，孩子转换成为年轻人从母亲的信赖开始，放下固有的育儿方式，给彼此更多的空间……

放下家务，母亲们在这里静静享受美好的时光……

细长的巷子里藏着上百年的町屋，房间里充满桧木的味道，感觉很治愈，放慢脚步，在这里泡澡、喝茶、写信，再放慢一点儿，再放慢一点儿，不要总是在赶路，感受脚下的每一步。

而父亲们则带着年轻人一起过着苦日子。

NO. 4

日子过得真的很苦，在大通铺睡得横七竖八，鞋子要摆放得整整齐齐，吃饭要规规矩矩，还不能有女人在旁提醒，这日子怎么过呀……

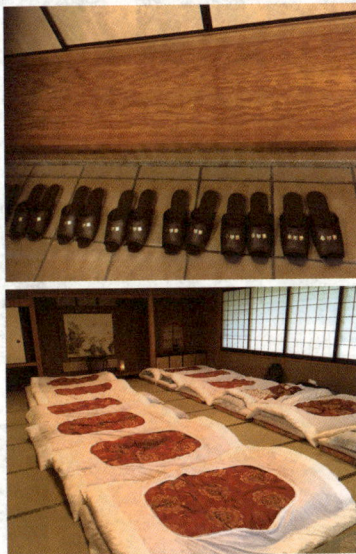

日子越来越难过了，睡得挤，吃不饱，还要干活儿，这这这……还让人活吗！

妈妈从远方的来信是辛勤劳动之后的慰劳。

妈妈不在身边的日子，跟着父亲做男子汉，自己走路，自己照顾自己。

孩子和家长同台论道，何来代沟？

妈妈，放心，我已经长大了，我不再是小孩……

花道看人生。对生命的关心，对大自然的观察，对大道至简的体悟，尽显在一个小小的盆子内。

女人的美无须刻意经营，各有各的精彩，就在专心一意之间流露出自然美。

一起来欣赏她们的作品，一起来点赞。

她们已经准备好和年轻人进行世纪折纸大赛，欢迎不服来战。

当夜幕低垂时，他们也静下心来，挥笔心路。

丰盛的一天是因为彼此的关怀，谢谢你，在生命的长河中遇到你是多么幸福。

NO. 5

专心一意的孩子们。

不同环境、不同形式的平心静气。生活原来可以如此祥和。

用右脚进门，细心观赏室内的陈设，慢步把随身物品放到后台，再进入茶房的时候还是先跨出右脚，用脚底滑行而不离地，走到上座参拜，先观赏左面的华器，再观赏右面的香器，凝视主人家为宾客准备的字画《长生殿内春秋富》，再次参拜，然后依次坐下，主宾必须坐在上座前，并且在面前放置古代抽烟的用具以示身份。

主宾喝茶之前要把茶碗放到侧面，跟旁边的宾客说我先喝茶了，然后把茶碗捧在左手心，用右手顺时针分两次把茶碗转 180 度，品茶，用手指把碗边的茶擦干净，再顺时针分两次转 180 度，把茶碗轻轻放下。这只是茶道一小部分的仪式，还有很多很多细节……

在我眼里，这一切都关乎尊重、耐性、专注和细心。

1300 年前的平安时代，奈良作为日本的古都，聚集了不少来自中国的各类型工匠，当地人至今仍为传入的技巧感恩。这家上百年的赤肤烧窑已传承至第八代，不少作品的图案源于奈良东大寺的古书。他们说奈良以外的烧窑是不会复制这些绘画的，这些不成文的规定是出于对彼此的尊重。看来此处的版权意识并非靠法律条文，而是建基于人文素养。

NO. 6

督导真心给力，大队比原来计划的时间更早出发，往古代商旅步道前进。

NO. 7

陪你走一回。

中山道（Nakasendo Way）是连接京都和东京的公路，这条全长540千米的道路设有69个驿站，穿越日本中央阿尔卑斯山脉的步道昔日行人络绎不绝。如今走完整条路需时11天，步道路况不难走，只是在30多度炎热的天气

下，我们只选择了位于长野县的木曾路，这是中山道的精华所在，这段经典路线保留了当时的传统，历史气息颇浓，既展示了丰富的人文风貌，也是体验家族同心同德的好地方。夜宿新茶屋，简朴的旅馆主人也是一名猎人，还自己种水稻，自给自足的米饭真的很好吃。

还没有开始徒步，先来几杯冰激凌和饮料，在这里尝到姜味好浓好浓的姜汁汽水，好过瘾！

翻山越岭只为遇见你……

从马笼宿一直走到妻笼宿，体验着日本乡下的风情。路上看不到垃圾桶，垃圾都要背回家处理，游客也一样。

后勤人员把行李送往下一站，我们在路上只管欣赏美丽的花朵。这里春天布满樱花，秋天枫叶飘飘，夏天笑脸盈盈……

传统的手工艺品、水力发电站、森林里的参天大树、清澈的溪流，沿路上依然有人居住或者凋零的老房子，它们相互交织，让中山道像一所活生生的博物馆。

偶遇几家人，还有一枚肥猪。

夜宿大妻笼，这是一所有 140 多年历史的民宿，和附近几家民宿属于同一家族。

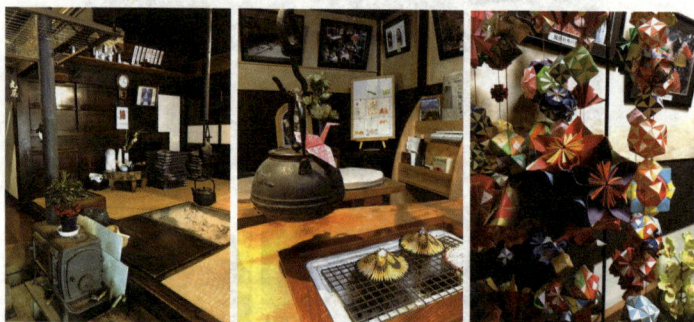

NO. 8

从妻笼宿走到南木曾町只有 6 千米，我越走越有精神，不知道是因为路上的景色，还是因为身体机能已经启动，无论如何，日常的身体锻炼是必须保持的。

生活如此有趣，即使在资源匮乏的乡下也一样。

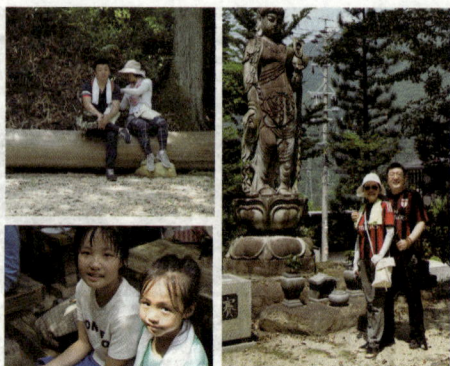

人生路必须自己走,路上遇到知音人相互提携乃幸事。

NO. 9

日本平安时代末期著名的武将木曾义仲,他的崛起和殒落只在短短的4年之间,后人给予他的评价毁誉参半,唯独他和妾室巴御前忠贞的情感故事流芳百世。

巴御前是勇猛的武士,而且貌美如花,在他们最后的战斗中,她伴随在木曾义仲的左右,此时

巴御前留下了一句"回去，一起回木曾去"的能剧名句，而义仲不忍心让巴御前伴着自己死去，他说："男人临死前和女人在一起会给人耻笑的，你想让我不能再在别的男人前站住吗？"她说："那，就让我再为您战上一场吧！"于是，她顺手擒过迎面冲来的武藏名将土御师重，一刀切下其脑袋，然后拨马突围而去。

之后巴御前下落不明，有传言她出家为尼，长守义仲的陵墓。事实是否如此，无人知晓，不过在纪念木曾义仲的神明神社对面，安放了巴御前的纪念碑，表达了人们对于忠诚的向往。

他们也许不知道坐在两旁的可爱洋娃娃有一段浪漫的典故，却验证了经典的真情。

孩子们真的很棒，虽然烈日当空，他们依然随着成年人迈步向前。遇到出租车的诱惑，偶尔也会发发小牢骚，不过既然这次是徒步旅行，也就提起精神跟上大队。年轻人的坚韧精神在不言中自然而然地呈现。

木曾义仲是一个具有争议性的人物。他出身名门，因家族斗争，童年被流放到木曾地区，这里的人民都很爱他，但是他在京都臭名昭著，皆因他疏于管理部下，给很多人造成严重的伤害，最终他自食其果，丢掉权力的同时也丢掉了生命。

领导力是一门很有意思的艺术，看起来在领导他人，实际上是领导自己的内心，而经营企业其实是经营人心。

奈良井宿距离木曾福岛只有 4 个火车站之遥，这个小镇是中山道的中间点，在此之前有 35 个驿站，后面有 34 个驿站，小镇只有 1 千米长，原汁原味地保留了不少古民家。5 个领队

分别来自意大利、英国、澳大利亚、日本和中国香港，他们用流利的日语，如数家珍地介绍当地文化历史。人心无国界。

菩萨畏因，众生畏果。你会为年轻人种下什么样的因？

再见奈良井宿，再见木曾义仲，跟苦恼说再见，让自己无条件快乐。

NO.10

终于来到尾声，对于"家族同道堂"的成员来说，这里才是起点。一路上看到的风景源自善良的心念，一路上体验到的美好源于默默的付出。长野县松元城（Matsumoto shiro），这座有 400 年历史的日本国宝级建筑时至今日仍屹立不倒，印证着尊贵传承的力量。

庆祝晚宴上，督导们相互鼓励，一个一个走上台为大家表演。他们在下午由导演和编剧集中在一起排练，花了两个小时都徒劳无功，眼看表演要泡汤了，不过峰回路转，年轻的麦先生当场建议表演"平心静气"，不消 1 分钟，十几个平时活蹦乱跳的孩子安静地席地而座。这场景瞬间让人百感交集，用心坚持，耐心等待，花朵自然会在该盛开的时候绽放。

师公，有福要同享啊。

与孩子们道别之后，回到清净的日子。

城市的山水、植物、空间和美感是另外一种味道，心境却无异。

极度疲惫之后最佳的恢复方式是什么都不要做，静静地待在窗前看天空中的影子魔法。

在不丹耕耘

再接再厉，和年轻人

NO. 1

说好了让记忆停留在第八次，

可是为了"家族同道堂"的一群年轻人，

还是推延了回家的日子，

陪他们走一趟，

但愿在他们的成长记忆中，

有爱有梦有幸福……

NO. 2

　　把生活作为一件艺术品来经营的话，你会发现孩子都是最出色的艺术家，他们自然流淌的真心、真情、真爱让生活更为动人，但愿你有勇气保持这份艺术家的气质。

　　无论在哪里，用心是唯一无障碍的语言。

不懂得泥土的宝贵，何来懂得经营人心。

廷布的农产品市场，我们已经来过无数次，虽然下着小雨，我还是执意撑着雨伞探访熟悉的摊档。市场依然整洁，摊档的主人依旧，他们未必认得我，但是对我而言，他们就像老朋友一样，心里默默向他们问好，感谢他们如此用心地经营生活。

年轻人说："挖了一个上午，我才挖了一个直径大概有 70 厘米的坑。我们把东西弄好了之后，我发现我开始流汗了。我的感悟是，其实做农活很累，我以为很容易，所以我们要珍惜农民种的每一粒粮食。"

盛装出席，就是为了一场别开生面的辩论。"红尘思辨"是尊贵传承的冶炼场，来不丹更不能错过。

NO. 3

　　幸福就是飞镖射中镖靶
之后，大伙儿围着镖靶载歌
载舞，管他哪一队胜出。

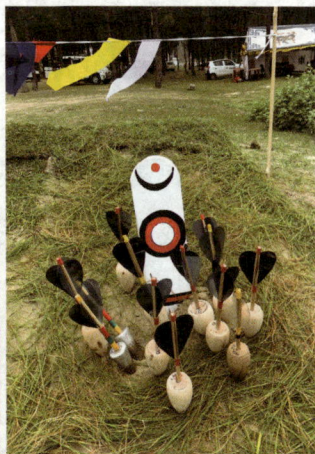

NO. 4

　　大伙儿去明
星结婚的地点拍
照，我和小帅哥
在这里共度宁静
的光阴。

有一种思念名为：我在山下与你遥遥相望。

哪怕只是同台吃饭都是宝贵的缘分，同样的地方，不同的人群，相同的喜悦。

NO.5

传说中的帕罗安缦是旅客向往的休憩空间。

NO.6

　　游学于我而言，犹如创作活的艺术品，从选题到场景的设置、人物之间的关系、感情的传递、留白的技巧、让意外的情节变成惊喜……创作的过程惊险刺激兼而有之。艺术品不可重复，同样的主题不同的呈现，这也是让我乐此不疲的原因。下回见。

CHAPTER 8

公益教室

你说你是一个付出者，其实你是一个接受者

我不是天使，不是圣人，不懂长生，不预知未来，不能使人死而复生，不会让你们永远不累、不渴、不饿，不可阻挡罪恶。只是，我也不嫉妒，不自夸，不张狂，不做羞羞的事，不求自己的益处，不轻易发怒，不计算人的恶，不喜欢不义，只喜欢真理。我只知道——爱。爱，让我们活着。

——特蕾莎修女

为了推广"成长心连心"公益活动，我在过去几年去过很多地方，行程之多已经无法完整追溯了，不过我还是尽力把我的足迹记录下来，如果有一天我再也记不起你，也不记得我自己是谁，但愿这些记录还能唤醒片刻，让我们庆幸我们曾经在人生的路上相遇，记得我们曾经相爱，然后轻轻转身，各自珍重。

2015—2019 年"凡尘中开悟"足迹

2015 年

加拿大（温哥华）—中国（香港）—老挝—泰国—中国（香港）—日本（京都）—中国（香港）—加拿大（温哥华）—中国（香港—北京—杭州）—南极—阿根廷（乌斯怀亚—布宜诺斯艾利斯）—安第斯山脉—秘鲁（利马）

2016 年

秘鲁（山区—普诺）—玻利维亚—智利—泰国—不丹—中国（西安）—斯里兰卡—柬埔寨—中国（香港）—美国（拉斯维加斯—大峡谷—纽约）—加拿大（温哥华）—中国（香港—上海—深圳—惠州—当阳）—日本

2017 年

中国（秦皇岛—洛阳—青岛—贵阳—海宁—深圳）—加拿大（温哥华）—澳大利亚（悉尼）—中国（香港）—澳大利亚

2018 年

澳大利亚—日本—中国（北京—上海—常州—义乌—深圳）—日本—中国（贵阳—遵义市区—遵义湄潭—北京—中山—遵义—贵阳—敦煌—西安—贵阳—深圳—广州）

2019 年

荷兰—比利时—英国（伦敦）—中国（香港—贵阳—深圳—广州—中山—深圳—贵州—深圳—厦门—杭州—贵州）—不丹—日本—中国（厦门—中山—敦煌—济南—上海）

NO. 1

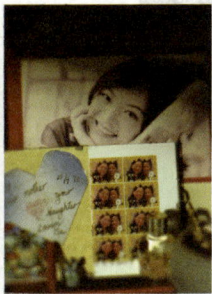

去年（2014 年）今天送了一份生日礼物给你，在这一天启动"全球成长心连心"。今年今天的生日礼物是庆祝"全球成长心连心"圆满结束。生日蛋糕是一个小熊面包，生日愿望是一个宣言：3004 个信封组成的链条的世界纪录，两年后会在澳大利亚被刷新。我爱你！

NO. 2

永远不要说永远,
凡事都有可能。

意志不会因时间
和空间而转移,感谢所
有为人类进步而努力的人。

生命没有标准答案,唯有心正意诚。

NO. 3

睡了不到 4 个小时就
醒了,从加拿大到中国香港,
再到澳大利亚悉尼,时差还
没倒过来,又已经去了不同的时区。还好醒来看到美丽的一
幕,衬托着机舱里婴儿的哭声,感觉到新生的力量。

NO. 4

回力镖人生,无论你发出去什么,都会回到原点。

NO. 5

今天下午从澳大利亚回来，然后匆匆出去办了一些私事。回来之前还去了一趟超市，为他储备一些吃的，以免我不在他身边的时候，他没的吃没的喝。回到暂住的公寓已经晚上10点多了。本来约了某人开会，结果会没有开成，却和另一名学生无意中展开一场非常具有启发性的对话，好像打开了一扇天窗！我想，生命真的没有什么是坏事，一切都是因缘，来也好，走也罢，无须介怀，凡事了了。

北京好热啊。气候和人心一样。

NO. 6

2014 年在香港演出《高度》，把 20 年的人生浓缩在 90 分钟的话剧中。现场几乎所有人都被这个真实的故事打动，并且在很长的日子里，他们还受到话剧所传递的精神激励和感染。体验剧场的念头从此埋在我的心底，18 个月之后，剧场式体验训练终于诞生。看着《极地之光》一幕又一幕地出现在我的眼前，泪水不期然在眼眶流动，不知道是为了剧中人的勇敢，还是为了梦想的实现，一时间分不清时空或地域的差异……

NO. 7

凌晨 2 点结束会议，早上 4 点起床，6 点到达机场，下一站东方巴黎。

我相信人类与生俱来有一种勇于冒险的特质，一种追求未知的欲望；我们失败，是因为我们不愿意去探索。

——《极地之光》

冰城初印象。

NO. 8

　　我喜欢这里的公交车站，尖尖的灯塔、绣着花边的篷顶，不知道他在这里可曾遇到过她。冰城到处充斥着各种基建,松花江边、主干道上、很多还在兴建中，但我还是钟爱隐藏在白桦树后的欧式老建筑物，以及热情直爽的哈尔滨朋友。

NO. 9

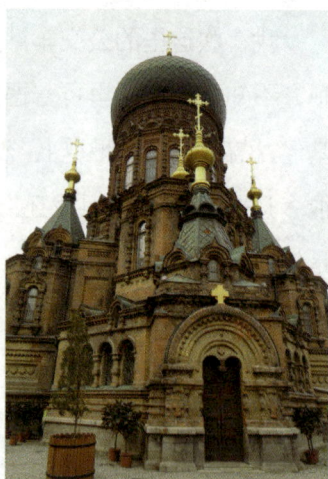

　　冬天在这里走会有什么感觉呢？

　　驰名的马迭尔冰棍和百年老街。

　　吃上了东北早餐，感谢哈尔滨友人的热情款待。

　　与哈尔滨是一份奇缘，探访索菲亚教堂更是意外惊喜，自由飞翔的白鸽围绕着教堂盘旋，那一刻想起你。

好好玩儿的乡村铁锅炖，而且非常好吃。

起飞了，感谢哈尔滨同学的热情款待。为华人让世界变得更好而努力。

NO. 10

人生路即修行路，修的是当下的心，这条路孤独且诡秘，事关路在身后，不在前方，慎重走每一步。

感谢你，"全球成长心连心"
有你的印记。

有一个你不知道的秘密，你
在我心里的烙印从没有被时光消
磨。我只是装着淡定，告诉自己
人生聚散本是平常事，可是走到
哪里你都在我心中。祝你一路
平安。

感谢所有参与"全球成长心连心"筹款活动的朋友，
2017 年"全球成长心连心"在澳大利亚悉尼挑战吉尼斯世
界双纪录的史册上有你的名字。华人让世界变得更好从把
爱传出去开始。

昨晚的歌声犹然在耳，今晚已经奔向地球的另一端。如果不是海菲兹老师的邀请，哈佛校友会活动也不能叩动我心弦。

计划好他比我先回家，结果是我比他先走，独自往北美走一程。虽然理智上知道计划赶不上变化，也习惯一个人闯天涯，不过在回头的瞬间，心里还是有一丝不舍……

NO. 11

第一飞：

香港—温哥华。

第二飞：

温哥华—纽约。

苏醒中的纽约肯尼迪国际机场。还有一飞就到达目的地了。

第三飞：纽约—波士顿。

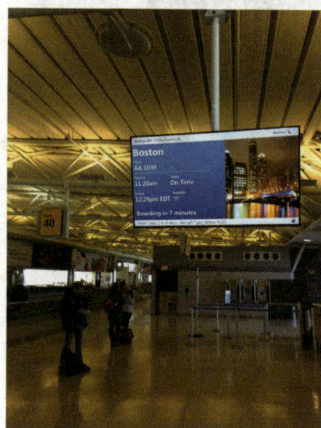

NO. 12

到了哈佛大学肯尼迪政府学院，此情此景和 16 年前没有多大分别，唯一缺席的是虚荣和夸大。

马丁·林斯基（Martin Linsky），调适性领导力创始者海菲兹博士的同盟，在哈佛大学肯尼迪政府学院执教超过 25 年，曾经是麻省政务司司长。他一直默默支持海菲兹的工作，为人低调，从不张扬。今天他依然为海菲兹打前锋。在台下遥遥相望的海菲兹不知道此刻是什么样的心情。人生得一知己死而无憾，大抵如此。

开幕式演讲之后的答问

"Martin，你好，我是 Eva Wong。2000 年我来到哈佛学习调适性领导力，翌年邀请了海菲兹教授去上海为中国首届教练与领导力论坛演讲……"

话音未落，马丁迫不及待地说："我记得你。"

"此后我们在中国一直将调适性领导力的理论应用于教练技术的课程中。16 年过去了，你可以说说你对于调

适性领导力的最新想法吗？如果用 SWOT 来分析，你认为教导调适性领导力有什么威胁和机会？"

马丁："你问了一个很重要的问题。事实上我们也很关注调适性领导力的持续研究，也是这次校友会活动的目的。我们应该问自己什么是行得通的、什么是行不通的，并且面对之，教导者本身要言行一致、身体力行，这样才可以发扬调适性领导力的精神……"

散会之后，我与海菲兹博士以及马丁合影。之后马丁不断叮咛：照顾好自己，照顾好自己……上次他也跟我说过同样的话，不过已经是 16 年前的事了。

缘分深则地球很小，缘分浅则地球很大。每天在生活中与很多人擦肩而过，有些人则在你的生命中永留印记。

与马丁·林斯基对话：我们的瓶颈在哪里

与其说是上课，倒不如说是高峰对话，在座的都不是一般的学生，老师开口不到 10 分钟，已经被学生的提问打断，课堂节奏由学生带动，从理论介绍快速地进入哈佛特色的当堂案例教学（case in point）。一连串反思问题在对话中被提炼，讨论热烈进行中。

NO. 13

海菲兹博士与希腊前总理帕潘德里欧私交甚笃，后者接受海菲兹的邀请在肯尼迪政府学院论坛一席谈，这位被誉为"货币战争悲壮的英雄"，自始至终保持着一国总理的风度和一个男人的尊严，今天在台上娓娓道来他的心路历程，依然展现了他的睿智和修养。观众在答问环节最后一道问题是：回顾当时的困境，你觉得有些什么事情是你没有做的？帕潘德里欧毫不迟疑地说，他会更广泛地通过媒体把具体状况公诸于众，让群众更明白情况。

人生路即修行路，所有发生的事情都只不过是考验心性的助缘，道在前方，路在身后，心正意诚的道走出惠及后人的路。

肯尼迪政府学院校友会圆满结束。海菲兹在闭幕典礼致词，他说他这头牛已经 65 岁，没有什么奶可以再挤取，希望落在年青一代的身上，祈愿更多人修行领导力……不过领导力的作用并非让别人为自己做事、达成自己的目标，领导力的作用是化解社会的问题……

NO. 14

秋色中的哈佛，
往事上心头。

NO. 15

2017 年 11 月下旬在澳大
利亚悉尼举行的第三届"全球
成长心连心"将会是一场声势
浩大、盛况空前的活动。怎么
能够缺了你！华人让世界变得
更好从把爱传出去开始。

校友会活动已经曲终人散，可是因为各种原因，被迫在哈佛流落两个晚上，看着国内积压的日程，归心似箭，连起居都已经按亚洲的时间来作息，希望回去之后不需要再调整时差。

心里嘀咕着为什么命运让我在哈佛耗时间，而谜底很快就被揭开了。在哈佛我遇到了一位可爱的天使，她在中学时代就参加了"成长心连心"，现在在波士顿读大学，交谈中发现她热衷公益事业和社会企业，彼此的话题自然而然地随着"全球成长心连心"而展开，最后她说"I am on board, definitely."（我很愿意加入你们）。

临行拍下她很帅气地骑着自行车离去，而我看到的不是背影，我看到的是中国的未来，我看到华人让世界变得更好从这些年轻人开始，把爱传出去，全球成长心连心。

NO. 16

一晚上睡睡醒醒，一会儿弄弄这个，一会儿弄弄那个，睡眠时间加起来不到两小时，好不容易熬到天亮，终于可以收拾行李出发，路上虽然目睹一起车祸，不过一切还算顺利，直达波士顿机场。

候机楼的航班信息屏幕显示飞机晚点 20 分钟，应该不影响转机，过了一会儿，又提示再晚点 20 分钟，以为可以登机的时候，发现航班整整晚点 55 分钟，不过还是不影响后面的行程。很庆幸当天果断放弃一趟只需要候机两个半小时的中转航班，宁可选择需要在中转站等 5 个小时的航班，如今果然应验之前的直觉，现在就算航班怎么延误都不会影响我准时回家。到底是偶然，还是有预感？我不知道。

第四飞：波士顿—纽约。

人在旅途中总会有些时候感到落寞……

秋天的歌，送给秋风中的你……

从白天等到黑夜，终于可以开启第五飞（纽约—温哥华）了。

第六飞（温哥华—香港）不用换飞机，省了上下飞机的精力，这次长途航程可以狠狠地睡一觉了。

NO. 17

晚安，辛勤的你。

NO.18

在路上……

向往已久的弄堂生活。

NO. 19

当食物遇到良厨，普普通通的器皿和食材都会变得如此极致。

NO. 20

小小的民宿透露着生活的热情。麻雀虽小，五脏俱全，感谢主人精心的安排，让我这段日子体验着老上海的风情。想你了。

NO.21

点一盏灯，有灯就有人，有人就有希望……

NO. 22

人生若只如初见……

有些人有些事总是不能忘怀，所以回到人间……

NO. 23

近日接受了公益组织的邀请，在上海就会议主题"勇攀高峰，不忘初心"作演讲，分享了 21 年来经营教练培训教育事业的心路历程，从无心经营企业，到拥有一家具备上市资格的企业，再到功成名就身退，推动更多人参与教练业。祈愿我的分享可以给你带来启发。

NO. 24

祈愿你为路上同行的人点亮一盏心灯，以后无论彼此奔向何方，心中都会为曾经的相遇而温

暖。点一盏灯，有灯就有人，有人就有希望……

NO. 25

再出发！

今天早上坐上了一辆孤独号座驾，司机自嘲没有女人喜欢，因为身材样貌都不咋样，然后又有很多爱好。说着说着才知道他宁可放弃感情也不愿意放弃他所享受的生活方式。虽然他说已经习惯一个人，可是声音流露着的是沧桑，当时车厢悄然静默，只剩下从他手机不断播放的情歌……Will you still love me tomorrow（明天你是否依然爱我）……

千百次回忆起你的眼神，梦回京都……

采桑子 · 明月多情应笑我

（清）纳兰性德

明月多情应笑我，笑我如今。辜负春心，独自闲行独自吟。

近来怕说当时事，结遍兰襟。月浅灯深，梦里云归何处寻。

NO. 26

人生得一知己死而无憾，有多少人能够读懂我的心情？我们虽然相隔千里，心神却可以如此相通，有的时候甚至可以感觉到你的体温。但愿你看这篇文章的时候，犹如我在你的身边喃喃细语，让你读懂我的心情，把我的心声传遍千万家。

> 对生命说"是"或者"不"都只不过是选择，各有因果而已。

NO. 27

越来越接近了。

世界上最长的信封链条，从加拿大多伦多到中国杭州，再到澳大利亚悉尼，你会收集多少张祝福卡？期待即将出发的你在路上、在机场、在机舱内收集600张祈福卡，然后在悉尼听你诉说过程中感人的故事。悉尼见……

NO. 28

"成长圈视点"首秀在澳大利亚悉尼地标海关大楼（Custom House）举行。这所落成于1885年的建筑物见证

了 100 多年的历史，也见证着青年一代的成长。期待在这里聆听你独到的见解！

NO.29

为了这个约会，我已经到了废寝忘食、日以继夜、朝思暮想的境地，总的来说就是我要睡觉了。已经凌晨 3 点，脑子还在想有什么事情遗漏了呢。

我们准备好了，你准备好了吗?

北美的大学生已经安全抵达，明天亚洲的同学到齐，第三届"全球成长心连心"就要开始了。请大家密切关注这个标签：# 全球成长心连心 #。

全球成长心连心 # 有太多精彩惊险的故事，单单为近 200 个参加者找住宿的地方就可以书写一部血泪史。这是其中一个居所，大家觉得怎么样？

NO.30

他们出发了，看着他们一路上相互照应，看着他们一路上收集祝福卡，眼泪都快要流下来了，不行不行，赶紧

把心收回来,重要关头还没有过,必须收拾心情,集中精力把事情一件一件落实下来。12 月 1 日晚上的晚宴才允许我流下感动的眼泪。

到了。

#全球成长心连心# 繁忙的一天从接机开始,脑袋不停在运转,嘴巴说个不停,工作人员已经累得不行了,学生们则热情高涨,感谢幕后工作人员的支持,他们从不抱怨,只是默默地耕耘。

NO. 31

　　昨天的热度还没有过去，今天的热情更加高涨，每天都有惊喜，每天都有感动。请持续关注第三届"全球成长心连心"。

NO. 32

　　# 第三届全球成长心连心花絮 # 帅呆了的司仪团。

　　# 第三届全球成长心连心花絮 # 华东师范大学樊琪教授带领的博士团队分享对"全球成长心连心"的研究报告。她表示用这种科学的方式做公益，以科学的数据支撑公益的延续，在公益界实属罕有。

　　# 第三届全球成长心连心花絮 # 一张小小的旧报纸带出了沟通的精髓，感谢樊教授精彩的演讲。

#第三届全球成长心连心花絮#第一天的惊喜，UBCO Beat 在 3 小时之内教会大家清唱"全球成长心连心"主题曲，现场的震撼与感动难以言喻。

#第三届全球成长心连心花絮#UBCO beat 来自加拿大，这次一共来了 9 个成员，他们攻读的学位包括心理学、金融管理、物理学、英国文学、传媒，他们个个都是清唱高手，锻炼清唱让他们拥有超强的领导力。

#第三届全球成长心连心花絮#咿咿呀呀呜呜了一个下午，居然唱出了绕梁三日的"全球成长心连心"主题曲。

#第三届全球成长心连心花絮#人与人之间相隔最远的是心，当心与心协奏的时间，笑容是最灿烂的，所以"成长心连心"的英文名称是 Heart Chorus。

#第三届全球成长心连心花絮# 累坏了的义工。不过跟所有的父母一样，只要孩子开心，累一点儿也值得。

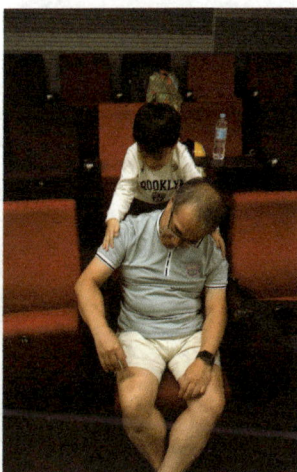

NO. 33

我想在很多年之后还是会记得这些日子的经历，很高兴在彼此的生命中走过，留下美好的回忆，在前行的路上继续传递爱。

NO. 34

准备就绪，桥上见。

凌晨 4 点半到达悉尼大桥攀登公司，大家表面看起来好像很轻松，其实都在严阵以待，见证这历史性的一刻。

最后一组登桥，历史性的纪录终于诞生，现在等待直升飞机到来拍一张独特且唯一的团体照。

拍大合影了，他们在桥上，我在对岸，祝福你们！

老天自然会善待有心人，在猛烈的阳光下，出现了一把"伞"，大家既可以享受悉尼海港的风光，还不用怕防晒霜涂得不够多。

他们胜利归来，我们很开心。

等着把攀桥证书、照片和旗帜安全送返，趁机拍一张纪念照。

照片一盒都不可以少，这是代表了 360 人在这一天的经历。"我们当然可以回去，但是照片也要安全返航。"看过《极地之光》的人都应该明白这句台词是什么意思。

故事从南极开始，远渡中

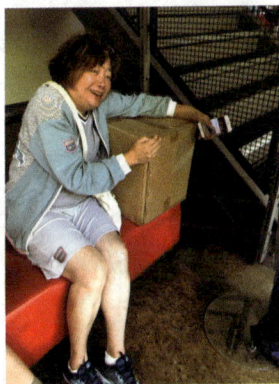

国，转战加拿大，最后在澳大利亚完美落幕，《极地之光》周游列国，就是为了"成长心连心"。

NO.35　耐心的力量

　　昨晚车子被锁在停车场，早上出行只能靠出租车。本来约好司机去停车场取车，考虑到悉尼市内堵车厉害，车位也难找，决定直接到"成长圈视点"的会场海关大楼。司机听到要转到另外一个地方，粗声地说不知道有海关大楼。这个地方其实是悉尼的地标，就在码头附近，但是司机坚持要门牌号和街道名称，我们急急忙忙在网上找到具体地址，司机输入导航仪之后出现的名称就是海关大楼，不是门牌号的定点，我心里在嘀咕，这司机怎么那么矫情啊……不过还是忍耐下来，跟司机开玩笑："这个大楼是澳大利亚人的骄傲，你是澳大利亚人都没有去过吗？"司机再次粗声地说："我不是澳大利亚人！"我还是沉住气，用更轻松、半带夸奖的口吻跟他说："噢，你是意大利人吗？你的口音和头发都很像意大利人啊……"司机开始放松下来："我是来自伊朗的阿塞拜疆族人，也许有些俄罗斯血统吧……"

　　我越是对司机欣赏，他越是开放，车厢内的气氛从这一刻开始变得平和起来。他 18 岁来到澳大利亚，已经在这里生活了 18 年，对澳大利亚人的看法是"他们好懒"。

我的脑子在飞快地思考今天早上要做的事情，司机仍然兴致勃勃地分享，并感谢我今天让他认识了一个新的地点，还帮忙选择一条比较畅通的路线。

车子快要到达终点，他说门口停不了车，把我们送到最近的地方吧，走过去并不远。下车之前，跟司机说"Have a good day."（祝你今日愉快），他也迅速回复"Have a good day."。

今天学到的：耐心改变一切。

澳大利亚 7 号频道的新闻报道：第三届"全球成长心连心"在澳大利亚创造了新的攀桥世界纪录，可持续发展的声音传遍世界。

感谢你的参与，感谢你的支持。"全球成长心连心"。

凤凰新闻：360 人登悉尼海港大桥，创纪录。

11 月 30 日，澳大利亚悉尼，在刚刚落幕的第三届"全球心连心"义工活动中，以中国和加拿大年轻人为主的 360

名义工齐登悉尼海港大桥之巅，在高空中向全世界倡导保护地球的重要性，并打破了悉尼海港大桥单次攀登人数的纪录。

到达大桥顶端，攀登者们一览高空景色，表示站在悉尼海港大桥之巅向世人宣传可持续发展的理念是一段非常独特的经历。随后，义工们解开攀登前缠在手腕上的各色旗帜，并高高举起。

据悉，这次以中国和加拿大的大学生为主要成员的义工团体，在将"全球可持续发展"的理念传递到世界各地的同时，也打破了一项重要的世界纪录——悉尼海港大桥桥顶单次最多站立人数。（图文：中国日报网）

NO. 36

连日来发生了很多很多事，突破吉尼斯世界纪录、成长圈视点、庆祝晚宴、学生公益宣言、第一批大学生回航，然后明天最后一批学生离开，还来不及一一分享细节就已经要收拾行李准备明天出发自驾游了。躺下的时候已经是凌晨 2 点，期待可以睡懒觉的日子来临。

NO. 37

他们出发了，大家各奔东西，祝福你们有锦绣前程。感谢各位陪同的义工，我们"成长心连心"再见。

2015 年"全球成长心连心"活动之后，去了南极，2017 年"全球成长心连心"活动之后带着义工自驾游，然后在澳大利亚旅居两个月，一路上恢复元气，读书写字。

车队用了一个上午热身，错过了原定的餐厅，却遇上了一家全女班餐厅，食物的口味和卖相都超赞。小小的餐厅有一个露天后院，餐厅里的墙上写着："失败了七次，第八次还要爬起来。"

海风和浪花洗去义工们连日来的紧张心情和疲劳。

其实他们何尝不是需要被关爱的孩子呢……

到处都有一座名山，那里都有一条长桥，风景因为人而变得精彩，这里让我怀念基韦斯特。

不要小瞧一个人的力量，也不要骄傲自满。

天地之间有正气，唯有心怀慈悲能纵横五洲。

暮鼓晨钟，你的心里藏着谁？

到崖边来

他对他们说:"到崖边来。"他们回答:"我们害怕。"

他对他们继续说:"到崖边来。"他们走了过去。

他推了他们一把,于是他们展翅高飞……

——阿波利内尔(G.Apollinaire)

命运

我想,现实环境总是多变令人恐惧的,克服恐惧是一件多么不容易的事情。

但当你找到那件你愿意义无反顾,为它而冒险的事时,生命将会多么不同!

悬崖都变得平凡无奇。只要找到了,我们就会爱上自己展翅高飞的模样!

别忘了是谁推了你一把……

有谁愿意像灯塔一样，
矗立百年只为照亮别人？

耐心可以成就传奇。

NO. 38

　　星期一不是一个享用美食的好日子，找了很多家餐厅都是休息，事实上很多好的餐厅只在周末营业，或者只做午餐，这样的经营态度跟亚洲饮食业完全背道而驰。所谓文化只不过是价值观的表象，与其说因为文化差异而不能融合，倒不如说缺乏包容和理解。最后找到这家在游艇会的餐厅，看网上菜单有不同种类的生蚝，希望不枉此行。

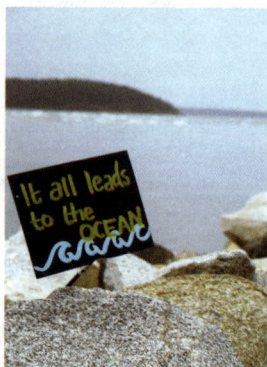

餐厅门外有一个很幽默的告示牌：It all leads to the ocean（最后还是回归海洋）。

饭后把自驾游吉祥物送给每一个车队成员，感谢大家对"成长心连心"的支持。这些从不同国家收集回来的小礼物，从加拿大一直被带到澳大利亚，终于送到新的主人手里了。但愿这些精灵给主人带来好运。

终于找到这家在海边的餐厅，当服务生听到我们有 30 多人时，她瞪起大眼睛惊慌地表示接待不了我们，那么大的一个团体需要提前预订，临时厨房招架不住，提供不了服务。我们锲而不舍地用各种方法说服她，结果只有 4 种菜可以选择——生蚝、青口、虾和薯条，正合我意，成交。

食物很简单，但是都很好吃。

新南韦尔斯在风暴中，到处都有洪水警告。我们在雨中风驰电掣，想起刚刚完成的攀桥壮举，从心里感激天公作美，让大家安全完赛，在心里留下永不磨灭的记录，把爱传出去……

虽然烟雨蒙蒙，依然气势磅礴。

小灶围绕着攀桥的笑料和幕后不为人知的辛酸史展开，然后转向"成长"这个永远都不会过时的话题，更毫无意外地以情感个案作为收场。

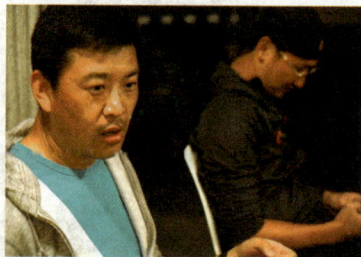

其实人生就是一趟自驾游，不要忘了沿途的风景和乐趣。

伊登（Eden）已经有半年没下雨了，这场连绵大雨对于当地人来说是天大的好事，却打乱了原来的计划，不过大家顺势在附近用餐，倒也其乐融融。

顺应天意，相信一切都是最好的安排，能够把抗拒的精力转化成为有益的动力乃幸事。

NO. 39

下了一整天的雨，在车上也睡了一整天，偶尔睁开蒙眬的眼睛，看见美丽的树木似乎在夹道欢迎。黄昏到达目的地，住进一家百年大宅改装的酒店，这里很美，我特别喜欢门前那棵蓝楹花，还有门上的彩色玻璃。

NO. 40

老家具和现代设计美妙地融合在一起，不忘本也不守旧。

　　过去的 100 多年这里曾经发生过什么？谁曾经在纱窗内遥望等待？门前的花又是谁来栽种？"此情可待成追忆，只是当时已惘然"……

　　精致的餐厅都不喜欢接待团体客，车队只好三三两两出发寻找不同的餐厅，虽然不能一起用晚餐，但是可以分享彼此的发现。符合饮食男女自驾游的主题酒店旁边的 The Loft 真的很赞，在没有预订的情况下，就靠一句话拿到唯一

剩下的桌子："我们是从加拿大飞到澳大利亚光顾你的餐厅的啊……"

我们从"中国人小溪"（China Mans Creek）出发，据说 140 年前，当此地所有人都热衷于淘金时，一批中国人则在这里耕种和贩卖食粮，以另外一种方式生活。

人的天赋各异，不必攀比，也不妄自菲薄，追寻自己的梦想就好。修行的路千百种，无论做什么，只要利己利他，最后都会殊途同归。

你知道在我眼里你有多美吗？

有这样一个测验，画家为参与测试的人画下画像，然后让另外一批陌生人来评价这幅人像，结果看的人描述出画中人的很多优点，却是画中人不自觉甚至嫌弃的。朋友，善待自己，善待别人。

　　当人们走在一起时，有趣的事情就会发生。

泛舟在南半球最大的湖泊——面积约 388 平方千米，深 6 米。为大家拍下离别照，顿时感慨"桃花潭水深千尺，不及汪伦送我情"。

NO. 41

这样的山路整整走了半个小时，前面等着我们的是一个废置的金矿和没有 Wi-Fi 的日子……

坐落在山谷里的华哈拉酒店（Walhalla's Star Hotel）的所在地是一个金矿遗址，与外界隔绝，电话信号和网络信号都欠佳。这里从1841年开发，到了1910年已经被淘得一干二净。小镇被废置，后毁于1951年一场大火。1991年当地旅游局按原来的模样重新建造，如今成为一个旅游景点，看着小镇的老照片，不期然想起杨慎的《临江仙》："滚滚长江东逝水，浪花淘尽英雄。是非成败转头空。青山依旧在，几度夕阳红。白发渔樵江渚上，惯看秋月春风。一壶浊酒喜相逢。古今多少事，都付笑谈中。"

远离人间的华哈拉有很多精灵。

没有 Wi-Fi 的晚上是这样过的，生活的原本面目就应该是这样。

天亮了，车队重新归位，昨晚的轻微车祸成了学习的亮点。大家一起向着最后一站出发。

走走停停，沿途风光无限好，这边和牛大哥打招呼，那边感恩大地恩赐的食物……

NO. 43

又是一个 Wi-Fi 不畅通的地方，只好望天打卦。希望到了墨尔本可以上传各方面的信息和视频，开始"全球成长心连心"的后续工作。

既然酒店的网络不给力，只好去寻风问海了。不过下午回到酒店还是找到办法完成了一些工作，对得起自己晚上出去吃大餐了。

NO. 44

昨天没有机缘光顾的餐厅，今天还是要去一趟。有些事情过了就过了，不过在错过之前，只要多努力一点，还是可以化腐朽为神奇的。不管得与失，重要的是让自己锻炼坚定的意志。

Nordic Kantine 餐厅是
菲利普岛（Phillip Island）当
地丹麦侨民经营的家族事
业，门口挂着丹麦国旗，餐
厅里放着丹麦国王伉俪的照
片，还有一大盘乐高积木供
客人的小孩玩耍。餐厅从室
内装饰到菜品都充满浓浓的
丹麦乡土情。任何种族的人
无论去到哪里都会思乡，这是饮水思源还是身份的认同？

　　一路上吃到底，到达墨尔本终点站，终于找到一家餐
馆愿意接受 31 人的订座，并且是在优美的湖边，有四川菜，
还有袋鼠肉。临别在即，饭后听听大家旅途的总结分享……

NO. 44 全球成长心连心·义工剪影

你不知道你有多勇敢，你不知道你有多慷慨，直到回头分享这一路上的心路历程，笑声中带着泪光，才知道原来你种下了一颗又一颗爱的种子，然后你继续前行，在无声中继续传递爱。

我为你站岗到最后，不过送君千里，终须一别，愿你踏着幸福的步伐前行，在无声中把爱继续传出去。

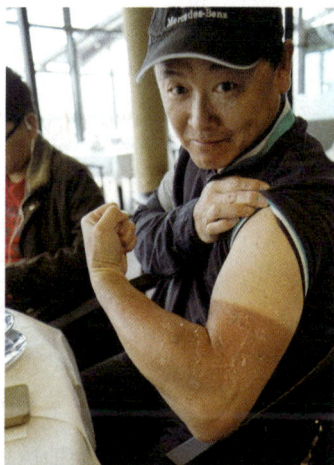

NO. 45

感谢你支持"全球成长心连心",把这个消息传出去,让更多人关注有益于全人类福祉的可持续发展目标。

这一次,我们有这些收获——

以联合国可持续发展目标(17 项)为旗帜:

· 与新一代华人大学生携手并肩,迈入国际舞台。

· 我们意识到身为地球村的一分子,开始为履行义务做准备。

以"鼓励与提醒公众重视此事"为己任:

· 世界纪录,全世界能看见。

· 与活动在地结合——攀登悉尼海港大桥,挥舞旗帜。

· 与活动在地共鸣——在悉尼大学草坪上刷新"世界最长的信封链条"吉尼斯纪录。

· 与当地社会人士交流互动。

重释"全球成长心连心"的身份:

· 它是一个国际活动,一个园地——不同国家、地区、肤色、文化的青年人交流思想和文化。

· 我们提倡的聆听和对话态度是"I can listen and talk with compassion."(抱着同情心倾听与交谈)。

多方联动：

• 感谢大哥哥大姐姐澳大利亚分会（Big Brothers Big Sisters of Australia，BBBSA）的支持。

• 感谢悉尼大学人力资源部、加拿大澳大利亚商会、小考拉酷乐团、Kizcovery、Spark International 的支持。

• 感谢敦煌研究院的支持。

• 感谢樊琪教授的支持。

• 感谢广东省麦田教育基金会给予第三届"全球成长心连心"的支持。

• 荣华青年发展中心首次与成长心连心国际协会一起投入活动运作，在活动方向和执行策略上做出严格谨慎的规划和执行管理。

严格把关：

• 感谢广东省麦田教育基金会连续三届参与善款管理。

• 本届"全球成长心连心"的财务管理，首次由成长心连心国际协会、荣华青年发展中心三方联动。

• 三方联动的顺利执行，有赖于麦田教育基金会的包容、引导和分享沟通。

天文数字的点击量：

感谢悉尼大桥攀登公司的全程支持报道，并为我们提供了中国方面媒体的报道材料。

报道亮点（记录截至 2018 年 1 月 3 日）——

• 30 个媒体剪报，点击量 3063836500。

• 知名门户网站报道：搜狐网（点击量为 404068000），凤凰网（点击量为 9041900），中国日报网（点击量为 19000000）。

知名 OTA 网站报道：如 lvmama.com，点击量为 1312400。

新闻门户刊载攀登故事：百度等地区性门户网站（点击量为 1471079000），搜狐等网站转载（点击量为 404068000）。

创造尽可能多的义工参与机会：

• 知行合一，广种福田，是我们的追求。

• 我们大胆地让这一追求贯穿在活动始终。

创造的机会包括：

• 前期：招募、宣传、支持义工，国内外支持义工，义工教练，攀桥义工，现场工作人员。

• 后期宣传：撰稿、编辑、排版、公众号管理、微信群管理。

活动后期宣传与媒体传播研究完美结合：

1. 活动后期宣传内容悉数来自活动参与者。

• 感谢义工教练、社会义工、大学生义工与大学生参与者的从心分享。

• 高质量的分享内容，出自实在的觉知。

2. "成长心连心"与荣华青年发展中心的公众号结伴发布活动后续报道。

• 体验以终为始，同时完成活动回顾与媒体传播策略调研。

• 我们找到彼此感觉舒适的交流空间、方式、渠道。

3. 我们利用不同的渠道传递不同内容的信息，旨在契合你我的需求。

• 通过公众号发布活动后续报道信息。

• 微课堂开课前期的问卷调查通过点对点微信群传播实现。

• 完成微信群的整合，为学习奠定基础。

活动结晶：

• 公益项目研究报告《大学生对公益内隐态度的跨文化研究》在国家级期刊《赤子》刊出。

• 加拿大 VCS 中学（Vernon Community School）的后续社会服务项目—— Play in a Day。

• HCAI 青年领袖计划的实施。

• 心田计划在贵州遵义山区学校的实施。

本届结语，也是对下一届的期许：

"第一次"创造双世界纪录绝不代表完美。

"完美"不代表我们的目的，也不是我们的目标。

我们以什么回报各位捐款的善长呢？

什么是我们的 KPI 呢？

我们在此建议：

• 以 "Pay it Forward"（把爱传出去）决定我们的走向。

• 以 "愿意持续成长的年轻人" 作为支持对象。

• 以 "愿意让世界变得更好" 决定我们的取舍。

• 以 "听见梦想的声音" 作为态度。

我的公益心路历程

　　尽管光阴荏苒、事过境迁，依然有许多人问我，他们不明白为何会有人为了推动公益项目而创立企业。确实，在当时的年代来说，这算是开先河之举，而能把它办得有声有色，从中国延伸到全球，更是闻所未闻。他们也很好奇我是如何以敢为人先的气魄，一再挑战不可能，从一个有稳定工作的已婚妇人变成驰骋商界的商业领袖，再转型成为潜心公益事业的慈善家，实现一次又一次华丽转身的。

　　说真的，每当有人这么问我时，我真不知该如何回答。经历了这许多年的曲折与辉煌，我只能笑言"一步一脚印，走着走着，已经无法回头了，这或许就是我注定的使命"。你可能觉得这有点儿浮夸，但我很肯定，假如 20 年前有人告诉我这条路会如此漫长、如此坎坷，我可能都不会起步。又或者，我不会那么有雄心壮志，会选择给自己喘息的机会，不，应该说是给我和女儿留出更多的时间。

　　如果你问我 20 多年来最遗憾的一件事是什么，我会毫不犹豫地告诉你，最遗憾的是不能够陪伴女儿度过她最需要母亲的日子……当我决定走上这条前途未卜的理想旅程时，第一个面临的难题就是要离她远去。虽然我知道这份理想值得我用生命去追寻，但是作为母亲，我心中难免有太多割舍不掉的情结。庆幸的是，我有一个成熟且富有同理心的女儿。

　　我当时跟她说："妈妈要去活出生命的意义，你懂吗？"她睁着一双大眼睛，似懂非懂地看着我，小小年纪的她也许无法明白她母亲的心情，但是她还是很安静地接受了这个事实。可在我内心深处，我一直很担心她会憎恨我的决定，而我们有一天会渐渐疏离、渐渐陌生，最终分散在岁月的长河里。毕竟是我选择了离开我最爱的人，不让这疑虑寄存在心里，不让自己的心灵扭曲，真的很难很难，扎心地难。我的前夫不喜欢我在抚养权条约所规定的时间以外去看望女儿，所以自此之后，无论我去哪里，每天都会给她写一封信，向她阐述我的近况，告诉她我有多想她。

　　当年我甚至千辛万苦地拨通电台的电话，给她点播一首钢琴曲 *The Sea Dreams a Dream*。女儿非常喜欢弹钢琴，可在 20 世纪 90 年代初，钢琴绝对是一件奢侈品，而她爸爸也觉得那是上流社会才能享受的闲情雅致，所以不怎么支持她。虽然我不在她的身边，不能像一个普通母亲那样养育她,只能通过帮她点播歌曲去鼓励她坚持自己的梦想,不要轻言放弃。柔美的琴声缓缓响起,旋律舒缓如流泉,一个个音符牵引出女儿开心弹琴的景象,在我心灵盘旋环绕,带我进入一个亲切的世界,一个只属于我们俩的世界。当电台播放完那首优美的钢琴曲时,我早已泣不成声。

别人都说"母女天生是冤家",我却觉得女儿倒像是我的闺密。这些事都过去很多年了,而我也在她读大学时谈论过我不在她身旁的那几年。我深深记得她平静地告诉我,她从来没有怪过我。她对我说:"我当时想,妈妈是成年人,她这么做一定有她的理由,毕竟她必须为自己的人生负责任。"

我有这么一个懂事的女儿,真是前世修来的福分!

除此之外,我也感到自己很幸运,有如此多人愿意秉承把爱传出去的精神,共同筹办远在悉尼的第三届"全球成长心连心"。我们一行 360 人成功登上悉尼的标志性建筑——悉尼海港大桥之巅,挥舞着印有联合国可持续发展目标的旗帜。这个具有非凡意义的活动不但圆满成功,还在不经意中刷新了世界纪录,我们每一位成员都自豪不已。

当时,午后阳光明媚,360 名来自世界各地的青年才俊向着距离达令港海面 134 米的大桥顶端进发。大家一边沿着桥拱拾级而上,一边欣赏一览无余的高空景色。到了大桥顶端，大家解开攀登前缠在手腕上的各色旗帜，并高举联合国 17 项永续发展目标的旗帜，成功向全世界喊出了我们的声音，共同呼吁全人类爱护自己唯一的家园——地球。

从某种意义上来讲，这就是我的故事，一个始于 1995 年的故事，一个希望与信念的故事，一个把爱传出去的故事。

故事从我在加拿大驻华大使馆当商务官时开始。我的工作让我有机会接触社会各阶层的中国人，并启发我不断思考该如何更好地发展人的潜能，提升个人素质，为他们自己的人生创造最大的价值。环环相扣，层层涟漪，这或许能为中国培育出具有竞争力的新生代，利国惠民益世界。也许这听起来像在吹牛，但这是最真实的我，而我也很感激身边的人，一路走来所给予的体谅、肯定与支持。

荀子云："不积跬步，无以至千里；不积小流，无以成江海。"一直以来，我都知道必须从小做起，但从何着手呢？这项活动必须能激发年轻人的斗志，提升他们的自我觉知能力、人际沟通能力等综合素质，支持其成为具有社会责任感的当代青年领袖。我希望这一批批的青年领袖能带动其他人共创互助和谐的社会，共同将爱与温暖传递到世界的每一个角落。

心中的愿景成了我的源动力，造就了 1995 年在湖南举行的第一场活动。自那时开始，"成长心连心"已历经20多载，活动从未停过，直至2015年，成长心连心国际协会注册成立于加拿大，是一家关注全球青年学生素质提升与发展，并在企业与社区推动教练型领导力的公益机构。

偶尔，会有人问我成功的秘诀是什么，但我并没有任何秘诀。不管路多么难走，任岁月在我脸上留下多少痕迹，任挫折在我心里留下多少创伤，但既然选了，就绝不回头。一枝独秀不是春，百花齐放春满园。成功当然少不了一个志同道合的团队。当一个人的理想积极正面、宏远伟大时，很微妙地，会牵引心灵间的碰撞和认同，感召周围的人为了一个共同的理想而不懈地追求。南极之旅所启发的我的灵感与心得像一连串同心圆，从圆心向外不断扩张，而其中的圆心便是欧内斯特·沙克尔顿爵士的英勇事迹。他提醒了我，没有激情，没有信任，没有毅力，一切都不可能发生。沙克尔顿让我明白了一个真正的领导者愿意对一切负责任，不会受制于他人和外在环境，主动突破信念上的屏障，超越心态上的框框，改变宿命的因果推理，令无限新的可能性出现！

领导者因为远大的理想而伟大，世界因为理想的感召而改变。但这一切并不代表改变的结果一定是完美的。俗话说"金无足赤，人无完人"，"甘瓜苦蒂，天下物无全美"，世上没有完美的人、事、物，也无十全十美的事情。就连拯救了困顿在大象岛的全体船员、创造了 20 世纪最伟大的救援行动、被评为英国历史上最有影响力的 100 位伟人之一，赫赫有名的沙克尔顿爵士也不例外。为了梦想，尽管他把一生甚至生命都献给了南极探险，但到最后，他都无法实现到达南极的心愿。可能有些人会质疑他为何要把短暂的生命浪费在没有意义的事情上，但无可否认，他让他的人生发出了最亮丽的光芒。"成长心连心"的规模虽不算大，但它已经茁壮发展，并且变得比我想象的更具影响力与启发性。

成长和成功的背后往往都背负了许多不为人知的艰辛和难以启齿的辛酸。就拿第三届"全球成长心连心"来说，从一开始筹办，这个活动就面临了各种大大小小我没预料到的挑战，包括后勤方面和合作方面的。负责悉尼海港大桥所有攀登活动与业务的悉尼大桥攀登公司最初反对我们登上悉尼海港大桥巅顶挥舞联合国可持续发展目标旗帜的主意，因为他们担心可能会引发纠纷。虽然到最后，他们觉得这个活动有助于他们的企业形象提升并批准了我们的攀登计划，但他们对外的宣传媒体稿都注明这个活动是他们发起的，而我们成长心连心国际协会只是受他们邀请的协办单位。

我们那次活动一举打破了悉尼海港大桥单次攀登人数的最高纪录。义工们的一切付出感觉上为悉尼大桥攀登公司做了嫁衣裳，举办方的地位被模糊了，应有的荣誉不可同日而语。虽说为善最乐，不分你我，但用句广东麻将术语来说，被人"截胡"的感觉确实不好受。当时，在我觉得纳闷时，我忆起了由私立大学校长肯特·齐思（Kent M. Keith）在19岁时所写的"矛盾十诫"。据说，特蕾莎修女把这十诫钉在加尔各答贫民窟的一堵墙上，她在那里关爱照顾当地的贫弱者与病患，直到1997年去世。

这十诫无须一一列举，肯特·齐思劈头就一针见血地道出了人生中的无常与矛盾，鼓励人们但行好事，即使对大部分人来说这些都是徒劳无功的事情。他说：

"人们不合逻辑，不讲道理，且以自我为中心，但无论如何，都要爱他们。

"你如果做好事，别人会指责你别有用心，但无论如何，都要做好事。

"你如果成功了，你会迎来假朋友和真敌人，但无论如何，都要成功。

"你今天做的好事，明天就会被遗忘，但无论如何，都要做好事。"

办了这么多年的"成长心连心"，策划了3场"全球成长心连心"，以及探索了南极之后，我也形成了自己的一套公益理念——

· 在我们愿意救助自己之前，没有人可以帮到我们。

• 我们可能觉得自己在帮助别人，其实我们是在帮自己；当我们愿意全心全意为他人付出的那一刻，我们是第一个被帮助的人，第一个受益者。

• 我们认为这个世界有问题是因为自己的分别心。切莫愤世嫉俗，世界如其所是。尽管世界没有我依然物换星移，我仍抚心自问有什么值得去做的，当仁不让。

• 人生就像走钢索，每刻都讲究平衡；找到平衡点之时也就是找到自己的时候。

"全球成长心连心"悉尼站结束后，参与活动的大学生延续"全球成长心连心"的传统，与中国偏远山区的中学生结成"笔友"，分享他们在"全球成长心连心"所见所闻和学习心得，用实际行动把爱传出去。

这是我特意设计的环节。与大学生沟通的"笔友"都是来自中国不同偏远地区的小朋友。这些小朋友不像这些优秀大学生，能有幸到悉尼参加"全球成长心连心"的训练和活动。但在我内心深处，我希望这种传统的交流方式能帮助大学生深入地了解这些山区的孩子，帮助山里的孩子们看到外面的世界，让他们明白他们彼此都没有什么缺失，他们都可以彼此分享各自所拥有的。人生就像走钢索一样，一切都是关乎平衡，无论出生在何地或何种生活环境，你都可以在生命中找到自身的积极元素，在平凡中活出不平凡。

　　一名参加悉尼"全球成长心连心"的大学生给我写信，信中提到她的"笔友"是一个小村庄里的一名 12 岁女孩。由于家里的经济状况不好，小女孩年纪轻轻就得扛起照顾弟妹的责任。她向那名大学生说："我所做的不算什么，我只是尽我应尽的责任在照顾我的家人。抱怨并不能帮我解决问题，反而会给我带来更多压力，我选择信任他们的能力，因为只有信任才能降低时间成本，我才能专心致志，更有效地去想解决问题的方法，寻找更多的可能性。"

　　我读了那个故事后，心里百感交集，你认为自己是谁真的无关紧要，你给世界贡献什么，如何信任别人以达至幸福和快乐才是关键。耐心地活着、坚毅不懈、磨砺意志力、敢于担当，莫问自己是谁，应问自己是什么，我能做什么！

　　沙克尔顿深明那是面对任何困境的诀窍所在，时隔百年，我也至此。

　　心无疆界爱长存，愿你与"成长心连心"共谱心境界！